后浪出版公司

Nathaniel's Nutmeg

改变历史的香料商人

OR, THE TRUE AND INCREDIBLE ADVENTURES
OF THE SPICE TRADER WHO CHANGED THE COURSE OF HISTORY

GILES MILTON

[英] 贾尔斯·米尔顿 著 龚树川 译

广东旅游出版社
GUANGDONG TRAVEL & TOURISM PRESS

中国·广州

致　谢

对于未接受过专业训练的人来说，作为本书主人公的这些绅士冒险家们的日志手稿几乎无法阅读。为此，我要感谢几名已经长眠地下的维多利亚时代学者，是他们誊写了这些浩繁的文字。本书能够面世，得益于乔治·伯德伍德、威廉·福斯特爵士和亨利·史蒂文斯，还要感谢 W. 诺埃尔·塞恩斯伯里和他一直勤奋工作的女儿埃塞尔，在没有电脑的情况下，他们父女共同编辑了超过5000页詹姆士一世时期的手稿并做了索引。

感谢内拉岛上的德斯·阿尔维的热情、好客和他提供的双引擎船；感谢安汶圣方济各沙勿略大教堂的安德烈亚斯·索尔主教，他准许我自由使用他丰富的藏书；同时也感谢英国广播公司印度尼西亚部门的詹姆斯·兰皮亚。

伦敦方面，感谢马基林·范德瓦尔克将晦涩的荷兰文编年录译成了流畅的英文；感谢伦敦图书馆与大英图书馆东方和印度收藏品部门的工作人员；同时也感谢弗兰克·巴雷特、温迪·德赖弗、玛吉·诺亚和罗兰·菲利普斯。

在此我要特别感谢保罗·威雷斯和西蒙·赫普廷斯托尔，他们阅读了多个版本的手稿并提供了非常需要的修改建议。

最后，我要感谢我的妻子亚历山德拉，她的耐心、鼓励和激情一路陪伴着我，给予我灵感。

目 录

前往岚屿的路线
这张图显示了英国船只前往香料群岛通常走的路线以及沿途最频繁停靠的地点。

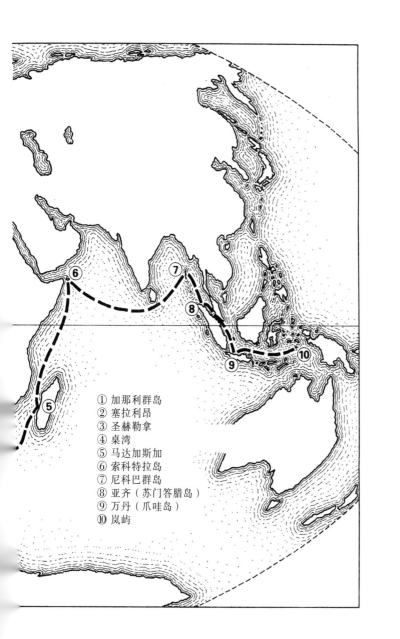

① 加那利群岛
② 塞拉利昂
③ 圣赫勒拿
④ 桌湾
⑤ 马达加斯加
⑥ 索科特拉岛
⑦ 尼科巴群岛
⑧ 亚齐（苏门答腊岛）
⑨ 万丹（爪哇岛）
⑩ 岚屿

序　言

　　我们要说的这座岛未见其影，便闻其馨香。10 多英里^①的海上航程中，芬芳气味一直在空中弥漫着，而远在圆顶礼帽似的山峦映入眼帘前，你便知道自己快要到岸了。

　　此时是 1616 年 11 月 23 日。不需要罗盘或星盘，"天鹅"号（Swan）的船长纳撒尼尔·考托普也知道他们已经到了目的地。他伸手拿来日志，记下日期，并在旁边潦草地写下他们所在的方位。他终于到了岚屿（Run），这个东印度群岛中最小也最为富庶的岛屿。

　　考托普召集全体船员做了简单的情况介绍。这些健壮的英格兰水手们此前一直被蒙在鼓里，始终不知道航行的目的地，因为这是一个绝密任务。他们不知道，是詹姆士一世国王亲自下达了这次任务的命令，而且这个任务非常重要，一旦失败将会招致可怕且无法挽回的后果。他们也不知道，登陆岚屿这座港口附近暗礁环绕的火山岛，会面临极大的危险。许多船只曾被那剃刀般锋利的珊瑚礁撞成了碎片，海岸线上散布着生锈的大炮和破碎的

---

① 1 英里约合 1.6 千米。（本书脚注均为编者所加）

船骨。

　　考托普对这些危险不以为意。相比之下，他远为担心土著岛民、猎取人头的蛮人和食人族对他们的到来的反应，这些居民在整个东印度群岛都是令人恐惧、令人无法信任的。"你一到达岚屿，"他曾被告知，"就要表现出你的谦逊友善，因为这些人一向暴躁、乖张、胆怯又背信弃义，常常为一些小事而翻脸。"当他的手下坐上小船划向陆地时，考托普走进他的船舱，抖了抖自己那件最好的紧身上衣上的灰尘，他基本没去设想过接下来会发生的一连串重大事件。他与岚屿的土著头领的谈话——用的是手语和结结巴巴的英语——将改变地球另一端的历史进程。

　　与世隔绝的岚屿位于东印度群岛一处与世隔绝的地方，这是一块偏远而碎裂的岩体，与离它最近的大片陆地澳大利亚相隔600多英里。如今，它微不足道，连名字都上不了地图：《泰晤士世界地图集》（*The Times Atlas of the World*）完全忽略了它的存在，而在麦克米伦公司出版的《东南亚地图集》（*Atlas of South East Asia*）中，制图员仅仅把它编入了一条脚注。对他们来说，岚屿可能已经消失在东印度群岛的热带水域下面了。

　　但情况并非一直如此。如果你打开17世纪的铜版纸地图，会看到岚屿在页面上非常显眼，其尺寸与其地理实况很不相称。当年，岚屿是世界上人们谈论得最多的一座岛，这个地方所拥财富之巨令人难以置信，传说中的"黄金国"的财富与之相比，不过是小巫见大巫。但岚屿的财富并非来自黄金——大自然在它的峭壁上赐予的礼物远比黄金珍贵。这座岛屿的山峦起伏，一片片苗条的树木绵延四周，林间散发出馥郁芬芳。这些林木高大，叶如桂树，花朵形如铃铛，结着圆润的柠檬黄果实。植物学家称这种树为"Myristica fragrans"。而对于那些说话直白的英格兰商人，这种树直接被叫作"nutmeg"（肉豆蔻）。

肉豆蔻就是这种树的种子，它是 17 世纪欧洲最为垂涎之物，据传，这种香料的药效奇大无比，人们愿意以死相求。它向来昂贵，当伊丽莎白时代的伦敦医生开始宣称，对付那种始于打喷嚏、最终会导致死亡的"传染性瘟疫"，肉豆蔻制成的药丸是唯一的良药时，它的价格一飞冲天。一夜之间，这种干枯的小坚果 —— 直到现在它也被用来治疗肠胃气胀和普通感冒 —— 如黄金般为人所追求。

要满足这突然而又急切的需求，存在一个障碍：没人能确定这种难弄到的肉豆蔻产自何地。伦敦商人传统上从威尼斯购买香料，而威尼斯商人的香料是从君士坦丁堡购买的。但肉豆蔻来自更往东的地方，来自传说中的印度群岛，其位置不为欧洲人所知。欧洲的船只此前从未到达过印度洋这片热带水域，地球另一端的地图一直是一片空白。对欧洲的香料商人来说，东方就跟月球一样遥不可及。

如果他们早知道要到达肉豆蔻的产地那么困难，那他们也许就不会扬帆远航了。即便在香料像野草一样疯长的东印度群岛，肉豆蔻也极为罕见；此树对气候和土壤十分挑剔，仅生长在一小片岛屿，即班达群岛上，而这些岛屿遥不可及，欧洲人甚至不清楚它们是否真的存在。君士坦丁堡的香料商人对这些岛屿知之甚少，而他们仅有的那一点了解也说不上鼓舞人心。有传言说那里

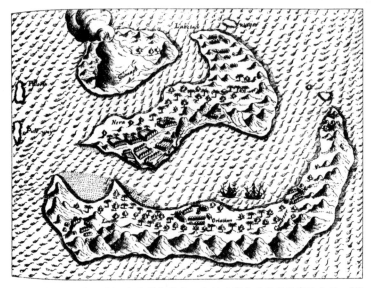

16世纪与17世纪之交，班达群岛是每一个伊丽莎白时代探险家的目标。"没有一株树不是肉豆蔻，"一位英格兰的早期到访者写道，"因此整个地方好像是一座人工开辟的果园。"岚屿——被标为"Pulorin"（普罗林）——位于最左边的位置。

有一只专门掠夺过往船只的海妖，这个邪恶的生物潜藏在暗礁之中。有些故事里提到了食人族和猎取人头的蛮人，这些嗜血的野蛮人住在以腐烂人头装饰的用棕榈树搭建的棚屋里。有鳄鱼躲藏在河流的浅滩上，趁其不备就把船长们拖下水；还有"大风暴和狂风"，再结实的船只也会陷于极大的危险之中。

但这些危险都挡不住欧洲那些贪求利润的商人，为了第一个找到肉豆蔻的来源，他们会不顾一切。很快，造船的声音响彻葡萄牙、西班牙和英格兰的船坞，这场忙乱的造船风潮引发了后来被称为"香料竞赛"的活动，这是为了控制世界上最小的一片岛屿而开展的一场孤注一掷、旷日持久的争夺。

1511 年，葡萄牙人成为第一批登上班达群岛的欧洲人。这是一片由 6 块大岩体组成的岛屿，有着肥沃的火山土和奇妙的微气候。由于注意力转移到了东印度群岛其他地方的战事上，直到 1529 年葡萄牙商人加西亚船长率队登陆班达群岛，葡萄牙人才再次来到这里。他惊奇地发现，这些在欧洲引起轰动的岛屿，总面积比里斯本大不了多少。班达群岛中有 5 座岛彼此都在大炮射程之内，加西亚即刻意识到，只要在主岛内拉岛上建造一座堡垒，他就可以实际控制整个群岛。

群岛中的岚屿却与众不同。它在内拉岛以西 10 多英里处，四周遍布危险的暗礁，而且它每年要遭受两次季风的侵袭，因而加西亚的大帆船在一年中很多时候都无法登陆该岛。这令加西亚很烦恼，因为岚屿的肉豆蔻树长得郁郁葱葱，年产量足以装满一支大船队。此外，加西亚很快发现，除了登陆这座偏远岛屿的困难，更棘手的是当地土著班达人的敌意，他们好战的古怪举动既烦人又危险。他手下的水手刚准备修筑一个巨大的城堡，一阵箭雨和猎头蛮人的恐吓就把他们吓得逃回了船上。此后葡萄牙人很少造访这些岛屿，他们更倾向于从土著商人那儿购买肉豆蔻，这些商人是他们在马六甲堡垒的常客。

葡萄牙人的不幸遭遇并没有让英格兰商人知难而退，他们照样积极地参加香料竞赛；也没阻止被选中领导远征的船长们，这些驾驶帆船穿过狂风暴雨的勇士，有三分之一命丧于途。恶劣天气不是唯一的威胁：坏血病、痢疾和"血痢"令数以百计的船员丧生；不计其数的船舶因为没有船员驾驶，不得不遭受沉没的命运。当这些船最终缓慢而艰难地从东方返航后，劫后余生的船员们发现，伦敦的码头上挤满了人，他们都想要一睹这些英雄人物。人们听说船上的水手带回了不计其数的财富，他们穿着丝绸的紧身上衣，船上的主桅帆是用绸缎做成的，中桅帆上的布则用金线装饰，这些故事使人们感到兴奋。尽管下层水手被严令禁止参与"私下交易"，但实际上对他们中的许多人来说诱惑实在太大了。毕竟在考托普那个时代，肉豆蔻价格奇高，任何参与其贸易的人都能获得可观的利润。在班达群岛，10磅① 肉豆蔻的价格不到1便士，而在伦敦，同样多的香料价值超过了2英镑10先令，价格涨幅达到惊人的百分之六万。一小袋肉豆蔻足以支付一个普通人一辈子的花销，能让他在霍尔本买一栋带山墙的住宅，并雇一个仆人为他服务。伦敦商人在第一支船队返航后，非常担心出现肉豆蔻的违规交易，因此命令码头工人穿着"没有口袋的帆布工装"。此举收效甚微，几乎无法阻止那些在海上摸爬滚打过来的水手盗窃雇主的香料，尽管过去数十年来惩罚愈加严酷，许多水手仍然设法积聚起了个人财富。直到1665年，塞缪尔·佩皮斯还记录了一次"在市镇另一端一个隐蔽的酒馆"与一些水手的秘密会面，他用一满袋的黄金换了少量的肉豆蔻和丁香。

远征香料群岛后幸存的人们带回了传奇的故事和累累的伤痕，这是真正的男人的历险，他们的故事使听众着迷。大卫·米德尔顿曾戏剧性地从塞兰岛的食人族那里逃脱；喜好艺术的威廉·基林在西非的红树林湿地上演过莎士比亚的戏剧，而威廉·霍金斯

---

① 1磅约合0.5千克。

曾造访印度的莫卧儿帝国，之后的两年他都在观看角斗士比赛，其规模和残忍程度自罗马帝国时代后就没有出现过。大卫的哥哥亨利·米德尔顿爵士，曾在阿拉伯半岛的沿海抛锚上岸，自称是第一个进入该地区内陆腹地的英国人，尽管是以囚犯的身份，"腿上戴着一副硕大的镣铐"。詹姆斯·兰开斯特，英国东印度公司组织的第一次远征的指挥官，曾听过穿着清凉的加麦兰管弦乐队的演奏，这支属于强壮的亚齐苏丹的乐队使他度过了一个愉快的夜晚。

历经了种种灾难和错误的开始后，英格兰与出产肉豆蔻的岛屿的第一次相遇发生在岚屿是恰当的，它是这些岛屿中最小也最不容易登陆的。1603 年，一批英格兰水手在一场可怕的热带风暴中遭遇海难被冲上岸，以这样一种不体面的方式到达岚屿也是正常的。但不同寻常的地方在于，不像那些葡萄牙人，这些英格兰水手与当地酋长一见如故，结下了长久的友谊。在海盐把水手们打湿的头发板结成块前，他们已经在用当地的棕榈酒相互敬酒了。

英格兰刚刚加入这场香料竞赛便发现有一支新生的力量需要应对。1595 年，荷兰向东方派出了第一支船队，他们的船员比此前在热带地区出现过的都更加凶猛好战。面对来自英国和葡萄牙的双重竞争，荷兰人将他们的目标从贸易转向了征服——征服班达群岛——他们为达成这个目标不惜采用残忍的手段，其残忍程度连他们自己国内的人也感到震惊。但在岚屿，他们将会遇到旗鼓相当的对手。在这个两英里长、半英里宽的偏远岛礁上发生的一切，将会带来无人能够想象的后果。

3 个多世纪以来，纳撒尼尔的肉豆蔻的非凡故事几乎被人们遗忘殆尽了。这不全是一个愉快的故事，尽管远征队的各位船长和领袖们都喜欢自诩为"有品德之人"，但这并不妨碍他们参与酷刑、暴行和无端的战事。这便是东方生活的残酷现实，这种生活的严酷和血腥因偶尔出现的人性和勇气的闪光而减轻——由纳撒尼尔·考托普的勇气体现出的真正的英雄主义功勋。

但在考托普驾驶"天鹅"号扬帆远航前，还将有一个多世纪的远征和不幸遭遇。他的故事并非始于气候湿热的出产肉豆蔻的岛屿，而是始于一片冰雪之域。

第一章

北极旋风

　　首先发现它们的是瞭望员。两艘严重受损的船被遗弃在海岸附近逐渐腐烂。船体破碎而扭曲，风帆破烂，船员显然早就死了。但这两艘船并非触到了热带海域的暗礁而失事，船员也不是死于疟疾。前往香料群岛的英格兰处女远航折戟北极地区的冰封水域。

　　历史上有重大意义的1553年航行源于当时一个新成立的组织的想法，该组织名为"拓殖新世界商人与探险家公司"。该公司的商人急不可耐地参与香料竞赛，然而对风险和威胁没有准备，他们头脑狂热，忽略了现实可行性，并且在航行远未开始前就犯下了一系列危及任务的错误。远征领导者或"领航指挥"的选择则是十分明智的。理查德·钱瑟勒是一个"极具判断力的人"，他在青年时期就积累了一些航海经验。理查德的养父亨利·西德尼在向公司介绍他时赞不绝口，以至于那些冒险商人认为他们这里又出了个麦哲伦。西德尼解释道，正是钱瑟勒"才智中的闪光点"使他如此可贵，西德尼毫不害臊地自我吹嘘："十分欣慰的是，我培养了他的这些才智。"

　　当有一位商人抓住西德尼与钱瑟勒分开居住的这个问题而对他的热情推荐提出质疑时，这位老人早已准备好了答复："我目前确实与钱瑟勒分开居住，但这不是因为我看不起他，也不是因为他的日常开销使我难以负担。你们通过传闻了解他，我却通过现实生活；你们通过只言片语了解他，我却通过他的行为；你们通过言谈和相处了解他，我却通过他生活的日常活动。"

西德尼巧舌如簧，终于成功地说服了那些商人，钱瑟勒即刻被任命为"幸运爱德华"号（*Edward Bonaventure*）的船长，这艘船是三艘远征船中最大的一艘。随后公司的董事们又为远征队的另一艘大船"好望"号（*Bona Esperanza*）挑选了船长。至今人们也不清楚为什么他们会选中休·威洛比爵士，根据记载，他是一个"优秀的人"，但在航海方面完全是个门外汉。让他进行横渡英吉利海峡这样的短途航行都是一种冒险，派他去到地球的另一端更会导致灾难。

冒险商人们最为迫切的事情是选定去香料群岛的航线。尽管他们看到西班牙和葡萄牙商人沿着东行和西行航线，均成功到达了东印度群岛，但他们选择了一条与往常完全不同的航线。他们决定让自己的船向北航行，这会使得前往香料群岛的漫长航程减少 2000 英里。选择这条航线还能避免与葡萄牙人产生冲突，后者开辟东方的航线已近百年，并在沿途的每个港口都修建了防御堡垒。此外，疾病和气候的因素也考虑了进来。英格兰水手曾见过葡萄牙船只返航时船员所剩无几，这些船员大多是因为在印度洋的热带气候中感染痢疾和伤寒而死的。在去往东方的漫长航程中，估计至少有五分之一的船员会死去，而实际上这一比例往往会更高，时常会有整艘船因为缺少船员而不得不被遗弃的情况。天生就适应了炎热气候的葡萄牙人尚且如此，那人们自然会怀疑，在欧洲北部寒霜区边缘长大的英格兰水手又怎么能平安健康地返航呢。

这次远征在起航前夕便陷入了困境。船队耽搁在哈维奇的时候，人们发现很大一部分补给品已经腐烂，酒桶木板的拼合太粗糙，导致酒从木板间的缝隙中流出。但此时风向有利，船长们认为没有时间补足给养了，于是远征队在 1553 年 6 月 23 日这天起航。

只要船队在理查德·钱瑟勒有力的指挥下团结一致，就不大可能遇到什么麻烦。但是，当船队绕行多岩石的挪威北部海岸时，"狂风呼啸而至"，威洛比的船被吹离了航线。钱瑟勒之前预见到可能会发生这样的意外，提议如果船队失散，就在巴伦支海一座名为瓦尔德胡斯的小岛会合。钱瑟勒在此等待了 7 天，但是并没有听到任何有关"好望"号和船队第三艘船"坚信"号（Confidentia）的消息，他便向东往白海方向驶去了。

所幸另外两艘船也挺过了风暴。穿过大风之后，休爵士与"坚信"号重新取得了联系，两艘船一起向海岸线驶去。此时威洛比缺乏经验的弱点开始暴露。他探测了海底深度，仔细研究了各种航海图，想破脑袋只得出了一个结论："这个地区的真实情况和地球仪上的不一致。"寻找瓦尔德胡斯岛和钱瑟勒的船都失败后，威洛比决定在没有旗舰的情况下继续前行。

1553 年 8 月 14 日这天，威洛比在北纬 72° 的位置"发现了陆地"，陆地上荒无人烟，由于水中有大量的浮冰，船无法靠岸。如果他们的维度测量数据准确的话，那威洛比的船抵达的应该是新地岛那些荒芜的岛屿，这些偏远的岛屿孤悬于巴伦支海。威洛比似乎从这里向东南方向驶去，随后驶向西北，之后又驶向西

灾难重创了荷兰探险家威廉·巴伦支，他以为有一条通过北极抵达香料产地的快速通道。这几幅雕刻画（本页及第16页、第150页和第151页）描绘的是他的船在"大量海冰中"失事，以及他的手下如何在严冬幸存下来。

南、东北。威洛比和他的手下愚不可及，他们在北极圈内航行了300多英里，在一片充满融化浮冰的危险海域绕了一个大圈。9月14日，船上的人又看见了陆地，之后他们"驶入了一片开阔的港湾"，这片港湾靠近今天芬兰和俄罗斯的边境线。威洛比手下的人欢呼起来，因为他们看到了"数量庞大的海豹和其他一些大型鱼类。他们从主桅上还看见了熊、体形庞大的鹿、狐狸，以及各种奇珍异兽"。他们最初只打算在这里待上一周，但又想到"这一年就要过去，加上天气糟糕，有霜、雪和冰雹"，于是决定就在海湾里过冬了。

这时，在伦敦的远征队董事们一定以为，他们的船队已经找到并通过了东北方向的航道，正顺利地驶向香料群岛。但迎接威洛比及其手下的并非温和平静的夜晚和随风摇动的棕榈树，而是冻雾和无法通过的坚冰，他们发现伦敦商人们选择这条穿越北极的航线是犯了一个巨大错误。这些商人曾竭力为他们的决定辩护，提出了符合逻辑且令人信服的观点来支持其理论。早在1527年，住在塞维利亚的英格兰商人罗伯特·索恩就曾给亨利八世写信，向他报告了一个激动人心（而且是高度机密）的消息，即通过北极可以到达香料群岛："我明白，把这个秘密汇报给陛下是作为臣民义不容辞的责任，"他写道，"我认为到现在为止这仍是个秘密。"亨利八世坚信："向北穿过北极，再向南往赤道航行，我们就能到达香料群岛，而且这会比西班牙人和葡萄牙人的路线更短。"

专家们对通往香料群岛的东北航道研究得越多，这条航道就越显得可信。在那个人们仍然在地图上寻求完美对称，认为挪威的北部海角与非洲的南部海角在地形上显得极其对称的时代，地理学家们认为这毋庸置疑是个好消息，这片北方的寒冷地块肯定是第二个好望角。古人留下的文字也为通过北方航道抵达东印度群岛的想法提供了佐证。老普林尼曾经描绘过地球北端的一片圆形海域，还有一块名叫塔比斯（Tabis），延伸到极北地区的土地。在塔比斯之东，据说有一个通道连接着极地之海与印度洋温暖的水域。

这些证据并未给威洛比和他的手下带来任何安慰，他们很快就被困在了一片遍布浮冰的海域。他们选择留下过冬的海湾很快变成了一片荒凉的不毛之地。冰层太厚无法钓鱼，而且在下过雪后，野生动物也消失不见了。甚至鸟类也意识到冬季的到来，迁徙去温暖之地了。很快，威洛比的船就被浮冰围住并且被挤压受损，这下船和人员都逃不掉了。看着他的队员们一天天地愈加饥饿，威洛比派出搜寻小队去寻找食物和救援。"我们派出了 3 个人朝西南偏南的方向搜寻，看是否能遇到人，"休爵士写道，"但［他们］一无所获。"接着他又派出向西搜寻的小队，"他们也空手而归"。最后一支小队证实了威洛比害怕的事情——他们被困在了一片无人区。

　　5 年多以后，英格兰的一艘搜索船才终于发现"好望"号和"坚信"号。救援者驾船驶入威洛比选择过冬的那片海湾后，碰巧发现了这两艘船体腐烂、幽灵般的船——两艘船最后的使命竟然是停尸房。船员们最后那阴暗的几个月是怎么过的现在仍不清楚，因为被饥饿折磨的威洛比停止了每天的航海日志记录。能确定的只有一点，他和船员在那个冬天支撑了很久，救援小组发现了日期标为 1554 年 1 月的遗嘱，这距离他们的船进入该海湾已经过去了整整 4 个月。

　　威尼斯驻莫斯科大使乔万尼·米希尔记录了这个故事最后令人毛骨悚然的结局。他写道，搜索队"安全返回，带回了第一次远征的两艘船，他们在俄国海岸发现这两艘船时，船上的人都冻死了。他们［救援人员］讲述了这些船员冻成的各种奇怪形状：有的笔还在手中，面前铺着纸；有的坐在桌前，手里拿着盘子，嘴里咬着调羹；还有的正在打开柜子；其余的则像雕塑一样有着各种姿势，仿佛经人调整，摆成那种姿势似的"。

　　当威洛比和他手下的人冻僵而死之时，理查德·钱瑟勒那边进展却很不错。凭着他养父津津乐道的智慧，他迅速预判到了北极浮冰的危险。他将船停在今阿尔汉格尔附近的白海海域后，便弃船上岸，走陆路到达莫斯科。起先，他对眼前的景象很失望。他觉得这个城市"很荒蛮"，房子全是"木制的"，就连宫城也令人失望——"相当低矮"而且"窗户很小，很像英格兰的老旧建筑"。但站在伊凡雷帝那闪耀夺目光彩的宫廷前面时，钱瑟勒的感受马上就变了。伊凡雷帝身穿"金箔织就的长袍，头戴皇冠，右手执一根水晶和黄金打造的权杖"，隆重接待了他。皇帝的举止威严而令人敬畏：在宫廷宴会上，他"让侍从给每人送去一大块面包，侍从大声喊出被送者的名字并说道，俄国皇帝和莫斯科大公伊凡·瓦西里耶维奇将这块面包赐予你"。就连高脚酒杯也吸引了钱瑟勒的眼睛，他把金色的大酒杯拿在手里掂量，连连称赞这些酒杯"非常漂亮"，比他在英格兰见到的都要好。

在莫斯科的这段时光给钱瑟勒的船员带来了无穷无尽的快乐。他们中的许多人都曾以为这次远征会以灾难或死亡告终，现在他们却在俄国皇帝珠光宝气的楼阁中逍遥快活。对此，钱瑟勒比他们更加感慨。"我曾见识过英格兰国王的威严和法国国王的楼阁，"他写道，"但都比不上这里。"

漫长的谈判结束后，伊凡雷帝把这位英国指挥官送回了英格兰，并附函赐予伦敦的一批商人贸易特权。他的这个举动，无意间为"东印度公司"的先驱"莫斯科公司"奠定了基础。

三艘起航前往香料群岛的船中，没有一艘实现解开东北航道之谜的目标。这些为了避开印度洋的热带疾病而向北行驶的人怎么会想到，他们会在北极零度以下的水域丧命。打通到太平洋的

巴伦支船队的水手一直面临着北极熊的危险。"我们瞬间跃起向前，尽可能地自卫反击。"

北方航道，要等到 400 年后，借助核潜艇才能实现。

当伦敦的商人们焦急地盼望着去往香料群岛的第一次历史性航行的回音时，国内许多人都在疑惑他们为何要小题大做。毕竟肉豆蔻怎么也变不成奢侈品，干瘪、皱巴巴的肉豆蔻比豌豆大不了多少，其吸引力远远比不上达克特金币或精雕细琢的蓝宝石。

但这些质疑者很快发现，肉豆蔻具有极高的潜在价值。对肉豆蔻的功效，伦敦的一流医生愈加地夸大其词，他们认为它可以治疗从鼠疫到"血痢"的一系列疾病，这两种病都是伦敦的常客，它们在伦敦脏兮兮的背街小巷肆虐，造成毁灭性的影响。一位权威人士宣称，他制作的含有大量香料的甜味香丸，可以缓解伴随

"瘟疫时代"而来的令人恐惧的"出虚汗的疾病"。这种疾病就是鼠疫，据说它两个小时内就能要人命，因此制造这种香丸更显得刻不容缓。要知道，当时的俏皮话这么形容鼠疫的可怕："午餐愉快吃，晚餐时就死。"

据说肉豆蔻的功效不只包括治愈各种致命疾病。随着人们对植物的药用价值的兴趣与日俱增，饮食类书籍和植物标本集的数量出现了爆炸性增长，所有这些书都宣称，肉豆蔻和其他香料有助于治疗多种小病。对于咳嗽胸闷的患者，医生推荐饮用加入了肉豆蔻的热葡萄酒。据说，丁香能治疗耳痛，胡椒能缓解感冒，而对于胀气的患者，医生推荐服用包含15种香料的特殊混合剂，其中包括小豆蔻、肉桂皮和肉豆蔻——这种配方除了那些富人之外，普通人是负担不起的。有人甚至认为香料能让已经脱离尘世者起死回生。据说用甜酒服下10克藏红花，就可以把人从鬼门关拉回来，而且尚未发现有任何副作用。

这些饮食类书籍中，安德鲁·博尔德写的《健康饮食》（*Dyetary of Helth*）在当时很受欢迎，这是一本健康生活指南，相比作者另一本具有开创性意义的《胡须研究》（*Treatyse upon Beardes*），这本书为作者赢得了更大的名气。"肉豆蔻，"他在《健康饮食》一书中写道，"对那些脑袋受了风寒的人有良好功效，对他们的视力和大脑也都有好处。"据说他在家制作的肉豆蔻混合剂效果奇佳，不仅能清洁"胃和脾脏"，还"能有效抑制'血痢'"这种危险的恶性痢疾。

博尔德这本奇特的《健康饮食》结合了草药知识和传说故事。他建议凡是想长寿的绅士，应该穿红色衬裙并避免"蜗居"，而那些每天早上能"愉快地起床"的人定能拥有健康。然而他关于肉豆蔻有助于抑制性欲的观点在他身上显然不起作用，因为这位禁欲的前修道士死状不雅。"在他洁身自好的外表下，衬衣里还藏着女人的头发，他曾在房间里一次招来3个妓女，不仅仅是他，全国各地他的那些宣称贞洁的牧师同僚也常常是这些女人的顾客。"博尔德才是应该食用肉豆蔻的人，然而正如他自己不耐烦地承认的："那些深入骨髓的东西是很难从肉体中去除的。"

其他权威人士很好地利用了博尔德的不幸，他们开始宣称肉豆蔻不仅不会抑制性欲，实际上反而是一种强效的催欲剂。多塞特伯爵六世、风流成性的查尔斯·萨克维尔就曾调侃道：尤利乌斯·恺撒性冷淡，即便克娄巴特拉在她的"罗马浪荡公子"身上用了"肉豆蔻、肉豆蔻干皮和生姜"，也没能让他性欲高涨。而这类材料却在这位伯爵身上屡试不爽，因为他花费的钱让他知道，睡前来一匙肉豆蔻，甜蜜而又麻烦的梦就会没完没了：

> 昨夜梦佳人，
>
> 晨起阳顶天，
>
> 不着衣裳又何妨，
>
> 辗转反侧意难伤。

萨克维尔对肉豆蔻的喜好显示了他的堕落。他的邻居塞缪尔·佩皮斯记录了他是如何因为不雅暴露而入狱的："他整晚都几乎一丝不挂地在大街上跑来跑去。"

除去庸医骗子们的谎言，肉豆蔻确实有一些功效，尤其是作为强效防腐剂。传统上，易腐败的东西都是通过腌制、干燥或烟熏的方式来保存的，但这3种方法都无法遮盖肉类的臭味，而只要在食物上撒上少许肉豆蔻，不仅能压住臭味，还能显著地减缓氧化速度，有效防止肉的腐烂。

事实上，把香料作为防腐剂和调味品并不是新发明。古埃及人就曾进口小茴香、肉桂皮和肉桂，在制作法老的木乃伊时用来防腐；《旧约全书》（Old Testament）中的药剂师则将香料磨成粉，加入圣膏中供教堂使用。罗马人在使用这类奢侈品方面则更为实际，他们用肉豆蔻、八角来保存肉类和给葡萄酒调味，他们还会在点心里添加小茴香，并在风靡全城的一种醋里加入茴香当作调味料。

在乔叟的时代，这些香料是罕见的奢侈品。在《坎特伯雷故事集》（The Canterbury Tales）中，勇敢强悍的托帕斯爵士满怀渴望地谈到了姜饼、甘草糖和“肉豆蔻”风味的麦芽酒。到了莎士比亚创作的时代，也就是纳撒尼尔·考托普到达岚屿前不到20年，这类奢侈品很快变得稀松平常了。在《冬天的故事》（The Winter's Tale）中，小丑把他的五香梨所需的材料列成了一份清单，所有材料在伦敦都能很容易得到：“我一定要有一些番红花给梨饼染色。肉豆蔻、枣子，不要，这些不在我的单子上；豆蔻仁七颗、生姜一两根，这是可以向人讨取的；四磅乌梅，还有同样多的葡萄干。”

在整个中世纪，威尼斯用铁腕手段控制了香料贸易。肉豆蔻、丁香、胡椒和肉桂皮等都穿越亚洲，来到伟大的贸易之都君士坦丁堡，威尼斯商人在这儿将这些香料抢购一空，再把香料通过地中海运到西方。在西方，香料被大幅抬价后再卖给来自北欧的商人。马可·波罗 1271 年动身前往中国时，威尼斯已经完全取得了对香料的垄断，但没有一个西方人到过香料的原产地。马可·波罗是第一个描绘丁香树的欧洲人，他说那是一种"长着像月桂叶子的小树"，但他声称在中国大陆看到了一棵丁香树，这与其说是现实，不如说是他的想象。这个威尼斯人并不知晓，当时，这种树只能在今天印度尼西亚群岛的少数岛屿上找到。

在马可·波罗返回欧洲以后的两个世纪中，香料变得非常受欢迎，到了长期供不应求的程度。威尼斯商人在赚钱的艺术方面十分在行，他们知道只要供应短缺，就可以维持高价。只要他们还把持着贸易线路，并继续垄断中东的露天市场，他们就可以紧紧控制这项贸易。但在 1511 年年末，一条令人震惊且完全不受欢迎的消息传到了威尼斯商人那里。他们听说，一支葡萄牙人的小型船队刚刚抵达了香料群岛，而且获得了整船的香料。威尼斯人维持了 4 个多世纪的垄断被打破了。

香料竞赛现在开始了。

葡萄牙人在寻找通往东方的航线方面取得了惊人的进展。1471 年首次尝试穿越赤道后才过了 40 年，他们就成功航行到了东印度的香料群岛，并且满载着胡椒、肉豆蔻和丁香返回。这些被称作"香料群岛"或摩鹿加群岛的岛屿，散布在有半个欧洲那么大的海域。尽管它们现在都属于印度尼西亚的一个省份——马鲁古省，但实际上这上百座岛屿可分成 3 种不同的类型。位于北边的是蒂多雷岛和德那第岛这两座火山岛，由强大的苏丹国统治，16 世纪的

香料群岛
或摩鹿加群岛

英里 0　　50　　100

德那第岛
（丁香）

蒂多雷岛
（丁香）

马基安岛
（丁香）

哈马黑拉岛

新几内亚

塞兰海

丽萨贝塔

塞兰岛
（西米）

安汶岛
（丁香）

班达海

岚屿　内拉岛

班达群岛
（肉豆蔻和肉豆蔻干皮）

许多时间都在进行争取独立的激烈斗争。往南大约 400 英里的地方，是安汶岛和塞兰岛，这两个地形崎岖的小岛最终会因为馥郁馨香的丁香招致一场恐怖而臭名昭著的屠杀。最南边的一片岛屿即班达群岛，它是所有岛屿中最为富庶的，也是最难登陆的。唯有胆大心细的水手才能驾船安全通过这片群岛危机四伏的水域登陆。

葡萄牙人登上了所有这些岛屿，并很快安排了武装力量来加强防御，巩固他们对这些岛的占有。1511 年，重要的香料港口马六甲落入他们的控制之下，仅仅几个月后，一艘葡萄牙的武装商船就首度造访了偏远的班达群岛。接着，葡萄牙人攻陷了印度西海岸的几个香料港口，从穆斯林中间商那里夺取了这些港口的控制权，然后又回到那片偏僻遥远的香料群岛。他们在这片群岛修筑了一系列重兵把守的堡垒和要塞，数年之间，德那第岛、蒂多雷岛、安汶岛和塞兰岛，都落入了他们的掌控之中。

欧洲的其他国家在这场香料竞赛开始时犹豫不定。1492 年哥伦布曾向西横渡大西洋，他坚信，空气中哪怕有一丝香料的气息也能被他察觉到。尽管他不遗余力地跟西班牙国王和女王解释说他已找到了东印度群岛，然而他发现的其实是美洲。威尼斯探险家约翰·卡伯特也相信，去东印度群岛的最快路线就是向西航行，并且他很早就曾造访过阿拉伯，向当地商人打听"香料是由远道而来的沙漠商队从哪里运来的"。可想而知这些商人对此讳莫如深，不肯透露这个无价的信息，只含糊其词地说香料来自极东之地。这正是卡伯特想听到的，于是他推断："假定地球是圆形的"——即便在那个时代这也不是定论——这些商人肯定是从"我们北方的西边"购入的香料。

卡伯特无法引起任何一个威尼斯投资者的兴趣，资助他向西横渡大西洋，于是他辗转来到英格兰，说服了国王亨利七世授权他寻找"香料之地"。他于1497年起航，之后横渡大西洋，在布雷顿角岛登陆，他信心十足地宣称，该岛是中国无人居住的一个地方。尽管这片土地上明显没有香料，但卡伯特返航后，他的所谓发现却让英格兰人为之着迷。"他获得了巨大的荣誉，"一位居住在伦敦的威尼斯商人写道，"他穿着绸缎衣服，英国人疯了一样跟在他后面奔跑。"事实上英格兰国王也一样兴奋，立刻为他的第二次远征提供了资金。

这次新的航行，卡伯特决定沿着"中国"海岸线走，直到抵达日本这个"全世界香料的原产地"。他确信船队会满载肉豆蔻而归，当（温度计的）水银柱急剧地下降到零度以下，冰山的威胁越来越大时，他的信心才有所动摇。

尽管一个肉豆蔻都没能带回家，但卡伯特的两次航行在西班牙和葡萄牙的港口引起了极大关注。有一个人强烈地想要更多地了解他的发现，此人就是费迪南德·麦哲伦，"一个意志力强大的绅士"。他一直认为相比绕过好望角走远路，去往香料群岛有一条快得多的路线，而且他确信卡伯特往西渡过大西洋的方向是正确的。

麦哲伦早年曾航行去过东印度群岛，如果情况允许，他肯定还会再去。但由于在摩洛哥参加了一次军事行动，他被控犯有叛国罪，并被告知葡萄牙国王不再需要他的服务了。葡萄牙国王曼努埃尔解雇麦哲伦是一个巨大的错误，因为麦哲伦是一个专业水平很高的航海家，他广泛阅读过那个时代的地理学理论。他认为，哥伦布和卡伯特没能找到香料群岛，唯一的原因是他们没有找到一条穿越美洲大陆的通道。

麦哲伦于 1518 年进到西班牙国王查理五世的宫廷。他"告诉皇帝，班达群岛和摩鹿加群岛是大自然储存肉豆蔻及肉豆蔻干皮的唯一仓库"。查理五世立刻意识到，麦哲伦为他提供了一个绝佳的机会，能向葡萄牙人似乎不可动摇的地位提出挑战。因此查理五世让麦哲伦率领一支船队，准备沿着巴西海岸线往南行进，找到一条通向太平洋的航线，然后西行，抵达班达群岛。幸运的是，麦哲伦船队随行有一位学者，名叫安东尼奥·皮加费塔，他忠实地记录了西班牙历史性的第一次香料群岛之行的一切。他的日志后来落到了学识渊博的英国教区牧师塞缪尔·珀切斯的手中，后者里程碑式的探险文集《珀切斯游记》(*Purchas His Pilgrimes*)将激励伦敦的冒险商人。

麦哲伦的航行开始得很顺利：他在加那利群岛补充了给养，越过了赤道，3 个月后到达了南美海岸线。在这里，西班牙船员与他们的葡萄牙船长之间的积怨终于爆发，酿成了一场兵变，麦哲伦被迫匆忙竖起了一个绞刑架将肇事者绞死，这场叛乱才被平息下来。

剩下的叛乱者的注意力很快被土著人的奇怪举止吸引了过去，尤其是那些巨人般的巴塔哥尼亚男人。皮加费塔记录道，他们"恶心胃疼的时候，就把一根箭从喉咙中插下半码，吐出绿色的胆汁和血液"。他们治疗头痛的办法也很具戏剧性——他们会在头上划一个口，把血清除。"他们一旦觉察到冬天的第一丝寒意，就会把周身捆绑起来，让生殖器官藏在身体里面。"

离开特内里费岛一年后，麦哲伦的船通过了现在以他名字命

名的那片海峡，进入了太平洋温暖的水域。"他非常高兴，"皮加
费塔写道，"流下了喜悦的眼泪。"麦哲伦一直都是对的，他想如
今到了这一步，只要迎着带着香料馨香的海风，一路驶向东印度
群岛就行了。

可惜事情并非如此简单。麦哲伦就像他那个时代大多数的探
险家一样，对横跨大洋的巨大距离一无所知，在海上航行3个多
月看不见陆地后，他手下的人开始挨饿。"他们吃光了所有的饼干
和其他给养之后，逼不得已吃起了剩余的面粉，由于浸了海水，
这些面粉生满了虫，臭得像尿一样。他们喝的淡水也变质了，变
成了黄色。"很快，就连生满虫子的面粉也吃光了，他们"不得不
把船上包船缆的皮革拆下来一块块吃掉，但这些皮革因日晒、雨
淋和风吹变得很硬，为了把它们泡软，他们用绳子把这些皮革拴
起来，放到海里浸泡了四五天"。这些东西当然不适合生病的人
吃，因此很快就发生了人员伤亡："由于闹饥荒，而且饮食不干
净，他们之中一些人的牙龈坏了，最终因饥饿而悲惨死去。"

尽管条件很艰苦，船队仍然艰难缓慢地前行，直到抵达了菲
律宾，船员在那儿得知，他们正在靠近目的地。但命中注定麦哲
伦看不到香料群岛，因为他犯了一个错误，卷入了当地的权力争
夺，在争斗中被打死了。他的死对所有幸存者来说是一个巨大的
打击，皮加费塔听闻噩耗极为震惊，挣扎着记下了他们的损失：
"我们的向导、我们的光明、我们的支撑陨落了。"

由于死了很多人，他们不得不决定抛弃船队其中一艘船。剩
下的船接着向香料群岛最北端驶去，1521年11月的第一周，他
们看见了蒂多雷火山上覆盖着丁香的火山锥。忽然之间，皮加费

塔日记中看似耸人听闻的内容终于有了些实事求是的色彩。麦哲伦手下的人为了赚钱已经绕了世界半周，在日志接下来的几页，皮加费塔记录了岛上他能想到的所有应用之物的重量和尺寸。

1521 年冬天，远征船队还剩下的两艘船终于离开了香料群岛，满载着 26 吨丁香、一船肉豆蔻和一袋袋满装的肉桂皮及肉豆蔻干皮，但"特立尼达"号（Trinidad）没能驶出海港。它已经腐烂、漏水、超重得一塌糊涂，需要大规模维修才能驶上归程。"维多利亚"号（Victoria）的船员噙着泪水与"特立尼达"号告别，独自起航。这些船员面临着恐怖的归程，他们之中超过半数的人死于痢疾。皮加费塔像从前一样勤勉，记下了船员每次生病和死亡的状况，甚至在尸体漂浮的方式中发现了不同的意义。"基督徒的尸体是脸朝天堂漂浮着的，"他写道，"但印度人的尸体是脸向下的。"

"维多利亚"号离开香料群岛 9 个月后才到达塞维利亚，它在防波堤附近下锚，欣慰地卸下了身上的使命。尽管它搭载的船员死亡过半，麦哲伦也早已埋葬异国，查理五世国王却喜不自胜，他做的第一件事就是奖励船长塞巴斯蒂安·德尔卡诺一个盾形纹章，上面的图案设计了 3 个肉豆蔻、2 根肉桂皮和 12 颗丁香。

葡萄牙商人对其短暂的垄断被打破感到很气愤，以最强烈的语气向查理五世提出抗议。他们援引臭名昭著的《托德西拉斯条约》（Treaty of Tordesillas）争辩说，香料群岛属于葡萄牙，而非西班牙。但他们的证据并不像他们说的那样简单明确。《托德西拉斯条约》是大约 20 年前签署的，当时根据罗马教皇的诏书把世界分成了两个部分。教皇亚历山大六世在大西洋的中间画了一条线，这条线"从北极延伸到南极"，画在佛得角群岛西边几百里格①。教皇宣布，凡在这条线的西边发现的陆地都属于西班牙，而这条线东边的一切土地都属于葡萄牙。条约签署之时，葡萄牙人成功地把该线向西移了几百英里，他们因此可以争辩说，巴西理应属于他们，因为其海岸线与该线相交。

要是家门口的争端，援引《托德西拉斯条约》还比较容易解决，但要处理遥远而鲜为人知的岛屿，事情就复杂了。如果按照上述那条教皇子午线，那香料群岛无可置疑地属于葡萄牙的势力范围，但16世纪的地图极不精确，因此西班牙人争辩说，这些岛屿落入了属于他们那一半的地球，岛上的财富应该属于西班牙国王。

不幸的是谁也说不准到底谁对谁错。1524年，两方派出的代表都向一个调查委员会提交了各自的主张，但即使他们查遍了无数的地图和海图，依然达不成协议。又经过5年的争吵，西班牙国王查理五世才把他对香料群岛的所有权以35万金达克特的不菲价格卖给了葡萄牙。

倘若对香料群岛感兴趣的仅仅是西班牙人和葡萄牙人，这笔交易本可以解决问题，但其他强国逐渐开始把注意力转向了东方，特别是英格兰，正对香料的馥郁馨香产生浓厚的兴趣。要不了多久，一位英国冒险家就会再度踏上征程。

尽管休·威洛比爵士北极远征的惨败，使得英格兰对东北航

---

① 1里格约合5.5千米。

线的寻找戛然而止，但这并未浇灭他们对前往香料群岛的热情。不过，20多年之后，伦敦的商人才敢考虑资助一次新的远征，直到威洛比航行24年之后的1577年，一支小型船队才最终在弗朗西斯·德雷克爵士的率领下起航。

德雷克的远征得到了伊丽莎白一世女王的支持，其表面上的目的是与南太平洋的居民签订贸易条约，并探索南半球传说中存在的一片未知大陆。但伊丽莎白女王还授予德雷克劫掠西班牙的船只和港口、尽其船队所能掳掠财物的权利。伊丽莎白女王告诉德雷克："打击西班牙国王，为我受的各种损失报仇，我会非常高兴。"由于这种信息绝对不能落入西班牙人手中，这次远征从一开始就笼罩着一层神秘感，直到英国的海岸线消失在远方，船员们才知道他们的目的地。

德雷克率领的五艘船，没有一艘的长度超过两辆伦敦巴士。他们把麦哲伦的航线作为蓝图，多次在同样的海湾和海港补充给养。但停靠的地点并非总是按计划进行：船在巴塔哥尼亚停泊时，船员们曾满心希望能得到那些口吐"绿色胆汁"、捆绑着生殖器的巨人的款待，然而迎接他们的是埋伏圈，亏得德雷克机警应对才得以脱险。德雷克拿起一把滑膛枪，对着一个土著开了火，"这个土著被打得肠穿肚烂，大声地咆哮着，仿佛10头公牛在一起吼叫，表情十分痛苦"。

谁也不曾想到，几天之后，德雷克的枪口却要对准自己的英国同伴。德雷克手下一个名叫托马斯·道蒂的"绅士"，据说想要造反。这些传闻最后传到了船长耳中，德雷克立刻当面质问道蒂叛变一事是否属实。因为道蒂树敌太多，流传着多个故事版本，接下来究竟发生了什么很难弄清，但所有的故事版本都有相似的结局：道蒂承认了打算叛变的事实，德雷克很是震惊，给了他 3 个选择——被处决、被赶上陆地或回英格兰在全体理事会回应指控。道蒂一刻也未迟疑："他心甘情愿地接受了船长的第一个选项……他毫不犹豫地走上前来，双腿跪地，引颈受斧，等待着自己魂归上帝。"

这段不愉快的插曲结束之后，船队继续前行，从大西洋穿过那座令人闻风丧胆、风急浪恶的海峡，成功地进入了太平洋。德雷克所乘的较小的一艘船已经掉队了。当时，他驶入了风暴之中，失去了他船队第二艘船的踪迹（事实上这艘船已经返航英格兰了），他的旗舰孤零零地飘零在这阽危之域。德雷克的船"像球拍上的球一样"被抛来抛去，他驾驶沿着南美的海岸线竭尽所能地掠夺一气，然后把船头向西一转，朝着香料群岛的方向驶去，这是一段凄凉的航程，"因为整整 68 天，我们眼前除了天空和海洋，什么也看不到"。最后这艘英国船终于看见了香料群岛林木繁茂的海岸线，此时距葡萄牙人首度航行到东印度群岛已经过了一代人的时间。

德雷克本来打算在蒂多雷火山岛下锚，但正当他驾船沿着变化莫测的浅滩行驶之时，一只独木舟载着旁边德那第岛的一位总督划到他的船边。他说蒂多雷岛几乎完全被可恶的葡萄牙人控制了，恳求这位英国指挥官能够改变航程。德雷克同意了，并且从船舱里选择了一件精致的天鹅绒斗篷送给国王，还要求给国王捎个信说他来此地是想购买香料。信使很快就带回消息，国王"愿意将全岛商品和贸易都用于两国交往"。

国王最后造访他们的船时，德雷克和他手下的人受到了难以置信的富有东方特色的款待。国王的朝臣一律着白色亚麻衣服，划着船在德雷克的大船旁边绕来绕去，"他们经过我们身边时，对我们十分肃穆地行了一个礼，地位最高者先行礼，表情和举止都带着敬意，整个身体一躬到地"。国王同样如此。"国王同6个严肃的长者乘独木舟过来时，也立刻向我们行了一个崇敬的礼，其谦卑之态远甚于我们的期望。"德雷克发现国王"个子很高，人很胖，身材匀称，有王者之优雅风范。他手下人非常敬畏他，他的总督和其他顾问不跪下来就不敢跟他说话"。

英国船员最初在东方友人的谦卑有礼面前有些不知所措，但最终他们还是用传统的方式庆祝了这一时刻。船员们把大炮装满火药，又装上了船上储存的大量小型炮弹，从容地听着洪亮的口令声发射，他们还吹奏了小号和其他乐器。国王看得眼花缭乱，他"非常高兴，热情地要求我们到船上来演出音乐，国王的独木舟也加入进来，被拴在我们大船的船尾，至少被拖行了一个小时"。

又放了一阵火炮之后，国王告辞了，但走之前国王准许这些英国人从他的岛上购买他们需要的任何香料。到德雷克准备离开德那第岛时，他的船因装得满满当当而吃水太深，很快就令人绝望地搁浅了。为了减轻船的重量，德雷克下令将8门大炮扔进水中，接着扔掉了许多谷物和豆类，最后又扔掉了他买的3吨宝贵的丁香。随着潮水的变化，德雷克的船慢慢从浅滩上浮起，踏上了返回英格兰的漫长旅途。

德雷克的回归如同英雄凯旋。他那艘被重新命名为"金鹿"号（*Golden Hind*）的船不但满载着馥郁的香料，而且船上满是

"金银、珍珠和宝石"，其中大部分都是从西班牙和葡萄牙的船上掳掠来的。普利茅斯男女老少倾巢出动观看这艘船的到达，伊丽莎白女王本人在德特福德登船，将她这位勇敢的领袖封为骑士。德雷克回来不过几天，就有大量歌谣、十四行诗、颂歌和诗歌传颂出来，纪念他历史性的航程。

德雷克惊人的远航功绩激发了伊丽莎白时代英格兰人的想象力，他们更加坚信，东方是一片神话般的丰饶之地。但德雷克航行时是作为海盗，而不是作为贸易商，而且尽管他在德那第岛成功地购买了大量香料，但其价值跟他从西班牙大帆船那儿抢来的金银财宝相比根本不值一提。更糟糕的是，他带回的有关东方市场的实用信息很少。他的航行记录中没有关于价格的细节，没有提到度量衡，也没有任何有关交易中最热门货物的线索。然而他的胜利归来，在伦敦的商人中引起了极大的轰动，他们开始在周围寻找一个合适的人选，以打开与东印度群岛的贸易。德雷克本人是显而易见的选择，他却志在旧式的海盗行径，这些商人便只好另寻他人作为指挥官。他们十分缺乏远见，这从选择休·威洛比爵士进行北极远征就可以看出来，他们这回又把指挥大权交给了诺丁汉一个名叫爱德华·芬顿的地主，他是一个固执的家伙，在航海方面几乎没有什么经验。

芬顿来自一个殷实之家，如果他愿意，本可以不靠自己的努力就过上安逸的一生。但他选择了一条不同的路：他放弃了豪门的舒适生活，卖掉了他继承的遗产，开始追逐发财的事业，哪儿有冒险的机会，他就追到哪儿。他的第一次重大远征是跟随马丁·弗罗比歇去寻找传说中的西北航线，就是在这次远征途中，芬顿第一次得知，只要一出海，对伦敦发布的命令就可以放心大胆地不予理睬。他们在巴芬岛登陆，发现了大批好像是金矿的矿床后，芬顿就放弃了他对西北航线的探索，开设了一家临时的采矿企业，以求快速发财。

由芬顿领导一次去东印度群岛的航行真是一个奇怪的选择：他荒诞得不可救药，对指挥官的种种责任使命一知半解。还没离开英格兰，他的一些奇怪举止就引起了许多人的不满，并且对他的任命有许多反对意见。但由于莱斯特伯爵看中了他，他还是被委以重任。当商人们选择芬顿的副手时，他们挑了一位可信赖的船长，他名叫威廉·霍金斯——比他的同名亲戚名气稍逊，曾追随德雷克远航南太平洋。但商人们对性格古怪的芬顿一直心存疑虑，因此把此次航程计划的详细细节都写了下来，其中包括他应该走的确切路线。"你应该经好望角沿航线走，"他们写道，"去路和回路上都不得经过麦哲伦海峡……再偏北也不得在东北方向越过纬度40°，而应该把正确的航向指向摩鹿加群岛。"

这堆指示等于到了聋子耳朵里，因为几乎还没出发，芬顿对前往东印度群岛航行的热情就消退了，这次航行危险而又令人厌倦，商人们的获利将远大于他。当他的船在大西洋南行时，这位"绅士"指挥官花了漫长的时间待在舵柄旁边，沉浸在对更崇高、更光辉事业的梦想之中。遗憾的是，正当远征队陷入一场闹剧之中时，对这次航程的记录却付之阙如。对这次航程最有趣的记录应属威廉·霍金斯的日志，但在20世纪该日志的一部分被大火烧毁了。所幸破碎的书页还能清晰地阅读，使我们能够重新拼接出当时发生在"大熊"号（Bear）船上混乱的事件。芬顿似乎早就意识到，发大财的最快方法就是对非洲海岸线一带来来去去的葡萄牙人的大帆船进行劫掠和扫荡。但当他的船在大西洋中部无精打采地漂泊时，他被一个更加奇妙的想法吸引住了。1582年9月25日，他把助手们召集到他的船舱开会，跟他们讲了他要夺取圣赫勒拿岛，"在那儿自封国王"的计划。

助手们几乎不敢相信自己的耳朵。他们非常清楚芬顿无视规则的性格，但事情如此突然，完全出乎他们的意料。倘若试图说服他放弃这一疯狂的图谋，只会更加刺激他的欲望，务实的霍金斯情绪激动地反对这一计划时，芬顿劝他说，只要他肯改变想法，就给他10 000镑银子，并让"所有有心人"都发大财。随船牧师听说这一消息时感到毛骨悚然，他"双膝跪下，恳求（霍金斯）看在上帝分上，不要同意这个决定"。船员们的反应也差不多，他们根本不想在那个遥远的大西洋小岛上度过余生，两个世纪后，这座小岛将成为因禁拿破仑的一座监狱。有几个人指出芬顿计划中的不现实之处，他们认为几乎不可能抵抗外来船只守住小岛。如果没有制海权，圣赫勒拿岛的"爱德华国王"年底前就将被废黜。

霍金斯同意了牧师的恳求。他决定"跟［芬顿］谈谈我的想法"，然后就愤怒地回到了指挥官的船舱。很遗憾他日记中接下去的几行字潦草难读，但他肯定雄辩地陈述了他的主张，因为芬顿很快就放弃了他的疯狂图谋，就跟萌生这个计划时一样匆忙。也许他意识到没有霍金斯的帮助，他可能连那座小岛在哪儿都找不到。芬顿的浪漫梦想破碎之后，就把自己锁在船舱里，陷入了绝望的情绪。"他说他要重返佛得角群岛，去取一点儿葡萄酒，"霍金斯写道，"这只是一种想偷盗的欲望。"

当他的船驶回英格兰的时候，芬顿已经意识到，他没做几件能让伦敦的商人们喜欢他的事情。他想封住霍金斯的嘴巴，于是把霍金斯铐了起来，威胁说如果他对这次航程那些滑稽的小插曲吐露一个字，就杀了他。结果，霍金斯倒是幸存下来，但最后这个行为使芬顿威风扫地，他的名字显然不会出现在未来任何一次东方远征队的名单中了。远征队的资助商拟订的详细计划和命令结果一无所获：1582 年的香料群岛远征队甚至都没有驶出过大西洋。

伦敦的商人们这时才意识到，这项事业向前推进的最佳方式就是让他们自己人——一个头脑清醒、精明而讲求实际的商人——前往东方，调查一下开展贸易的可行性。他们选择进行这一调查的人是拉尔夫·菲奇，他是利凡特公司一个讲求实际的商人，1583 年他在 4 位伙伴的陪同下离开了伦敦。他旅行期间撰写的日记记满了有关东印度群岛港口和城市的准确资料，尽管读起来并不那么令人兴奋，但其重要性在于，它标志着英国人作为严肃的竞争者进入了香料竞赛。

菲奇记述了他于 1583 年冬天与 4 个贸易伙伴——纽伯里、埃尔德雷德、利兹和斯托里一起上路时的情形。这一小队人坐船到达叙利亚的的黎波里之后，就和一支商队结伴一起抵达阿勒颇，然后他们继续骑着骆驼来到了幼发拉底河边。他们在这儿把钱凑在一起买了一条船，然后顺流而下到了波斯湾。纽伯里以前曾走过这条路，回来时还带回了有关胸脯硕大的女人的故事，他说她们"鼻子上穿着巨大的鼻环，腿上、手臂和脖子上都套着铁圈"。他忍受着中午的酷热，吃惊地看着她们毫不羞耻地"把巨乳甩过肩头"。这种趣闻绝不会写进菲奇的日记。纽伯里眼巴巴地瞅着当地的女人时，菲奇却忙着关注他们的船是怎样建造起来的、这趟旅程究竟花费多少，以及通行的度量单位。

这一队英国人刚刚到达霍尔木兹，就引起了城中葡萄牙当局的疑心。他们被捕入狱，最后被船运至果阿，交给那儿的葡萄牙殖民总督来处置。幸运的是，城里的一个耶稣会士来自牛津郡，名叫托马斯·史蒂文。他是4年前到果阿来的，成为第一位到访印度的英国人。听说几个同胞被关押在城里"相当牢固的监狱"里，史蒂文立刻为他们提供担保，使他们得以保释。

这几个英国人一出监狱，就各走各的路了。斯托里立刻把自己关进一座修道院里，做了一名修道士，追寻他新找到的使命去了。纽伯里很喜欢果阿，就在该城定居下来。埃尔德雷德与当地商人谈起了生意，而利兹加入了阿克巴皇帝的军队，从此就杳无音信了。只有菲奇的决心是不可动摇的，他绝不会放弃原来的计划。葡萄牙人把他送来果阿，却无意间帮了他的忙，把他放到了敌人的后方。他们还来不及重新逮捕他，他就乔装逃离了该城，经过多年的跋涉，最终到达了马六甲。菲奇最后到达目的地时也没有露出兴奋的表现。他以一贯的有条不紊、冷静沉稳一一记录下当地的情况，编撰了有关商品和价格的资料档案。

菲奇用了8年多的时间煞费苦心地研究香料贸易之后，他决定是时候回国了。当最后抵达伦敦时，他吃惊地发现，他已经成了一个名人，伦敦的吟游诗人和剧作家急切地想要阅读他的日记。当时有个名叫威廉·莎士比亚的年轻作家对他的故事特别感兴趣，他把菲奇日记的开篇第一句话改编后，用在了他的新剧《麦克白》

（*Macbeth*）中。菲奇的原话是："我乘坐了伦敦一艘名叫'老虎'号（*Tiger*）的船去了叙利亚的的黎波里，又从那儿一路去了阿勒颇。"在《麦克白》中，对应的句子是："她丈夫去了阿勒颇，'老虎'号的首长。"

当菲奇为第一次严肃的贸易事业打下基础时，弗朗西斯·德雷克爵士则采取了更为实际的措施来保证这项事业的成功。当西班牙国王腓力二世的巨型无敌舰队驶入英吉利海峡，德雷克对该舰队发起了攻击，使这些可能的侵略者陷入混乱之中，他每天专挑那些落单的船打，直到 1588 年 7 月底，"上帝之风吹起"①。德雷克扫视着他造成的破坏宣布说，任何一位西班牙统帅"对今天的情况都不会感到高兴"。

胜利带来的心理影响将会永远地改变英格兰。几十年来，公海一直是西班牙人和葡萄牙人的专属领地，可现在有一个新的力量加入进来了。仅仅几个月的时间，有关英格兰海军如何英勇的消息就传到了东印度群岛的国王和统治者的耳中，他们此前从没听说过英格兰。在军事力量就是一切的地区，爪哇和苏门答腊的地方统治者等待着能够第一眼看见这一刚刚得胜的强国。当第一批英国水手终于出现在亚齐苏丹阿拉丁——苏门答腊最强大的统治者——的宫廷前，船员们发现，这位统治者对这次历史性的胜利了如指掌。他急于给这个新兴的海上强国留下印象，迫不及待地想和它结成贸易联盟，于是专门派了一列披饰着华彩飘带的大象去迎接他们。

---

① 英格兰海军在海战中击败西班牙无敌舰队，其间西班牙海军遭遇风暴，损失惨重。

这位苏丹在写给伊丽莎白一世的贺信中极尽溢美之词，把女王想象成欧洲广袤土地上伟大的统治者，在收信人一栏称她为英格兰、法兰西、爱尔兰、荷兰和弗里斯兰的统治者。就连善良的伊丽莎白一世女王看到这样的奉承也会感到脸红。

第二章

奇妙又危险的气候

　　弗朗西斯·德雷克爵士大败西班牙无敌舰队两个月后，伦敦的商人们听到传言说，有一艘英国船经历了一次去往东印度群岛的冒险航行之后返回，正驶入英吉利海峡。这艘船的船长托马斯·卡文迪什是第二位环绕地球的英国人，满载丰富的商品远征归来。他在返航的路上袭击了巨大的西班牙帆船"圣安妮"号（*Great st. Anne*），捎带着打劫了数量惊人的其他 19 艘船。回到英格兰时，他受到了热烈欢迎，人们的热情高涨，因为大家听说他的水手都身穿丝绸马甲，他船队的中桅帆镶满了黄金。

　　卡文迪什刚上岸，就写信给他的老朋友宫务大臣，催他立刻派遣一支远征队去香料群岛。"我在摩鹿加群岛一带航行过，"他写道，"在那里，只要我的同胞愿意，就可以跟葡萄牙人一样自由地开展贸易。"

　　此时派遣一支成功的贸易使团去东印度群岛已成当务之急，因为自从 1580 年腓力二世登上葡萄牙王位，里斯本的市场就对英国船只关闭了。这不但造成运到英格兰的香料数量急剧减少，而且关闭了英国绒面呢和羊毛的一个重要出口市场。原来拒绝派远征队去香料群岛的那些英国人认为，葡萄牙人对东方航线拥有专有权，现在这种观点已经站不住脚了。曾经罗马教皇的一纸诏书将世界划分成西班牙天主教势力和葡萄牙天主教势力，如今这样的划分在英格兰遭到了公开嘲讽。伊丽莎白一世女王就曾亲自质疑其合法性，她提出了一个著名论断，"我的臣民［绕好望角］航行，就跟西班牙人一样合法，因为大海和空气是所有人都共有的"。德雷克和卡文迪什的航行已经向持怀疑态度的人证明，尽管英国船舶很小，但想去任何地方都可以，当德雷克在大西洋东部俘获一艘大型宽体帆船时，彻底证明了这种船"不过是可以手到擒来的虫子而已"。这条虫子可真是价值连城：它的货舱装满了价值超过 10 万英镑的财宝。

经过多年的犹豫，1591 年伦敦的商人们听取卡文迪什的建议采取了行动。他们请求伊丽莎白女王授予他们在东印度群岛进行贸易的委任状，得到女王批准之后，他们开始寻找一个合适的指挥官。这一次，他们从过去的错误里吸取了教训，选择了一位经验丰富的商船水手詹姆斯·兰开斯特，他参与过与西班牙无敌舰队的战斗，表现英勇。

兰开斯特的早年生活极少有人了解。他的遗嘱显示，他 1554 年或 1555 年生于贝辛斯托克，在刚满 60 岁时去世。据说他"生于上流之家"，幼年时被送往葡萄牙学习语言和贸易。兰开斯特本人只是十分简要地记录了他在葡萄牙度过的岁月。

"我是在这些人中长大的，"他后来写道，"我在他们中像绅士一样生活，服过兵役，还当过商人。"他在葡萄牙还干了些什么，现在仍不清楚，但他很有可能就像许多生活在那儿的英国人一样，支持唐·安东尼奥争夺葡萄牙王位并为他而战。腓力二世

詹姆斯·兰开斯特直面坏血病、风暴和葡萄牙宽体帆船，经历过两次漫长的东印度群岛之旅后幸存。他在一次飓风中写的一封信成为东印度公司的传奇之一。"我无法告诉你到什么地方找我，"他写道，"因为我只追随着海与风的脚步。"

成为葡萄牙国王后，他在葡萄牙的日子屈指可数，之后他几乎像一个难民一样逃回了英格兰，在这过程中丢掉了他的所有钱财。但他对葡萄牙的了解给他带来了好处，1587 年，亦即打败无敌舰队的前一年，他又开始从事贸易，而这次是在伦敦。

　　一幅詹姆斯·兰开斯特的油画流传至今，展现了他的风度。他身穿一件带扣子的精美的紧身上衣，戴着华丽的轮状皱领，看上去就像一个典型的伊丽莎白时代的人，一手放在剑上，另一只手用指头抚摸着地球仪，显得僵硬拘谨。兰开斯特的日记和作品为留传下来的这张伊丽莎白时代的肖像增添了血肉，反映出他是一个集脾气暴躁的老练水手和严肃的道德说教者于一身的人。他纪律严明，极力主张每天都要在船上祈祷并严禁任何形式的赌博。他特别厌恶粗言秽语，定下规矩对"诋毁上帝美名以及所有无聊而肮脏的话语"实行严厉惩罚。然而，他喜好严格纪律的天性得到了同情心的调和。当他的船遇到了沉没的危险，他起先大怒，责怪同行的船不该无视他的命令弃他们不顾。"这些人毫无同情心"，他阴沉地咆哮道。但当他后来得知，同行的这些人出于对他的爱而一直不离左右时，没有人受到惩罚。他对手下船员表现出的尊重也与以前的人不同：兰开斯特竭尽所能拯救弱者，他跟其他很多船长不同的是，当他在一旁无助地看着他的许多船员因病而死时，他真的感到恐惧。

　　在与无敌舰队作战时，兰开斯特指挥的船"幸运爱德华"号不是战船，而是许多在英吉利海峡往来航行以协助保卫王国的普通伦敦商船中的一艘。它注定要成为 1591 年在兰开斯特娴熟的指挥下，驶往东印度群岛漫长旅途中的 3 艘船之一。

资助这次远征的商人把它看成一次侦察任务，而不是贸易活动，因此船上所载货物很少，所有可用空间都改造成了船上大批人员的生活空间，这是驶往未知领域的漫长旅程所必需的。许多人都将在这次海外旅程中死去，而对那些幸存的人来说，他们到达东方之后，还有大量的热带疾病等着他们。

"幸运爱德华"号、"坚贞"号（Penelope）和"皇家商人"号（Merchant Royal）上装饰着飘带和旗布，在1591年一个温暖的春日从普利茅斯起航。一大群人集合前来与这些船告别，目送船队离开岸边时，许多人都忍不住流下了泪水。兰开斯特本人掌管着旗舰，带领其他船舶进入了英吉利海峡的急浪之中。他昂扬的乐观精神在送别他的人群中并未得到回应。他们重见亲人的机会微乎其微，许多人已经开始怀疑在季节如此之晚时出海是否明智。

起初一切都很顺利，3艘船安全地抵达了加那利群岛，接着顺风扯起风帆，向佛得角和赤道进发。他们运气很好，在这儿劫获了一艘葡萄牙帆船，该船满载着60吨葡萄酒、1000罐食用油和不计其数的桶装刺山柑。尽管有这次意外的给养补充，还是开始出现了船员死亡的情况。"幸运爱德华"号还没有越过赤道，船上就有两人丧生，而其他人也很快"就在炎热的气候下生病了，这里的气候奇妙而又危险"。更糟糕的是，天气开始变坏了。3艘船刚进入南半球，"我们就频频遭遇龙卷风，电闪雷鸣、大雨倾盆，我们身上没法保持连续3小时的干燥，这是生病的一个原因"。由于补给不足，3艘船循着信风驶向巴西，然后才折往好望角的方向。

此时，船员已在海上度过了3个月，什么新鲜水果都吃不到。

他们被困在赤道无风带，船上除了"盐类给养"和饼干之外别无他物，船员开始生病。身体开始变弱的第一个标志是缺少气力，并且持续不断地喘不过气来，很多人都再也爬不上帆缆了。紧接着，他们皮肤变得发黄，牙龈变软，嘴里臭不可闻。"侵蚀着我们的疾病就是坏血病，"船上一名远征队记事员埃德蒙·巴克写道，"我们的士兵虽不习惯大海，但还撑得住，我们的船员却一个个地倒下，[我认为]这是因为他们在家中太过安逸的生活方式。"

兰开斯特手下的大多数人很快就出现了这种疾病的早期症状，不久，坏血病开始呈现更为剧烈的病状。他们的牙齿开始脱落，身上到处是紫色的斑块。吃咸肉无法减轻这种状况，事实上只能使情况更糟。随着他们的肌肉变得肿胀，关节变硬，细细的血水开始一股股从他们的眼睛和鼻孔里流了出来。3艘船艰难地驶往好望角时，许多人还得了急性腹泻、肺病和肾病。

绕行好望角的船一般停靠的港口是桌湾，这是葡萄牙人于1503年第一次发现的一个避风水域。这几艘英国船在这儿锚泊之后，就派了一支先遣队上岸，他们碰到了"几个皮肤黝黑的野人，看上去很野蛮，不愿久留"。兰开斯特手下那些身穿紧身上衣和紧身短裤的伊丽莎白时代的水手与非洲南部土著之间的第一次会面看上去一定很奇怪。英国船员从未看见如此原始、如此野蛮的人。他们看着这些野人，露出夹杂着畏惧和厌恶的表情。"他们只在身体中间系一块短羊皮或海豹皮，有毛的一面朝里，私处则用一块鼠皮包起来。"后来一次航行中的牧师帕特里克·科普兰如此写道，他觉得他们中那些女性的挑逗行为一点也不好笑。"她们喜欢把鼠皮揭起来，展示她们的私处。"吃饭的时候更是让人厌恶。一个英国人惊恐地看着一群土著狼吞虎咽地吃着一大堆在热带的炎热气候中放了两个多星期的臭烘烘的鱼内脏，当这些"野人"咂着嘴、吮吸着指头时，他断定："世界上没有比这些人更邪门儿、更野蛮的人了。"他补充说，他们吃的食物奇臭无比，"任何一个基督教徒都不敢走进 1 英里的范围内"。那些女人佩戴的首饰同样让人恶心："她们的脖子上挂着油腻腻的动物内脏，有时候她们就直接扯下来吃。当我们把动物内脏扔掉时，她们会捡来半生不熟地吃掉，嘴里恶心地流着带血的涎水"。

整整 3 周，兰开斯特手下的船员都找不到新鲜水果，很是失望。他们好不容易用滑膛枪打了一些野鹅和鹤，在海滩上捡了一些贻贝，但他们发现很难弄到足够养活所有人的食物。不过最终他们还是交了好运。他们抓了一个土著，打着手势向他解释他们需要肉类和水果，然后这人就出发去了内陆，8 天之后回来时，他带来 40 头小公牛和阉牛以及几打羊。大家几乎不敢相信这些动物如此便宜。一把刀就可以换一头小公牛，两把刀可换一头阉牛，而要买一头羊，一把破刃刀就够了。船员们在海滩上做交易的时候，一小队人划着一只小舢板出发到海湾转了一趟，带回了一大堆海豹和企鹅，兰开斯特甚至猎杀了一头羚羊。

尽管有了这些新鲜肉类，还是有许多人病情严重，健康检查显示，身体"完全健康"者不足 200 人，有 50 人病得无法工作。于是远征队决定："坚贞"号和"幸运爱德华"号继续东行，"皇家商人"号"载着所有病人返回英格兰"。远征队至此只剩两艘船了，而且人手都严重不足。

没过几天，远征队就遭遇了灾难。剩下的两艘船刚刚绕过好望角,"坚贞"号就在一次巨大风暴中沉没,船上的所有人都丧生了。

> 我们遭遇了一场猛烈的狂风暴雨,失去了指挥官的伙伴("坚贞"号的船长),之后再也没听到有关他或他的船的消息了,尽管我们尽力在寻找他……这次令人沮丧的生离死别之后过了4天,将近早上10点的时候,发生了一场可怕的雷击,4个船员当场死亡,他们一句话都没说脖子就断了,还有94个人受到波及:有的眼睛瞎了,有的腿和胳膊擦伤了,有的胸口受伤,两天后流血不止,还有的人长时间昏迷不醒,像上过拉肢刑架一样。感谢上帝,除了那4个直接死亡的,剩下的人都恢复了。此外,在这次雷击中我们的主桅杆受损严重,从顶端到甲板被劈裂了,有些大钉虽吃进木头中有10英寸深,却都被高温熔化了。

兰开斯特的"幸运爱德华"号现在是唯一剩下的船了,这种处境对一艘即将进入未知水域的船来说是很危险的。更糟糕的是,该船船长威廉·梅斯在莫桑比克海岸取水时被土著杀死。幸运的是他们很快得到了帮助,一艘葡萄牙商船让一个黑人乘独木舟给兰开斯特送信,然后"我们随队带上了这个黑人,因为据我们所知,他到过东印度群岛,对该地有所了解"。这在英国船长中间成为通行做法,也是找到偏远孤立的香料群岛的唯一可靠方式。然而事实并非如人所愿,这个黑人带来的是一场灾难。在他的指引下,兰开斯特的船绝望地被风吹离了航线,错过了阿拉伯海中的拉克代夫群岛，兰开斯特原本打算在这里补充给养，此时只能决定去尼科巴群岛。"但我们在航行中吃了洋流的大亏"，又错过了要去的岛屿，等船到了马来群岛外海的槟榔屿时，船员又一次处于绝望的境地。只有 33 个人还活着，而其中有 11 个人病得无法在船上工作。沿海岸线航行了几天之后，兰开斯特发现有一艘从果阿来的葡萄牙大船。袭击这条船等于是一场很大的赌博，但兰开斯特准备冒这个险。他命令手下人把炮弹上膛，"冲着该船开了很多炮，最后打穿了它主帆的桅横杆，致使该船抛锚投降"。大船的船长和船员划着小船逃跑了，兰开斯特的手下将其洗劫一空。船上满载着各类物品，其中有 16 门铜质大炮、300 桶加那利葡萄酒，以及大量"烈性"葡萄干酒，还有许多红帽子、精纺毛织长筒袜和蜜饯。这些货物刚转运上"幸运爱德华"号，兰开斯特就立刻起程，以避免遭报复。

他们向西北方向的锡兰驶去，结果在浩渺的印度洋中迷了路，此时船员们都认为，他们已经冒够了险。兰开斯特在船舱中日益憔悴，"病得很重，要死不活的"，于是船员们拒绝遵守他的命令，决定驶回英格兰。兰开斯特虽不愿意，迫不得已也只好同意了。

尽管缺乏食物，兼有蟑螂骚扰，他们还是安全地绕过好望角，一路顺风地直接驶向圣赫勒拿岛，一组人划船登岛。自从爱德华·芬顿想自立为王的疯狂计划失败以来，这座小岛就被遗忘了。偶尔有船在岛上停留，储存一些"品质极佳的绿无花果、橘子以及鲜美的柠檬"。一艘过往船舶上的船员甚至决定在岛上搭建一座临时小教堂。但在一年的大部分时间里，该岛都无人居住。因此，当兰开斯特手下的人听见岛上小教堂中发出幽灵般的吟诵声时，他们大吃一惊。把门踢开之后，"我们发现了一个英国人，他是个裁缝，已经在那里待了14个月了"。他名叫约翰·西格，去年"皇家商人"号的船长发现他一只脚已经踏进了鬼门关，认为他在岸上活下去的概率比在船上大。尽管在岛上过了数月，他的身体已康复得差不多了，但寂寞、无聊和炎热令他开始神志不清了。"我们发现他看上去气色和身体都很好，"一个船员写道，"但过后我们观察到，他精神疯疯癫癫，有点儿神志不清。他起先不知道我们是谁，很害怕我们，分不清我们是敌是友，等到意识到我们是他以前的伙伴和同胞时，他又突然高兴起来，他变得无所事事，整整八天八夜他都不睡觉，最后因缺乏睡眠而死。"

回家的旅程本来就要结束了，但正当船员准备起程回家时，风又平静了下去，他们在大西洋中部无助地漂泊了6周。终于，风力变强了，兰开斯特此时已经康复，他建议顺风驶向西印度群岛，在那儿补充急需的给养。与一艘法国船的偶然遭遇使他们得以补充葡萄酒和面包的储备，但这就是他们的最后一次好运了。一场风暴突然而至，凶猛的风暴"不仅把我们的船帆吹走了，我们的船还进了大量的水，货舱里的水有6英尺深"。兰开斯特的船艰难地驶往前哨基地莫纳岛。终于抵达陆地时，大家都松了一口气，除了5人之外，所有的船员都划船上岸了。这是他们最后一次见到"幸运爱德华"号：在大约午夜时分，该船的木匠把系泊绳砍断，船上的几个骨干船员带着充分的自信驾船驶入黑夜，把兰开斯特及其手下丢在那儿束手无策。

又过了快一个月，地平线上才出现一艘法国船。船员匆忙点燃一丛篝火吸引其注意力，终于他们被接上这艘船，送回了家。

十字标尺被用来测量正午太阳的高度，从而确定纬度。远征队向香料群岛进发时携带的是原始的仪器。大多数航海设备只在明亮的太阳光下才有用。通常的做法是雇用（或抓获）一个当地的导航员。"我们随船带了一个黑人"，詹姆斯·兰开斯特写道，"因为据我们所知，他曾去过东印度群岛。"

等兰开斯特和他剩余的那些可怜巴巴的船员到达英格兰时，他们已经离开了三年六周零两天。

这次航程最终人财两失。180 名绕过好望角的人中，只有 25 人生还。更糟糕的是还损失了 3 艘船中的 2 艘，勉强艰难地驶入港口的唯一的那艘船装载的不是香料，而是坏血病。兰开斯特证明——如果需要证明的话——香料贸易涉及的风险是伦敦商人负担不起的。直到后来他们得知荷兰人已经加入香料竞赛，并取

图为 1563 年一个人正在使用十字标尺。在耀眼的阳光下，它会损害使用者的眼睛。

得了瞩目成功时，这些商人才愿意考虑资助新的一轮到东印度群岛的远征。

荷兰远征队的行动是在极其秘密的情况下筹划的。3 年多来，在城市中心广场附近一个上流街区 —— 阿姆斯特丹华尔木斯街的居民注意到，雷尼耶·波夫的家里异常活跃。这位商人不过 28 岁，但作为一家国际木材公司的领导，他已经发了一笔大财。现

使用反向标尺时
不用直视太阳。

星盘也被用来测量太阳的高
度，但不如十字标尺精确。

在他好像已经把目光投向了一个新的、更加雄心勃勃的项目，因为他家的两个常客扬·卡雷尔和亨德里克·胡德是该城最富有的商人。参加会面的还有第三个人——一个蓄着胡须、驼背的人，他戴的一顶紧绷绷的无檐便帽显得他的前额突出。这人名叫彼得鲁斯·普兰修斯，是一个有才气却很教条的神学家，他来阿姆斯特丹传布他那一支狂热的加尔文派教义之前，曾在伦敦读过书。但把他带到波夫家来的不是神学，普兰修斯来这儿是为了展示他的东印度地图——据说这是当时最精确的地图。

　　信教的人一般都成不了伟大的科学家，但普兰修斯是个例外，他就是在布道坛讲道，也会经常开小差，把思绪从上帝那儿转到他迷恋的地理上。"有人告诉我，"一位批评家写道，"你经常不好好准备布道词就登上布道坛，然后你就把话题转到跟宗教毫无关系的事情上。你像一个地理学家一样谈论东印度群岛和新大陆，要不就谈星星。"普兰修斯对地理学的兴趣越来越渗透进他的宗教工作之中。他受人之托，为新版《圣经》绘制一份圣地图，于是他娴熟地绘制了一份包括香料群岛的世界地图，而不是圣地图。很快他就越来越把精力集中在绘制地图上，到了1592年，他出版了他的世界地图，并给该图起了一个宏大的名字："世界地理及水文图，包含不同经纬度下的国家、城镇、地区和海域，以及绘制最精确的海角、海岬、岬地、港口、浅滩、沙岸和悬崖"。

　　普兰修斯绘制这些地图时，借鉴了两位荷兰制图员的作品。这两个人就是亚伯拉罕·奥特柳斯和赫拉尔杜斯·墨卡托，他们两个又是从罗马地理学家克罗狄斯·托勒密那儿汲取的灵感，因为后者曾付出巨大努力详尽地确定了所有已知地点的准确方位。

奥特柳斯对制图学的迷恋使之完成了他杰出的作品《寰宇大观》（ *Theatrum Orbis Terrarum* ）。而赫拉尔杜斯·墨卡托在整个 16 世纪 60 年代一直致力于绘制一幅具有开拓性意义的投影世界地图，如今这类地图就以他的名字"墨卡托"命名。墨卡托完成的地图在细节上近似奥特柳斯的地图，但不同之处在于其使用了新颖的投影法，尽管他把垂直相交的线条都画了出来，但他在纬度平行线抵达南北两极时把它们扯得更开。当然，这在很大的程度上歪曲了距离，以至于格陵兰的面积竟然有北美那么大，但它也意味着，图上地点的相对方位还是正确的。荷兰制图员们因他的这一发现实际上垄断了绘图学达一个多世纪，也为前往东印度群岛的荷兰探险家们提供了最新的实用信息。

即使有这些地图作为参考，规划第一次远征的荷兰商人还是小心翼翼。他们知道装备一条船需要花费巨资，而根据英国人的记录，在往返东方的漫长路线上几乎肯定是要遭受巨大损失的。但在 1592 年的冬天，普兰修斯带着一张陌生的新面孔来到了波夫的家里，这人饱经风霜的面庞表明，他出国已经有相当长一段时间了。这位陌生人叫扬·哈伊根·范林斯霍滕，他的确刚刚经历了一次漫长的旅程——他在印度度过了 9 年——带回了大量有关东方香料港口的消息。

范林斯霍滕与拉尔夫·菲奇适成对照，如果这两个人在马六甲的市场碰面，会发现他们之间的共同点很少。范林斯霍滕的故事中混了事实和幻想，他的书里都是"放纵不贞的女人"、横冲直撞的大象和"大如小猪"的硕鼠。最奇特的是他关于"果阿妖鱼"的故事，这种鱼"体形如中等大小的狗，鼻子像野猪，小眼睛，没有耳朵，却在耳朵的地方长了两个大洞"。他正要试着画一幅这种奇异生物的草图时，"它在厅堂的地上跑了起来，一直发出野猪般的喷鼻声"。

跟菲奇不同的是，范林斯霍滕旅行不是为了研究香料的价格和实用性。他的目标是搜集来自东方的奇闻逸事，他一见到商人和水手就盘问他们，并把他们讲的奇特故事都记在他内容丰富的日记本里。

当他回到荷兰，开始向人们讲述他的旅行时，这些故事真正的价值才得到了体现。范林斯霍滕自己没意识到，他编撰了一本有关东印度各岛知识，内容丰富的百科全书。他清楚地知道当地商人想用香料换什么东西，他发现西班牙银元是贸易商最喜欢的钱币，他还在不经意间调查了前往东方的漫长旅程中所有最适合补充给养的港口。他的所有成果汇集成了卷帙浩繁的《旅行指南》(Itinerario) 一书，该书有沉甸甸的五大卷，其中一卷含有东印度每座岛屿能提供产品的说明，以及对外国贸易商来说极为有用的一份语言清单。书中有对肉豆蔻和丁香的详细描述，以及关于这些香料的治疗效果的章节："肉豆蔻能强健脑力，增强记忆力，还可以祛风暖胃、清新口气，肉豆蔻利尿、止泻，并能治疗反胃。"

范林斯霍滕的描述和普兰修斯的地图使波夫家的3位商人确信，现在已经到了派遣一支远征队去东方的时候了。但他们仍然有些犹豫，决定等他们派去里斯本的一个间谍回来再说。这个任性的人名叫科内利斯·豪特曼，他不稳定的性情在未来会惹来很多麻烦。豪特曼究竟在里斯本发现了什么，我们不得而知，但他的发现使那 3 位商人确信，必须立刻加入香料竞赛。"经过多次讨论，他们最终决定以上帝的名义，开始航海及其他事务。"他们又召集了 6 位商人来资助这个项目，建造了 4 艘帆船，还从几个市镇借来了大炮。但令人尴尬的是，他们找不到足够的武器，于是不得不派一个代理人到英格兰去买些武器。

荷兰人的此次航行经过了精心规划，与英国人的远征形成鲜明对比。几艘帆船上都配备了备用桅杆、锚具和缆绳。爱发牢骚的导航员迫不得已要去彼得鲁斯·普兰修斯那儿上航海课："一周 5 天，从周一到周五，从早上 9 点至晚上 5 点"。但与詹姆斯·兰开斯特之前的所有英国远征队一样（选择了弗朗西斯·德雷克那次除外），这些荷兰商人也犯了一个关键性的错误：他们选择了碌碌无能的领导者。

其中之一便是科内利斯·豪特曼，就是这个人在里斯本的秘密活动促成了整个项目启动。作为间谍他很称职，但作为领导，他就是一个灾难了。豪特曼被委以"毛里求斯"号（*Mauritius*）总代理商这一重要职位。如果这是他唯一的工作，也许会限制他搞破坏的潜能。不幸的是，他还在船务理事会占了一个位置，这个特殊的身份赋予了他对任何事情的首要发言权。

远征队的 4 艘船于 1595 年春起航，首先驶向大西洋中部的佛得角群岛，然后驶向赤道。他们在赤道进入了无风带，在大海上漂了将近一个月才看见巴西海岸线。这 4 艘船在这儿循着信风改变了航线，航行到了非洲南部。

此时船上许多人已患重病，他们绕过寓意美好希望的好望角时，美好的希望却变得难以捕捉，71 名水手在这里因坏血病丧生。更糟糕的是，人们积压的不满激化为公开冲突，纪律秩序全面崩溃。在正常情况下，这样不守规矩的行为本会受到最严厉的惩罚。据荷兰的惩戒规定，只要因打架而流血，肇事者的一只手要被皮带绑在身后，另一只手要钉在桅杆上直到他自己解开为止。如果斗殴导致死亡，肇事者与受害者会被绑在一起扔进海里。哪怕开玩笑似的拔刀也是很严重的违规行为——违规者要被3次从桁杆上放入水中长时间浸泡。拒绝遵守船长命令会被处死。开小差要挨鞭抽，而最严重的犯罪者会被缚在船龙骨上拖行——这是一种可怕的刑罚，它是在船行驶之中，把人绑在船的龙骨上拖行。在大多数情况下，受刑者的脑袋都会被拖掉。

但所有这些惩罚都无法阻挡荷兰这支开创性的远征队的船员沉溺在最暴力也最野蛮的行为之中，当"阿姆斯特丹"号（Amsterdam）的船长死于坏血病，头脑发热的总代理商赫里特·范博伊宁根接管该船时，麻烦来了。船务理事会大发雷霆，指控他犯下了一系列罪行，包括企图谋害科内利斯·豪特曼，因此要求直接把他在桅杆上吊死。还有一些人支持范博伊宁根，誓死忠心于他。最终还是客观事实占了上风，这位总代理商被戴上了镣铐。历史并未记载他是否对他的行为感到后悔，但他确实有充分的时间去后悔。当"阿姆斯特丹"号两年后回到荷兰时，范博伊宁根依然戴着镣铐。

此时，船队的纪律完全崩溃了，直到他们抵达苏门答腊，船员才要求暂时和解，解决他们之间的争吵。他们驶过岸边的浅水时，当地土著居民划着内部掏空的独木舟前来，用大米、西瓜和甘蔗与他们交换玻璃珠和小饰物。新鲜食物和淡水有助于治愈裂痕，但不久又发生了新的争吵。到达爪哇富裕的港口万丹时，豪特曼曾希望买点便宜的香料，但他发现其价格已经达到天价，豪特曼暴跳如雷。更糟的是，因为商人们互相竞争引发的争斗和廷臣对权力的争夺，该城的所有地方机构都消失得无影无踪。

这种点火就着的局面注定以灾难告终。豪特曼对香料价格的猛涨很愤怒，他大发脾气。一位船员在一则实事求是得令人毛骨悚然的日记中写道："他决定尽其所能毁了这座城市。"接下来是一场肆意毁灭的狂欢，后来，在东印度群岛一提到荷兰，人们就会想到这次破坏。大炮轰击了城市，囚犯被处以死刑。战斗的短暂停歇使荷兰指挥官得以辩论处置囚犯的不同方式（选择方案是要么用刀戳死他们，要么用箭射杀他们，或用大炮炸死他们——遗憾的是，没人记录他们最终采取了哪种方式）。这个棘手的问题刚解决，狂轰滥炸就继续进行。这边是国王的宫殿被击中，那边又是刚俘虏的囚犯被拷打。"在我们报了仇，船上的领导同意之后，"同一个船员写道，"我们才准备起航。"之后船队来到附近的西大域港，却在这儿遭到一队爪哇土著的突然袭击，他们登上"阿姆斯特丹"号，当场砍死12人，其中包括船长。"接着我们自己划船，把土著赶回到岸边，处决了杀死我们同伴的那些爪哇人"。很少有人停下来细问一下为什么每个人都如此野蛮。16世纪的海员日记中从未写到过有感到良心发现的时候，但有一位船员的确对他的商人同伴为什么突然之间都变成了嗜血如狂的凶手感到纳闷和怀疑。"什么都不少，一切都完美无缺，只是我们自己出了问题。"他写道。

接下来的事件表明，杀戮才刚刚开始。当这几艘荷兰船经过爪哇海岸线外一座低洼的岛屿马都拉时，当地的统治者（他还不知道万丹发生的事件）决定表示一下友好，他派了一小队当地的快速帆船来迎接荷兰人。桨手们缓慢而礼貌地把船向荷兰船只划过去，在他们队列的中心，是一艘华美的大驳船，船上有一座抬高的桥，土著头领满面微笑，站立桥头。

随着越来越多的土著划到船边，荷兰人骚动起来。有些人交头接耳说，他们有埋伏。另一些人坚信肯定有阴谋，主张先发制人。豪特曼同意了，遵循"最好的防守就是进攻"的古老原则，他的船"开火杀死了大船上所有的人"。这是大屠杀的信号。几分钟之内，几十门大炮对着当地土著的小船队开炮，把他们的船都击沉了，而且杀光了欢迎的队伍。船上的人刚被炮轰到水里，荷兰人就放下小舢板，以短兵相接的方式结束了当天的任务。截至战斗结束时，除了20个土著以外，其他人都死了，其中就有土著头领本人，他在葬身鱼腹之前，尸体上的珠宝被抢劫一空。"目睹了这场袭击，我不无欢喜，"一位荷兰水手承认，"但我也感到了一点点羞愧。"

荷兰船队的船只和船员此时处于窘境。互相争斗的小集团抓着对方的把柄，而各位指挥官——豪特曼在他们中间正占上风——关系很差，几乎互相都不说话了。已有数百人死亡，那些还活着的人则身患他们在万丹染上的热带疾病。更糟糕的是，船队这几条船都处于亟须修理的状态。船体挂满胡须似的海洋植物，结着藤壶的壳子，看上去就像是从海底深处捞出来的。船身因为虫蛀变得千疮百孔，这些蛀虫钻透了荷兰橡木，结果水从洞中灌了进去。太阳晒干了甲板上的木头，板条之间的缝隙已超过半英寸之宽。

此外还有香料的问题。尽管已经在海上度过了几个月的时间，但是除了船队首次抵达苏门答腊时弄到的少量香料之外，豪特曼一直没能买到任何香料。荷兰人由于拒绝与万丹的商人交易，很快就没有了合适的市场。

此时船队不得不制订一项行动计划并坚决执行。豪特曼主张他们东航至班达群岛，因为在那儿肯定能以合理价格买到一船肉豆蔻。但"毛里求斯"号的船长扬·莫伊勒内尔不同意。他说这几艘船实际上已不适合航行，要走这么远的路，他们几乎要冒必死的风险。结果，死亡找上莫伊勒内尔的门来，比他预料的还要快。他与豪特曼大吵一场之后不过几个小时，就一头倒在甲板上一命呜呼了。毫无疑问是被人谋杀。船上的两名随船理发师当着船务理事会的面宣称，莫伊勒内尔"全身青紫，嘴里和脖子里往外流毒血。他的头发稍微摸一下就会脱落"。他们的结论是："就连一个孩子都看得出他是被毒死的。"

把谋杀、动机和尸体联系起来，人们马上确定了嫌疑犯。"毛里求斯"号上的船员指控豪特曼犯了谋杀罪，给他戴上了镣铐。接着他们召集船务理事会第二次开会，要求将他处死。但这个要求落空了，理事会认为处死他的证据不足，因此把他放了。

船员此时决定放弃追逐香料，返航回家。"阿姆斯特丹"号已经烂透，给养搬空以后，被一把火烧掉了。船队接着在巴厘岛最后停留了一次，感受了当地少女的多情和魅惑，把两位陷入魅惑不可自拔的人留在那儿之后，就起航回家了。

当他们最后返回阿姆斯特丹时，已经过去了两年时间，船上三分之二的人都死了。对那些资助这次航行的商人来说，船队没带回香料比人员损失要难受得多。他们眼看着几艘船回到港口，满心希望船上满载着肉豆蔻、丁香和胡椒。实际情况却是，在那个8月的日子，船上卸下的是里亚尔银币——就是他们两年前亲眼看见装船的那些。令人难以置信的是，当这些船到达东印度群岛时，香料的价格已经极度膨胀，结果豪特曼带回家的那一点点香料就足以使这次冒险获利。他如果是一个更加负责的指挥官，肯定能让他们发一笔大财。

荷兰人的东方处女之航尽管麻烦缠身，但一点也不妨碍阿姆斯特丹的商人把更多的钱投入香料竞赛之中，他们说，荷兰人取得的成功比英国人大得多，因为英国人不仅在第一次远征中损失了两艘船，比他们多一艘，而且到目前为止都没有到过万丹的香料港。

荷兰商人们并没有汲取前一次航行的教训，豪特曼回来后不到7个月，他们又让这个桀骜不驯的指挥官负责荷兰去东印度群岛的第二次远征。尽管豪特曼无法胜任，主领航员约翰·戴维斯却是十分称职的，他是一个来自德文郡的英国人。这个才华横溢的航海家曾在开拓性的北极远征中到过格陵兰冰封的海岸，他不但带领船只往返于东印度群岛，而且对各海岸线、港口和海港都做了详细的笔记。完成那次漫长的航行之后不过几周，戴维斯又被雇用进行第二次航行。但这次他乘坐的是经验丰富的詹姆斯·兰开斯特掌管的一艘英国船。这次航行，他们两人受雇于新成立的东印度公司。

第三章

音乐和起舞的少女

1599 年 9 月 24 日晚，伦敦罗斯伯里大街半木质结构的奠基人大厅传来一阵响亮的欢呼声，这天的大部分时间里，伦敦的冒险商人一直在深入讨论派遣一支新的船队去东印度群岛的问题。到这时，他们终于做出了决定。大家一致举手通过了最后的决定并激动地欢呼着，他们决定请伊丽莎白一世女王批准一个项目，"这是为了我国的荣誉并在英格兰的国土上发展商业贸易"。

现已无相关绘画作品留存下来，记录那个 9 月之夜奠基人大厅竖框窗后的场面了，但这家新成立公司的记录员已为后世记下了这次会议每一个具体的细节，因此不难想象出一幅围绕这一历史事件展开的图景来。80 余人济济一堂，讨论计划进行的航程的细节。这些人中没有贵族或地主，他们也不属于宫廷的小圈子。大多数人都是商人和市民，他们是以投机商业冒险生意谋生的。

公司这一新事业中的某些关键人物有很丰富的国际贸易经验，例如，理查德·斯泰普和托马斯·斯迈思是利凡特公司的主要创始人，曾帮助公司在东地中海成功开展业务。其他人，如约翰·哈特爵士和理查德·科凯恩都是伦敦城中的著名人物。这些人中有 3 个曾担任过伦敦市长，这次会议主席是现任市长斯蒂芬·索恩爵士，他头戴假发，身着华丽的长袍。参加会议的并非都是商人，除了伦敦各行会的普通市民和市议员，还有水手和士兵，这些留着胡须、饱经风霜的老水手戴着金耳环，脖子上套着好运护身符，其中还有詹姆斯·兰开斯特和约翰·戴维斯，也看得到托马斯·卡文迪什的密友弗朗西斯·普雷蒂。德雷克手下的几名船员，以及一些曾跟芬顿和霍金斯一起出航的人也来参加了会议。北极远征家威廉·巴芬和米德尔顿三兄弟——约翰、亨利和大卫——也出席了，后来他们在往返香料群岛的漫长航程中都遭遇了灾难。

公司第一次冒险之成败全系于上述这些人身上。他们熟悉满载贵重香料的葡萄牙宽体帆船的样子，也知道获得淡水和补给的最佳港口。他们还知道，尽管西班牙人和葡萄牙人在东方经营着繁荣的生意，但是他们直接控制的港口只有一打左右。这些港口散布在从马达加斯加到日本的广袤地域之间，就连果阿这个葡萄牙在东方的前哨、皇冠上的明珠，也只驻扎了一小队商人，与果阿"黄金国"的名声不相配。在"摩鹿加和香料群岛不计其数的富饶岛屿中"，肉豆蔻和丁香一钱不值，葡萄牙人在那里的影响更微弱。他们只在蒂多雷岛和安汶岛有两座堡垒，剩下的几十个环状珊瑚岛和岩石岛尚无欧洲人提出领土主张，比如出产肉豆蔻的班达群岛这类偏远的地方。

国际法有一个公认的准则，欧洲国家只能对修筑有工事或建立了某种明显可见的占领标志的地方提出领土主张，因此，许多人主张应该到香料群岛中这些孤立的偏远地区去。例如，如果能把旗帜插到班达群岛上，英格兰就可以在东印度群岛中最富饶的岛屿站稳脚跟。

当大家都有机会发言之后，斯蒂芬·索恩爵士宣布进行表决。会上有很多要事需要解决，其中包括如何保证两天前的一大笔赞助费全部以现金的形式收取。会议还决定选出 15 名董事进行公司的日常管理，安排并协调即将成行的航程。

会议最后结束时，天色已经很晚，水手和冒险家们迈着沉重的步子走回到他们在肖迪奇和沃平的家中，商人们则回到查令十字和林肯费尔兹带有山墙的寓所里。所有人一定都觉得，他们终于快要成功地参与到前往东印度群岛的贸易活动中去了。

对那些把钱赌在本次航程上的出资者来说，如果这次远征成功了，他们将发一大笔财。伊丽莎白时代的伦敦是富有贵族的地盘，他们竞相追逐各种奢侈品。女王本人的衣橱中有 3000 件裙装，引领了这个时代的时尚风向标，宫廷贵妇则争相效仿，她们身穿织锦和花缎，缀着昂贵的花边、黑貂皮和刺绣。女王热爱身居高位所能享有的华丽、典雅和奢侈。在她圣詹姆斯、格林尼治、温莎和汉普敦宫的宫殿，充斥着大量华而不实的饰物、小玩意儿和珍贵的艺术品，女王还拥有一座用天鹅绒装饰的宏伟的希腊和拉丁诗人作品的图书馆。

她手下有几位比较清教徒式的大臣反对宫廷中的浮华奢侈之风。在一个贵族成员的婚礼上，主持仪式的教士对眼前的奢靡景象感到沮丧，决定讲出自己的心里话。他也许已经知道已提上日程的东方远航，便登上布道坛，针对伊丽莎白时代的种种艳俗之风做了一次严厉而又切中要害的布道。"在所有品质中，"他说，"有一种品质是女人不能有的，那就是追求过多的装饰。看见一艘船张满风帆、索具齐备、风帆林立、桅杆高耸、上桅顶天，几层甲板上到处都飘扬着饰带、旗帜和军旗，那是怎样一种奇妙的景象啊……"他稍作停顿，扫了一眼台下的女士，继续说道，"看到一位女士按照上帝的形象被创造出来，却又常常以其造作的法语、西班牙语以及傻乎乎的各种时髦，错误地被塑造成另一种形象，那又是怎样一个奇妙的世界啊，上帝……从她披挂的羽毛、身穿的兽皮、丝织假面，以及像风帆一样张开的皱边中几乎都认不出她来了。"

这次布道等于对牛弹琴。女王的廷臣可不想放弃他们新发现的乐趣，因为这是一个凡事都无节制的时代。他们参加露天表演、假面舞会和骑士比武等活动，都需要着装华丽，那个时代老套的民谣、颂诗和十四行诗反映出了他们轻浮的需求。他们喜欢古董和珍品，以及那些非同寻常并带有异国情调的事物。正是为了满足这种流行时尚，伦敦的商人才决定进行这次新的冒险。

伊丽莎白女王本人很想让远征队尽快出发，特别是在她得知，葡萄牙人和荷兰人已经出人意料地把胡椒价格从每磅3先令提高到8先令时，就更是如此了。胡椒已经成为一种基本商品，其价格达到除富有的少数人之外谁也付不起的程度，亟须派遣一支组织良好的远征队到它的产地去寻找它。继詹姆斯·兰开斯特远航之后，曾经有过一些尝试，但都以灾难告终。最近一次尝试是本杰明·伍德船长带领的，但他的船队消失得无影无踪，根据塞缪尔·珀切斯的记载，那是"一场双重灾难，不仅整个船队可怜地全军覆没，这场悲剧的历史和叙述也悉数遗失"。消息慢慢地传回伦敦，传闻全体船员都病得一塌糊涂，相继死在了海上。"有些破碎的木板，就像船失事之后留下的那种，在西印度群岛那边被发现，让我们知道了东印度群岛发生的不幸。"只有四个幸存者想方设法游到了地平线上的一座小岛，其中三人很快就被一个西班牙凶手杀了，只有一人逃脱。但连此人也注定不能活很久，他在乘坐一艘路过的船逃离该岛时，很快因服用了毒药而死去。

1599 年 10 月 16 日，公司第一次会议后不到一个月，伦敦的商人得到女王的官方许可。她指示他们从枢密院取得航行的委任状，以及一份可以把 5000 英镑金子带出国的许可，这是商人们谈生意所需要的。女王的热情让商人们很高兴，枢密院表面上很热心，却决心阻止这次航行。此时英国与西班牙的棘手谈判刚刚开始，如果这次远征队在女王的准许下起程——违背教皇的意愿——西班牙国王腓力三世就会以此为由撤出谈判。商人们得到明确警告，任何航行都得适应目前的公共事务状况。忽然间，这次远征在最高层遭遇了阻碍。

怒气冲冲的商人们发现，他们的事业遭到伊丽莎白宫廷中一小撮傲慢贵族的阻挠。他们乞求女王干预，女王尽管非常同情他们，却无能为力。商人们此时坚定了决心，他们全然不顾这些贵族的阻挠，"开始准备接下来一年的远航"，他们细细研读每一份地图、航海图和准备到访地区的旅行指南。所有新发现的信息被编撰成了一份文件，题为"英国商人为何要到东印度群岛从事贸易，特别是去非西班牙和葡萄牙国王属地的富饶王国和领地经商的理由，及葡萄牙在这些东方地区征服和司法权的真正限度"。他们关于要进行这次征程的理由就是要坚决拒绝《托德西拉斯条约》。商人们写道："让西班牙人举出任何公正合法的理由来吧……说明他们为什么有理由阻止女王陛下及其他所有基督教的君主和国家利用广袤无垠的大海，进入东方如此之多的自由领主、国王和君主治下的地区和辖地。"他们主张，这些地区应该向所有的商人自由开放，"因为［西班牙人］对主权的控制或权威并不比我们或任何基督徒更多"。

女王颇有兴趣地阅读了这份文件，然后把它交给了学识渊博的海军财务主管富尔克·格雷维尔爵士。富尔克同意文章的每一个字，还援引他那座让人印象深刻的私人图书馆中的书，为香料贸易增添了参考资料，增强了文章的说服力，"特别是扬·哈伊根（范林斯霍滕）的航行记录"，他就是曾使荷兰的第一次航行成为可能的人。格雷维尔还提供了一份与西班牙有过交易的所有东方国王的名单，从中得出了必然的结论：对于尚未签订任何贸易联盟的（东方）统治者，哪个国家能够先抵达他们那儿，就可以自由和他们进行贸易。

伦敦商人于 1600 年 9 月 23 日举行第二次会议，此时离第一次聚会已经过去整整一年，但他们起航去东印度群岛还遥遥无期。商人们越来越不耐烦，于是下定决心，不管能否从贵族老爷们那儿得到允许，都要"把计划推进下去"。开会两天之后，他们花费了足足 1600 英镑，买下了第一艘船"苏珊"号（*Susan*），第二天又买了"赫克托耳"号（*Hector*）和"上升"号（*Ascension*）。

那些一直在商人前进道路上设置障碍、溜须拍马的廷臣此时意识到，他们走错了一步，于是他们决定不再继续采取阻挠航行的策略，转而想通过把自己人安插在领导岗位来夺取控制权。他们有一个现成的选择：几个月来活跃在宫廷里的贵族探险家爱德华·米歇尔本爵士，他一直在为取得东印度群岛专有贸易权请愿。此时，财政大臣向伦敦的商人推荐了米歇尔本，委婉地指示他们应把"统帅"位置留给他。

商人们想起了爱德华·芬顿灾难性的圣赫勒拿岛之旅，便决定拒绝接受这个指令，尽管其来自财政大臣这样的高官。他们谢绝了财政大臣的提议，意味深长地解释说，他们决定"在领导岗位上决不雇用任何出身高贵之人"，而且他们宁可"与身份地位跟他们一样的人谈生意，以免大众怀疑他们雇用贵族，这会导致大批投机商撤销他们的投资"。

遭此冷遇，米歇尔本气得面色铁青，拒绝交纳他已签名的赞助费，结果他被公司除名。米歇尔本蒙受奇耻大辱，气得七窍生烟，带着一肚子怨气走了。4年之后，他才第一次独立地进入东方贸易领域，结果造成了毁灭性的后果。

商人们此时决定准备航行的装备，于1601年春起程，但他们买的船就是依当年的标准来看也太小了。他们意识到，如果想赶走任何好战的葡萄牙宽体帆船，就需要一艘大型领航船，他们开始到处寻找更像样的船。坎伯兰伯爵的船正是他们所需要的：此船名叫"毒鞭"号（*Malice Scourge*），600吨的吨位，要价高达4000英镑。一番讨价还价之后，该船以3700英镑成交，并被重新命名为"赤龙"号（*Red Dragon*）。这艘船坚固结实，经得起大风大浪，尽管比起热带地区，其结构更适合北方冰冷的海水，但它在泰晤士河上给围观者留下了深刻的印象，从高耸的船尾和雕花的船尾楼看得出船长和助手们所住的船舱宽敞舒适。船腰很低，使船吃水很深，其凸伸的船头上装饰着一座精心制作的雕像。

后来，这艘船在东印度群岛业绩辉煌，直到在 1619 年 10 月的一次残酷血腥的战斗中被荷兰人击沉。

多次争论和商讨之后，商人们决定装上船的货物包括：一批铅、铁（包括生铁和熟铁）、德文郡的棉制克尔赛粗呢和绒面呢、诺威奇羊毛，以及几箱小饰物和小玩意儿，用来赠送给路上遇到的各地统治者。其中有腰带、一盒手枪、鸵鸟羽毛、镜子、汤匙、玻璃玩具、眼镜，以及银雕水罐。

给养问题考虑得极为周密，每一粒豆子、每一根胡萝卜都各按比例进行配备。船只泊港时不供应食物：由船长去与土著以物换物的交易，弄来足够的食物供船员食用。为这几艘船提供给养的细节足以表明，商人们决心让这次航行取得成功。

16 个月的面包，每月按 30 天计：

平均每人 24 磅，共 150 吨 14 磅 1714 英担[①]，价值 1028 镑 8 先令。

4 个月的伙食，每人每月 30 磅：

共 30 吨 224 磅 535 英担，价值 267 镑 17 先令 4 便士。

4 个月的啤酒，每人每天一瓶，总重不计漏掉的 80 加仑[②]：

共 3 万加仑，重 170 吨，价值 510 镑。

8 个月的苹果酒，按以前的用量每天 1 夸脱[③]：

共 3 万加仑，重 170 吨，价值 680 镑。

---

① 1 英担约合 50.8 千克。

② 1 加仑约合 4.5 升。

③ 1 夸脱约合 1.1 升。

8 个月的葡萄酒，按以前的允许量每天 1 品脱 [①]：

共 1.5 万加仑，重 80 吨，价值 960 镑。

4 个月的牛肉，每人每天 1 磅：

共 538 英担 2 夸脱，重 30 吨 14 磅，价值 428 镑 10 先令。

10 个月的猪肉，每人每天 1/2 磅：

共 669 英担 2 夸脱，重 40 吨 16 磅，价值 669 镑 12 先令 6 便士。

…………

这份清单就这样一直开了下去。与猪肉配套的还有豌豆和黄豆，3 个月的咸鱼、燕麦片、小麦、"老荷兰奶酪"、黄油、食用油、醋、蜂蜜、糖和大米。甚至还让船员带上了几磅肉豆蔻、丁香和胡椒，以便遮掩肉的腥臭味，以及 14 大桶的烈酒。

尽管商人们忙着准备船上的给养，但他们并没有忽视几位船长和指挥官的人选。他们推选经验丰富的托马斯·斯迈思爵士任公司第一任总督之后，就把注意力转向远征队日常工作中去了，詹姆斯·兰开斯特毫无意外地被提名为船队的"统帅"或称船队司令，而最近刚从荷兰人组织的那次航行归来的约翰·戴维斯，被任命为主领航员，负责导航。约翰·米德尔顿、威廉·布伦德和约翰·海沃德都曾坐别的船走过这条航线，此时被任命分管其他 3 艘船。

此外，还需要选择随船商人，又称代理商。这些人都是职业

---

① 1 品脱约合 0.5 升。

贸易商，本次航行之成败全仰仗他们。精心挑选出的 36 个代理商，全都要在东印度群岛定居，为将来的航行建立贸易据点。会外语的人特别受青睐，尤其是那些会讲葡萄牙语、西班牙语或阿拉伯语的人，这些语言都是许多东方大港口的贸易语言。商人加船员共计 480 人，其中大多数都是经验丰富的海员。

很快，伦敦的码头就活跃起来，船上响彻装绳具、锚具、三角旗、成桶火药，以及火枪的声音。货物被搬上船填满了货舱，最后，一桶桶沉甸甸的麦芽啤酒和苹果酒被捆在了甲板上。

起程前，尚有最后一件事情要做：公司现已被命名为"东印度贸易商业公司"（Governor and Company of Merchants Trading to the East Indies），其特许状上需要伊丽莎白女王的签名。在商人们自己草拟的这份文件中，他们希望获得对"东印度群岛、亚洲和非洲各国和各港口，往返于亚洲、非洲和美洲各岛、各港口、各市镇和各地之间以及好望角和麦哲伦海峡之间所有这些地方"的垄断贸易权。

1600 年 12 月 31 日，他们终于取得了女王的签名。特许状的有效期为 15 年，授予这个总共 218 人的小团体巨大的权力。这些冒险商人们被授予不受王国政府干预，与东印度群岛——这是一个含糊的地理术语，包括整个东南亚——贸易的特许权。他们只要有需要，想从此地拿走多少金块就拿走多少，想在哪儿建立贸易站就在哪儿建立贸易站，想怎么管理就怎么管理。作为得到这种全面特权的条件，他们需要每年提供一支 6 艘船的舰队。

英格兰第一次贸易远航中不多的几条规章制度并非出自王国政府，而是由这些商人拟订的。有人警告兰开斯特，要禁止水手私下交易，"并且要对每艘船都进行适当的搜查，搜查所有的箱子、盒子、包装、包裹、文字及其他财产，以便发现是否有违反此法令的行为"。可惜这条禁令难以实行，在这次漫长而危险的航行中，水手个人的酬金几乎为零，因此许多人起航时都满心希望能够走私回来一两袋肉豆蔻。

伊丽莎白女王专门为东印度公司铸造了一种新货币。此钱币在伦敦塔制造，一面印着女王的纹章，另一面刻着城堡的吊闸，因此很快就被人们称为城堡吊闸钱（portcullis money）。女王还批准东印度公司商人们使用一种新旗帜，它以蓝色为底，有 13 道红白条纹，成为 175 年后北美 13 个殖民地所用旗帜的原型。

1601 年 2 月寒冷的一天，兰开斯特率领的 5 艘船缓慢地驶入了泰晤士河。它们经过伍利奇码头时，呈现出一片色彩缤纷的景象。甲板上长旗飘飘，长三角旗招展，旗帜五颜六色，主桅杆上绘有血红色十字架的圣乔治旗迎风招展，沿河两岸挤满了来欢送的商人、船员亲属和怀着良好祝愿的人们，这种送行的盛况要到 1610 年，纳撒尼尔·考托普乘坐东印度公司建造过最大的帆船离开伦敦时才会重现。

兰开斯特的船刚到泰晤士河口风就停了，于是风帆降下了近两个月。直到复活节，这支船队才终于抵达达特茅斯。他们在托贝又耽搁了一阵，在这里兰开斯特向各船提供了一张港口和海港的列表，指示他们如有失散，可在这些地方会合。随着海风再度鼓起风帆，船队起航了，它们通过英吉利海峡，一路顺风地驶向大加那利岛。

在那里海风再度停息，整整一个多月，船队无所事事地漂在海上，缓慢地向赤道挪动。就在离赤道纬度不过 2°的地方，兰开斯特交了好运。他们在地平线上发现一艘意外与同行的武装商船走散落单的葡萄牙船。这 5 艘英国船把它包围起来并接近上去以便劫掠。他们登船解除了对方船员的武装，并派了一队人下到货舱中。这艘船的确让他们发了一大笔横财，它装了 146 箱葡萄酒、176 罐食用油。船队所劫掠的货物按人头计算，平均分配到各艘船上。接着他们继续前行。

就像兰开斯特的第一次远航一样，一跨进南半球，船员们就开始生病。不久，"就有非常多的人生病，以至于在有的船上，商人们不得不轮流掌舵，爬上桅杆整理中桅帆。"小船上的人身体日渐衰弱，但兰开斯特的"赤龙"号上的随船日志记录员注意到，该船的船员对疾病具有完全的免疫力。"指挥官手下的人为什么比其他船上的人身体更健康，原因在于，他（兰开斯特）出海时随身带上了几瓶柠檬汁，只要情况允许他就让每人早上喝上 3 匙，同时禁食，喝完之后直到中午才能吃饭……通过这种方法，指挥官治愈了很多人，又防止了其他人生病。"兰开斯特如何碰巧发现了治疗坏血病的方法，直到现在仍是个谜，也许是他注意到，手下人只要在他们吃的盐渍食物中添加新鲜水果和蔬菜，就会惊人地恢复健康。在他第一次远航中，随船记录员亨利·梅曾经观察到，有一位生病的船员吃了在圣赫勒拿岛上找到的橘子和柠檬之后，就完全恢复了健康。可悲的是，兰开斯特的疗法很快就被人遗忘，直到 170 多年之后，库克船长才重新发现柑橘类水果抵御坏血病的功效。

尽管坏血病和其他疾病始终令人担忧，但船上的生活也有轻松的时候。航海日志和日记都频繁地提到演戏、唱歌和小丑表演，这些活动活跃了远航中乏味的气氛。音乐极受欢迎，在一艘船上，"有人带了一架可供两人同时演奏的维金纳琴"。演奏非常成功，音乐刚刚开始，"水手们就尽兴地蹦蹦跳跳、手舞足蹈起来"。后来的一支远征队甚至有一名短号手，他曾定期为同事们演奏。他

伊丽莎白时代的水手对南非的原始土著极感兴趣。"世界上没有比这些人更邪门儿、更野蛮的人了，"一位英国人写道，"她们的脖子上挂着油腻腻的动物内脏，有时候她们就直接扯下来生吃。当我们把动物内脏扔掉时，她们会捡来半生不熟地吃掉，嘴里恶心地流着带血的涎水。"

技艺之精湛，保留曲目之多，使他得以在到达印度后，在莫卧儿大帝面前演奏。

船员们还大量饮酒助兴。尽管船队领导试图控制船员们的饮酒量，但普遍无人理睬，结果有人因"毫无节制地饮用一种从矮棕榈树中提取的名叫'佳酿'的棕榈酒"倒毙在地，死于肝功能紊乱。

一路欢闹着越过南大西洋之后，兰开斯特的远征队最后于1601 年 9 月 9 日驶进非洲的桌湾。兰开斯特知道，在这儿他可以交换来一些新鲜肉类和给养。正如第一次远航中发生过的一样，船员们视土著为野人，认为他们滑稽可笑，很容易利用。双方无法交流，因为"他们完全是通过喉咙发音，他们用舌头发出咯咯的声音，我们在这个地方待了 7 周，但就连我们之中最聪明的人都没能学会一句他们的话"。

英国水手"用牛羊的语言跟他们说话"。他们想买牛时，就发出"哞哞"的叫声；想买羊时，就"咩咩"地叫唤。买这些动物几乎不用花钱：当地土著不要金银，似乎有几个旧铁圈就满足了。12 天之后，船队买下 1000 多只羊和几打牛。

兰开斯特的船队最后起程时，他想必很开心，因为这次在桌湾什么意外都没发生。他意识到这里是东航船只补充必需给养的一个站点，因此他尽可能保证与土著的协商能够顺利进行。这一政策与科内利斯·豪特曼的做法形成鲜明对照，后者粗暴地对待非洲南部土著，结果付出了 13 名船员丧生的代价。

尽管船上每一寸空间都堆满了新鲜物资，炎热的南方气候还是造成了船员死亡。因此船队决定在西尔内岛——即现在的毛里求斯——登陆，据说那儿盛产柠檬。可惜风向出人意料地发生了改变，这支小船队被风刮到了马达加斯加。他们于圣诞节这天到达了阿通基尔海湾，一支侦察小分队在靠近水边的一块岩石上发现了一系列石刻。长期以来有个惯例，水手会把船到达和离开某地的日期刻在附近的岩石上，这样那些掉队的船就可以知道船队其他船的命运了。兰开斯特从这些石刻中沮丧地发现，两个月前曾有5艘荷兰船只到过这儿，他们锚泊在这儿时，已有200多人死于痢疾。

历史很快又在这几艘英国船上重演了。首先，"赤龙"号船长的大副死了，跟着又死了牧师、外科医生和10名船员。其他一些人死得更悲惨：在大副尸体被葬入土坑时，"上升"号的船长划船上岸参加葬礼，却不幸进入了滑膛枪的火力范围，葬礼上经常要鸣枪致哀，结果他和水手长都被打死了。"他们本来是去参加别人的葬礼，"此船的日志记录员写道，"结果自己也被埋葬了。"

这是一次极为不幸的事故。"上升"号威廉·布伦德船长在他手下的老水手中很受欢迎，因此大家很怀念他。他的亡故使人们越来越感觉到马达加斯加并非久留之地。所以，当"赤龙"号把小舢板装配好（这条小舢板从英格兰带出来时是未装配的零件），就再度扬帆起程了。

浩瀚的印度洋带给兰开斯特的麻烦要少于大西洋，那条小舢板发现了查戈斯群岛周围的暗礁和浅滩使他们避免了一场近在咫尺的灾难。到了5月的第二周，偏远的尼科巴群岛进入了他们的视线，兰开斯特第一次远航时错过了这片群岛，他们决定在此补充给养。船员们吃惊地发现，中世纪旅行者的幻想作品里谈到的那些青面长角的人似乎是真的存在的。据船上的日志记载，岛上的祭司"头上长了一对朝里弯曲的角"，其他的人则"把脸涂成了绿色、黑色、黄色，他们的角也被涂成一样的颜色，屁股上吊着一根尾巴，很像我们在国内画的那些身穿彩绘衣服的魔鬼"。

讽刺的是，正当英格兰的怀疑者们开始质疑约翰·曼德维尔爵士这类中世纪"探险家"叙述的真实性时，真正的旅行者却正在记载他们亲眼见证的更奇异的故事。沃尔特·罗利爵士就是这些怀疑者之一，他在听说从神秘东方传回的记录之后，改变了他对曼德维尔的看法。"多少年来，人们一直认为曼德维尔的叙述是寓言故事，"他写道，"但自东印度群岛被发现以来，我们发现他叙述中那些直到现在都被认为不可置信的东西其实是真实的。"

1602 年 6 月 5 日，离开伍利奇的 16 个多月之后，兰开斯特的船队终于抵达了苏门答腊岛的港口亚齐。这是一座富裕、强盛、国际化的城市，其海上武装力量使其可以对通往东印度群岛和马来半岛的西部通道施加影响。尽管这里的船舶不能与停泊在马六甲海峡另一端的葡萄牙船队匹敌，但亚齐仍称得上是一个充满活力的商业中心。兰开斯特到达时数了一下，停泊在这儿的船只不下 16 艘，其中包括很多来自古吉拉特、孟加拉湾、卡利卡特和马来半岛的船。

兰开斯特的主领航员约翰·戴维斯在与科内利斯·豪特曼的那次远航中曾到过亚齐，他生动地记录了他与该城强大的统治者阿拉丁·沙阿会面的情景。他发现，这位苏丹是个英国迷，他热情洋溢地与豪特曼聊起英格兰的海上功绩，但豪特曼并未报以同样的热忱。当阿拉丁得知，豪特曼船上有一个地道的英国人时，

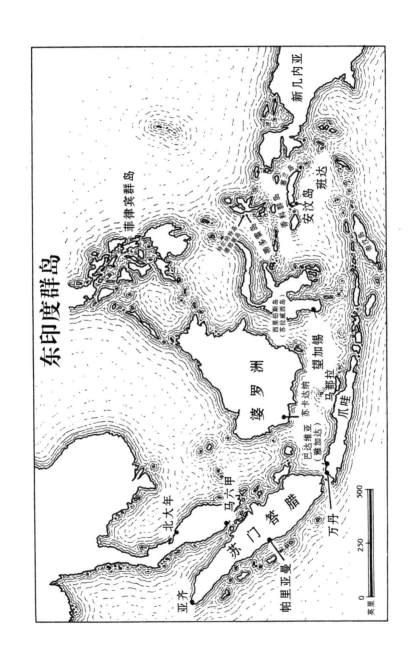

东印度群岛

新几内亚

菲律宾群岛

班达

安汶岛

香料群岛

婆罗洲

西里伯斯岛
（苏拉威西岛）

望加锡

马都拉

爪哇

北大年

马六甲

苏 门 答 腊

亚齐

帕里亚曼

万丹

苏卡达纳

巴达维亚
（雅加达）

英里

0   250   500

他要求立刻接见此人。"他问了很多关于英格兰的问题，"戴维斯在日记中写道，"他问到了女王、女王的帕夏，以及她怎么敢与西班牙那么伟大的国王打仗（他以为整个欧洲都属于西班牙）。这些问题都得到了满意的回答，他看上去十分高兴。"

戴维斯在会见苏丹时，搜集了有关阿拉丁个人性格及爱好等方面的重要信息，他回到英格兰后，这些信息成了无价之宝。东印度公司不仅借此得以起草了一封伊丽莎白女王致阿拉丁的得体的亲笔信，还根据这些信息给他买了一些可能讨其欢心的礼物。他是一个喜欢铺张的人，据戴维斯讲，他"精力充沛，但肥胖无比"，"据说"有100多岁。当地传说，他由一个卑贱的渔人抚养长大，但他作战勇敢，因此得以统率军队，并与王室家族成员成婚，而后阿拉丁将国王谋杀，夺取了王位，以铁腕统治这个国家。他生来就只知战斗，自从西班牙无敌舰队被打败的消息传过印度洋，他就一直非常钦佩伊丽莎白女王。现在，既然兰开斯特的船队已停泊在海湾，他很想见一见兰开斯特，这个伊丽莎白女王最信任的臣子之一。

"赫克托耳"号船长约翰·米德尔顿第一个上岸。他告诉苏丹，他是被兰开斯特派来的，他还告知陛下他们的船队捎来了一封英格兰女王的信。苏丹非常高兴，赠给米德尔顿一条镶金的穆斯林头巾，并邀请兰开斯特休息一天之后上岸。

兰开斯特表现得很得体，如果记录属实的话，他面对苏丹时沉着自信。上岸时，阿拉丁的信使迎接了他，他们要求立刻拿到伊丽莎白女王的信，以便送给他们的国王。兰开斯特拒绝了，他说这封信来自最有权势的君主，只能由他亲自交送。

苏丹也很想让兰开斯特一睹他宫廷的富丽堂皇，他在这群英格兰随行人员身上慷慨地挥霍一切可资利用的资源：

> 不一会儿，他派出 6 头大象，在喇叭鼓乐的伴奏和飘飞的彩带之下，和人群一起簇拥着总指挥官（兰开斯特）来到宫廷，场面十分宏大。这些大象中最大的约有 13~14 英尺高，背上好像车厢一样驮着一座小城堡，上面盖着深红色的天鹅绒。在正中间，放着一个大金盆，上面覆盖着一袭极为精美的丝绸，女王陛下的信就放在绸布之下。指挥官乘坐另一头大象，他的几位侍从也各自骑着大象，其他人则步行。当他来到宫廷门前时，一位贵族请指挥官暂停，等他进去请求国王进一步的指示……当指挥官走到国王面前，他按该国风俗行了礼，宣布他受命于最伟大的英格兰女王，前来向陛下表示祝贺，并且如果陛下愿意，他们期望可以签订和平友好协定，以利贸易。

首先，由兰开斯特向阿拉丁献礼：一个盛着泉水的银盆、一只巨大的银质高脚杯、一面豪华的镜子、一盒精制手枪、一顶华丽的头盔、一条精美的绣花腰带。苏丹优雅地接受了这些礼物，但一把羽毛扇子尤其引起他的兴趣，他叫来一位侍女给他不停地扇风。这件最便宜的礼物反而大获成功，成了"他最喜欢的东西"。

此时到了呈递女王信件的时候了，东印度公司期待这封信会给国王留下美好的印象。信件用饰有龙飞凤舞的美术字的绸子包着，放在一只金壶中交给苏丹，那壶安全地系在一头硕大无比的公象身上，成为最引人注目的东西。

信的内容一会儿是阿谀奉承，一会儿充满反葡萄牙的情绪，一会儿又公事公办起来，它极力迎合苏丹的虚荣心，同时祈求国王给予贸易最惠优待。女王在信中称阿拉丁为"我们可爱的兄弟"，并说早已仰慕他"世人皆知的高贵和真正具有皇家权威的名声"。把他赞扬了一番之后，又恭维他"仁慈而高贵地礼待陌生人"，接着就大肆攻击葡萄牙人和西班牙人，说他们"假冒所有这些王国和地区的君王和专制领主"。整整两页开场白之后，才终于点到实处。信中说，伊丽莎白女王愿意与阿拉丁开展定期贸易，派坐商到他的都城定居，并开设一家货栈，以囤积给养。这封信以夸张的辞藻告诉苏丹，"贸易不但能促进交往和商品流通……而且能在人类之间产生爱情和友谊"。

阿拉丁读信时，被女王的情绪所感染，完全同意信中的说法。他告诉兰开斯特，他对信的内容很满意并接受女王的所有要求。协议签订之后，苏丹准备的宴会就开始了，这场宴会令人眼花缭乱，一列由苏丹的侍女和乐师组成的队伍进入了宴会厅，送来数量多得惊人的食物和酒水。食物端上来时都盛在金箔大浅盘里，亚力酒——一种酒精度极高的烈性米酒，被人们一饮而尽。整个宴会过程中，高高端坐在廊台上的苏丹不断向新结识的朋友敬酒。兰开斯特不得不向阿拉丁求饶，让他在亚力酒中掺一点水，"因为这酒只喝一点儿就让人想睡觉了"。苏丹像从前一样宽厚仁慈，立即应允了。

接着是卡巴莱歌舞表演。苏丹阿拉丁"叫他的年轻侍女上前跳舞，又让一些人为她们伴奏。这些女人衣着华丽，戴着手镯和珠宝"。这场表演是一次特别的安排。"如果不是国王想表示对客人的极大尊重，这种场面一般是看不到的。"但娱乐活动并没有到此为止。还有其他无数供远道而来的人消遣的活动，其中包括一场耗时漫长的斗鸡，这是苏丹最喜欢的活动。另外，尽管船上的日志没有记载，但很有可能有些胆子较大的船员参加了著名的亚齐特色活动——泡水饮酒，客人要坐在河中的矮凳上，等着宫廷男仆用大酒杯盛来亚力酒。

尽管兰开斯特对苏丹的接待很满意，但他很快就感到担忧，因为他一点儿香料都还没有买到。更糟糕的是，他此时得知，1英担也就值4个西班牙银元的胡椒，实际上售价几乎达到了20个西班牙银元。兰开斯特意识到，他的船不可能在亚齐装满货物，于是婉转地请求苏丹允许船队起航前去其他港口。阿拉丁同意了，却附带了一个重要条件。"你回来时务必给我带回一个漂亮的葡萄牙少女，那我就满意了。"兰开斯特微微一笑，苏丹也咯咯地笑了起来，之后这几艘英国船就起航离开了。

兰开斯特派"苏珊"号前往苏门答腊岛南部海岸的帕里亚曼港，而他则带着船队的其他船只驶入了马六甲海峡。不久，他就看见一艘巨大的葡萄牙宽体帆船朝马六甲驶去，于是他用"赤龙"号上的大炮向其开火，只放了6炮就把那艘船打瘫痪了，它主帆的桅横杆被炸成两半，轰隆一声砸在甲板上。这艘"圣安东尼奥"号（Santo Antonio）完全处于孤立无援的状态，便放弃战斗，向英国人举手投降了。兰开斯特看见他的战利品时揉了揉眼睛，他简直不敢相信：这艘船满载着印度的白棉布和蜡染的花布，这些

詹姆斯·兰开斯特在马六甲海峡袭击了葡萄牙船"圣安东尼奥"号。他看见战利品时大吃一惊：船上满载着印度白棉布和蜡染的花布，这些东西在香料群岛价值不菲。

东西在英格兰可以卖到天价，在东南亚各港口也价值不菲。兰开斯特终于弄到了一点儿可以用来交换肉豆蔻、丁香和胡椒的东西了。

　　从"圣安东尼奥"号上卸货，花了整整 6 天的时间。等到所有货物全部装到了英国船上，兰开斯特才意识到，他必须找到一个补给站，作为将来贸易的基地，把布匹存放起来。他知道亚齐无法满足要求，因为它尽管是一个重要的贸易中心，但并不是他要寻找的香料源头。他决定到爪哇西北海岸的香料港口万丹去，但觉得还是先回阿拉丁那里跟他告别更合规矩。

　　苏丹祝贺兰开斯特成功打败了葡萄牙人，"还开玩笑说，兰开斯特忘记了他的要求，回来时没能给他带一位美丽的葡萄牙女郎。指挥官［兰开斯特］回答他说，没有值得一送的。于是，国王笑道：'如果我的王国里有你看得上眼的，我乐意满足你的意愿。'"。对东方的君王来说，要求得到美少女并不是什么奇怪的事情。为了保证后宫的异域风情，他们喜欢从尽可能遥远的地方弄来少女。阿拉丁的继承人对其后宫极为认真，曾向伦敦提出要一两朵"英国玫瑰"的要求。这让东印度公司那些清教徒商人们有点为难：如果他们送去两个少女，人们就会觉得他们容忍一夫多妻制，这是不可想象的，而且还涉及宗教问题，亚齐是一个信仰伊斯兰教的国家，从神学上来说不能让姣好的基督教少女与伊斯兰教徒联姻。讽刺的是，董事们最难办的事情——找到一个合适的处女——却很容易地解决了。伦敦一位"出身高贵"的绅士二话不说献出了他的女儿。他解释说，她"会演奏音乐、做针线，又能说会道，而且长得很漂亮，风度迷人"。这位绅士甚至写了一篇冗长的文章，论证异族通婚的合理性。可惜这位姑娘对这件事的看法没有被记录下来，但当詹姆斯一世国王拒绝批准赠送此类异端礼物时，她很可能长舒了一口气。

　　兰开斯特正要离开亚齐时，越来越古怪的阿拉丁提出了一个更奇怪的要求。他问兰开斯特是否带了《诗篇》（The Psalms of David）。书一拿出来，他就恳求兰开斯特和他的王宫人员选其中一首合唱。唱完后，苏丹向英国船员送上了最良好的祝愿，祝他们余下的航程一路顺风。最后他交给兰开斯特一封致伊丽莎白女王的信，信件以优美的阿拉伯书法写就。实际上其书法龙飞凤舞，就连后来的译者，主教门大街圣埃泽布嘉教堂的威廉·贝德威尔神父都几乎看不懂。但他最终还是译出了一份英文稿，其辞藻浮夸到荒唐的地步，充满了夸张的字眼，对伊丽莎白女王用了一连串尊称。不过等到这封信被带回英格兰，女王已不在人世，无法看到了。

兰开斯特的船队于 1602 年 11 月驶离亚齐。"上升"号此时已满载着胡椒和香料，直接起程返回英格兰，其他几艘船则驶往爪哇，在路上与"苏珊"号会合。"苏珊"号在帕里亚曼港表现不错，船长以极具竞争力的价格买下了一大批香料，而在万丹，兰开斯特会发现，价格比这还要低。

万丹的国王是个 10 岁出头的男孩。按惯例行完礼节、呈送礼物之后，兰开斯特便找到国王的摄政官，以便确定更好的贸易点。这些英国商人受到热烈欢迎，胡椒和香料的交易价格也定了下来。当地人建立了一个"商馆"，或者叫仓库，以供英国人卸下他们的货物，于是贸易热火朝天地开展起来。当地的偷盗问题威胁到了生意买卖，不过在兰开斯特杀死了 6 个盗贼之后——这是摄政官给他的权力——偷盗问题彻底消失了。

香料买卖持续了 5 周，直到船上装载了满满 230 袋货，连一寸空间都没有了。当地土著十分好奇，很想知道英国人为何需要这么多的胡椒，他们冥思苦想之后一致认为英国人住的房子太冷了，必须在墙上糊满碎胡椒来产生热量。

一段悲哀的插曲破坏了在万丹逗留时的气氛。令人无精打采的炎热使那些上岸的人吃了不少苦头。而留在船上的人，包括约翰·米德尔顿船长，"一路上都在生病"。米德尔顿的发热越来越

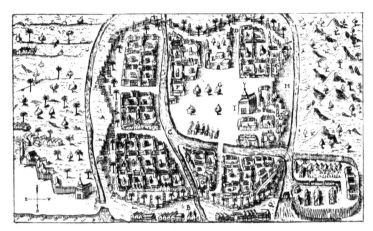

爪哇的万丹港是英国人在东印度群岛的大本营。人们叫它"那个臭地方"。水手在那儿不得不经常冒着被猎取人头、染上疟疾和痢疾的风险。"万丹不是病人恢复身体之地，"有人写道，"而是让身体健康的人完蛋的地方。"

严重，身体同样不好的兰开斯特很担忧。他去看这位老朋友时，亲眼看着米德尔顿在甲板上缓慢地踱来踱去，每走一步身体就虚弱一分。是夜，"赫克托耳"号失去了它的船长，米德尔顿被埋葬在万丹。船员们虽然对死亡已司空见惯，但这时也都放声大哭起来。

是时候返回英格兰了。兰开斯特意识到，想要成功在英格兰和东印度群岛之间进行贸易，关键是要在东方建立一个永久基地。因此，起航之前他指定 8 名船员和 3 名"代理人"或商人留在万丹，并把还未出售掉的所有货物都交给他们负责。

他还意识到，越往东行，香料价格就越低。香料在亚齐能卖出天价，但在万丹价格就要低得多。他敢肯定，如果他能够继续东行，到达班达群岛这个肉豆蔻的原产地，价格会进一步降低。

兰开斯特在离开万丹之前，命令留下的人乘坐归他们使用的那条40吨小舢板向东航行，尽可能多地购买肉豆蔻、肉豆蔻干皮和丁香。

1603年2月，伴随大炮雷鸣般的炮声，船队起航返回英格兰。回程的前半部分出奇顺利，直到船队抵达马达加斯加，他们在这里第一次遇到了风暴的打击，船只严重受损，在"剩下的路途中不停漏水"。两周后，他们遭遇了"一场猛烈的风暴，它持续了一整夜，海水冲击着舷侧中部，摇撼着铁铸的船舱"。滔天骇浪围住了这几艘船，击打着摇摇欲坠的船身，海水渗进了货舱。第四天早上，"赤龙"号的船舵"从船尾折断，随即沉入海底"。这艘无法操控的船"像弃船一样在海上左冲右撞，随风摇摆"。船员制作新船舵的一切努力都失败了。随着雨水在"寒冷的天气下转为冰雹、雪和冻雨"，船员们开始放弃生存下去的希望。"对我们来说这是一场巨大的灾难，"一个人写道，"它使我们异常痛苦，我们的情况很悲惨，处于绝望之中。"就连兰开斯特也感到他们就要完蛋了。他走到下面的船舱里，提笔给伦敦的公司写了一封信，信中表现的不屈不挠的精神之后在东印度公司的水手中传为佳话。"我无法告诉你到什么地方找我，"他写道，"因为我只追随海与风的脚步。"写完他就把信交给了"赫克托耳"号，请它驶回英格兰，自己的船就听天由命了。"赫克托耳"号的船长拒绝执行命令，暗自尾随"赤龙"号，直到风暴最终减弱。最后，两艘船一起航向圣赫勒拿岛，然后驶回了英吉利海峡。

1603年9月11日，他们从泰晤士河出发两年七个月后，船队终于在唐斯下锚，"感谢全能的上帝，在这次漫长而乏味的远航中，救我们于无尽的艰难险阻"。

与之前相比，这次远征绝对是一次成功，无论在印度洋的何处遭遇到葡萄牙人，他们都没遇到太大威胁——对付葡萄牙人，英国人的确十分在行，动辄就把对手笨重的宽体帆船打得无计可施，在万丹这座香料港，兰开斯特几乎毫无困难地获得了满船的香料，甚至获准在海港附近建造一座小仓库，留下一批固定的工作人员。更令人钦佩的是，他的 5 艘船全都安全返航，100 多万磅重的香料被成功运回国。不过兰开斯特还是有所忧虑。他手下的人几乎损失了一半，其中包括他的朋友约翰·米德尔顿和威廉·布伦德，而且他也没去成万丹东边的那片群岛。当他在英格兰国王面前跪下接受册封时，这位詹姆斯爵士只得希望他留下的人——8 名船员和 3 位商人——能有勇气乘坐他们的小舢板去班达群岛。

第四章

狮爪之下

目送着兰开斯特的船队离去，留在万丹的英国贸易商们忧心忡忡。他们不知道何时才能看到下一艘英国船，肯定至少要等上两年。在此期间，他们置身于一个完全陌生的环境中，当地那位少年国王的摄政官勉强准许他们在这个蝇蛆病横行的港口城市居住，蝇蛆病已经夺走了众多同行的生命，他们担心自己也会很快染上此病，命丧于此。

兰开斯特写下了一旦有人死去，必须遵守的执掌权力的接替次序，这更加使得大家感到自己朝不保夕。威廉·斯塔基被任命掌握大权，托马斯·摩根当他的副手，但"如果上帝之手降临在你身上，带你离开这个世界"，就由埃德蒙·斯科特主持大局，结果证明兰开斯特的这种小心谨慎是十分必要的。斯塔基死于1603年6月，两个月后摩根也死了。只有斯科特得以幸存，等到了东印度公司第二次远征队的到来。当被允许随船队一同返回英格兰时，他显然松了一口气。

兰开斯特同样担忧手下人的道德品质。万丹在东方恶名远扬，那儿的女人水性杨花，居民道德沦丧，城市上空笼罩着一层放荡的空气，仿佛经常在市民中流行的鼠疫一样。他命令斯塔基"必须早晚祈祷一次，这样你们服侍的上帝就会更好地庇佑你们的一切"，他还请求他们"要头脑清醒，保持团结，[同时]管好自己，这样就不至于因任何原因而争吵"。

这些人长期以来一直抱怨船上的日常规则过于严苛，现在却发现这种井然有序的生活方式让他们感到舒适。他们清晨即起，跟着斯塔基做感恩晨祷，接着吃些清淡的早餐。主餐在中午吃，所有代理商吃这一餐时都严格按照尊卑秩序坐在长桌旁。他们吃的大米、羊肉和热带水果，都是在万丹的露天市场交换来的，就着当地酿制的亚力酒食用，这些酒量很大的家伙会咕嘟咕嘟地灌下大量这种烈酒。几年之后，一位抵达万丹的船长坦承，他对这些代理商的醉态感到担忧。"如果发现任何人酗酒，或者可能使我国蒙羞，"他说，"那就首先给以严厉斥责，如果还不管用，就应该写明原因，尽早用船把他送回家。"

当留下的这些英国人熟悉了万丹的生活后，他们就准备执行兰开斯特的指示。3 位代理商留在城里购买胡椒，为公司的第二次航程做准备。其余的人则在克彻船长的带领下前往班达群岛，尽可能多地弄回香料。兰开斯特对香料的要求极为具体："一定要十分小心，把好的搞到手，"他告诉他们，"最小的和腐烂的那些肉豆蔻拿回家一分钱也不值。"他的这一警示是经验之谈。狡黠商人的一贯伎俩就是在他们的袋子里装满陈旧且腐烂的香料，以及灰土和树枝，以此增加重量，牟取暴利。

英国船队刚离开万丹，留下的那条小舢板就扬帆起航，战战兢兢地向东驶入未知水域。但他们刚刚看见香料群岛，就刮起了迎头风，把船吹离了航线。至今尚不清楚后来发生了什么事，因

万丹当地统治者的出行工具是由白色水牛拉的四轮车。他们放荡不羁、吵吵闹闹,毫无理智的行为举止使英国人感到恐惧,"我们的人就算睡着了也会突然从床上爬起来,一把抓起武器"。

为船员写的报告丢失了,保存下来的只有几封信。"由于遭遇逆风",船"在大海里漂荡"了两个月,他们拼命想靠近班达群岛的外围岛屿,但彻底失败了,直到一场大风暴把船冲上了岚屿偏远的海岸。顽强的英国船员受到岛民的友好欢迎,后者觉得他们人数太少,不足以构成威胁。很快,岛民就忙着同这些曾在风暴中漂泊的水手交易肉豆蔻了,甚至允许他们在岛北边的海岸上用脆薄的竹子和茅草搭建了一个仓库。

兰开斯特的船队回到了陷入黑暗的伦敦。此时伦敦城中黑死病肆虐,菲尔波特巷的公司办公室周围的大街小巷寂静无声,只能听见运送尸体出城的两轮车和手推车发出的吱嘎声。这场黑死病并没有放过公司的董事：两名董事已患病死亡，其他人则逃离了伦敦，到乡下避难去了。

听说兰开斯特船队的第一艘船抵达了普利茅斯，公司董事们备受鼓舞。他们慷慨地给了当地一位信差5英镑，"感谢他不辞辛苦第一个带回'上升'号归来的消息"，又向普利茅斯发出了严厉的命令，要求把船安全停泊在泰晤士河之前，禁止任何人动船上的货物。即便如此，他们还是极其小心。6位负责在船上卸货的搬运工得到指示，必须穿上没有口袋的衣服，以防他们有偷取香料的冲动。

"上升"号在其他船只之前，迅速回到了英格兰。兰开斯特和船队其他船则于1603年9月驶入泰晤士河，当时，伦敦已经有近38 000人死于黑死病。两年半前万人空巷、欢呼送行的热闹景象一去不返。码头此时一片沉寂，造船厂关门了，因为伦敦人不敢出门。剧作家托马斯·德克尔写下一首标题带有讽刺意味的诗《奇妙的一年》（*The Wonderfull Yeare*），概括了当时笼罩在城里的阴郁气氛：

> 如今再也听不到音乐声，只有丧钟哀鸣，
>
> 那调子全是病人的呜咽，
>
> 丧钟每敲一下，
>
> 就有一人被送上天堂。

就连医生大多数也都逃之夭夭，仅留下一小群勇敢的医生销

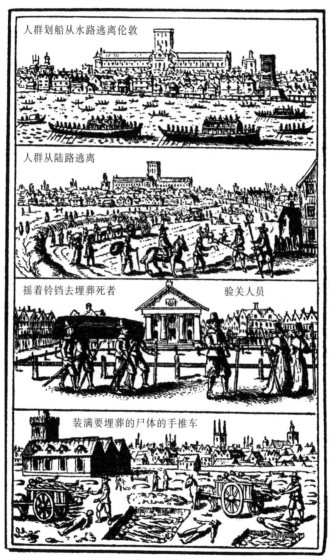

人群划船从水路逃离伦敦

人群从陆路逃离

摇着铃铛去埋葬死者　　　　　　　验关人员

装满要埋葬的尸体的手推车

詹姆斯·兰开斯特回到伦敦时，黑死病已经肆虐横行。对饱经远航之苦的船员来说，他们已经看淡了生死。"沃克死的时候还在大笑，"一篇日志里写道，"我和伍兹用两枚西班牙银币打赌看他能不能活下来，结果我赢了。"

售他们制作的"香丸之类的东西"，用一份份肉豆蔻药剂赚取暴利。"我承认这些东西很贵，"一名医生对他的病人解释道，"但便宜药品的昂贵代价就是死亡。"

饱经远航之苦的船员已经看淡生死。"沃克死的时候还在大笑，"一篇日志里写道，"我和伍兹用两枚西班牙银币打赌，看他能不能活下来，结果我赢了。"但有一个人的逝去令很多船员掉下眼泪：就在几个月前，都铎王朝伟大的末代君主伊丽莎白女王在她的里士满王宫逝世。王座上现在有一位新的统治者——伊丽莎白傲慢的苏格兰表亲詹姆士一世国王，他对自治市的普通市民表示的关怀远远少于其前任，而这些人正是东印度公司的骨干成员。

尽管时局一片晦暗，兰开斯特回来时还是受到了热烈欢迎，并理所应当地被詹姆士国王册封爵位。但商人们的当务之急是要在伦敦历史上最惨烈的黑死病肆虐期间，卖掉100多万磅胡椒。他们急需现金付报酬给远航中幸存的水手们。股东们现在也急着要钱，而且目前库存的货物卖光之前，不可能准备第二次远航。

不幸的是，城里的金融机构因黑死病而处于瘫痪状态，因为那些幸存的交易人员都逃到乡下去了。更糟糕的是，詹姆士一世本人最近弄到了大量的胡椒——也许是从一艘葡萄牙宽体帆船缴获的战利品——很想尽快处理掉。他利用国王的特权，发布了一条皇家敕令，宣布禁止所有的冒险商人销售胡椒，直到他处理完自己的存货为止。

东印度公司陷入了困境，前途岌岌可危。让很多人感到讽刺的是，就在第一次远航取得巨大成功之际，公司却严重缺乏资金，连存续下去都成了问题。伊丽莎白女王当初曾表示，批准商人们的特许状的条件是他们每年要向香料群岛派遣一支贸易远征队。此时枢密院知晓商人们的这一弱点，便威胁要把公司的特许贸易权交给别人，除非第二次远征队能够立即起程。他们没提领导者的名字，但他们心里想的是谁其实很清楚——爱德华·米歇尔本爵士，他一度屈辱地被公司除名，心中积怨已久，现在到了他复仇之时。

东印度公司对可能失去特许权感到震惊，做出了一个不同寻常的决定，他们派了一个差役到城里所有商人那儿，收取第二次远航入股的钱。这些商人在尚未从第一次航程中获利的情况下，自然都不愿意为新的航行出资，因此公司只收到1.1万英镑认购。公司遂决定，凡在第一次航行中投资达250英镑者，都必须为第二次航行认购200英镑。此举不受欢迎，但在危急关头挽救了公司，几个月后，第二次航行的准备工作就开展起来。

兰开斯特无意指挥这次新的远征：他现在已经变得富有，又获封爵位，自然不愿第三次到东印度群岛去冒险，因此他欣然接受了董事这个只需坐在桌边的职位，负责规划这次新的远航。他的影响遍及各处：尽管船队要在万丹停靠，以便与留在那里的英国代理商们会合，但他们的使命是东航至摩鹿加群岛（或叫香料群岛），而兰开斯特本人也未到过此地。船队要在这儿购买最值钱的香料，即肉豆蔻和丁香，然后留下一些代理商以准备第三次远航。兰开斯特的指示又一次特别强调船员的精神健康，并且要求关心他上次留下的人，特别是总代理商威廉·斯塔基，"应该给他很好的待遇，把他妥善安置在船上，重视和尊敬他"。兰开斯特还不知道，斯塔基早已不在人世了。

负责领导第二次远航的是亨利·米德尔顿，他曾在兰开斯特的手下参与其第一次冒险，并且证明了自己是一个能干而又值得信任的人。他精力充沛、行事果断，一向为手下人所敬重，他的领导才能即使在他带领船队穿过危险而未知的海域时，也从未受到质疑。尽管他容易急躁、头脑发热，但他能相当圆滑地对付荷兰人和葡萄牙人，以及土著统治者。

当为这次航行筹措到了足够资金后，公司决定派遣4艘船去东方："赫克托耳"号、"上升"号和"苏珊"号，并由可靠的"赤龙"号再度担任旗舰。米德尔顿一丝不苟地遵循兰开斯特的指示，直接向万丹驶去，在那儿找到了被留下的那几个英国人，他们遭到当地贸易商的粗暴对待，处于绝望的境地。米德尔顿的船队于1604年12月22日到达，这是这几个英国人能期待的最好的圣诞礼物。"傍晚时分，我们欣喜若狂地发现我们的船只驶入了航道。"该城当时仍然活着的资历最老的英国人埃德蒙·斯科特如此写道，"但是当我们登上我们指挥官的船时，看见他们身体十分虚弱，又听说了其他3艘船的糟糕情况，我们感到很难过。"

米德尔顿一到港就直接做起了生意。他向那位少年国王献上了一大堆各种各样的礼物，包括两只镀金茶杯、一把汤匙、六杆滑膛枪，并达成了一笔交易，把"赫克托耳"号和"苏珊"号装满了胡椒，之后就派它们直接返回英格兰了。米德尔顿在与这两艘船告别之前做的最后一项工作赢得了手下船员的普遍欢迎，他在听到大家对"赤龙"号上的牧师——瑟夫利克特无穷无尽的抱怨之后，决定把他送回英格兰。此人在这次航行中一无是处，因此当他在返航途中毙命时，几乎无人掉泪。

更多的死亡接踵而来，米德尔顿按指示继续往东驶向香料群岛，但他刚离开万丹，"血痢"就开始在船上肆虐，这是一种致命的痢疾。随着死亡人员日渐增多，航行日志不啻成了一张死亡名单："第17天，威廉·卢伟德、约翰·詹肯斯和塞缪尔·波特死于血痢……第20天，我们的木匠亨利·斯泰尔斯、詹姆斯·瓦尔纳姆和约翰·艾伯森都死于血痢。第22天，詹姆斯·霍普死于血痢。第24天，约翰·利和罗伯特·惠蒂尔斯死去。"船上的气氛阴郁，仍然不断有人死亡。接下来的一天死了三个，跟着又死了两个，等到船队看见陆地时，又有五人死于血痢。船队到达安汶这座位于香料群岛中心的丁香葱郁的小岛时，人们才长松了一口气。

米德尔顿登岸去拜访当地国王并请求开展贸易，但他当即被告知，未经岛上驻扎的葡萄牙人允许，禁止一切贸易行为。这位英国指挥官展现出老练的外交家本色，他意识到葡萄牙人不大可能让出丁香，特别是给他们的宿敌英国人，于是他给葡萄牙人的长官送了一封信，告诉他说两国之间终于实现了和平，而他"期望我们之间也保持和平，我们来此地是为了寻找做生意的机会"。他说的是事实：詹姆士一世和腓力三世确实已缔结了和平条约，但米德尔顿几乎不可能知晓此事，因为该条约是他离开英格兰的5个多月后签订的。

这封信件取得了预想的效果，安全隐蔽在坚固堡垒中，监视着安汶天然港的葡萄牙指挥官传信说，他同意做交易。可他们两人还没来得及握手，就得知地平线上出现了麻烦。有一支强大的舰队出现在远处又迅速消失在暮色之中，它正接近安汶岛。令米德尔顿沮丧的是，这些既非葡萄牙人，也非英国人，这支名副其实的无敌舰队的旗舰上飘扬着荷兰的旗帜。

第二天太阳升起之时，视野范围内的远处海面至少出现9艘大船，还有一支由舢板和单桅小帆船组成的辅助舰队。它们缓慢地驶入港口，"在堡垒的滑膛枪射程可达的距离之内下锚"。葡萄牙指挥官立刻就巴结上了荷兰指挥官，问他们"为什么到这儿来"，并表示"如果他们带着友好而来，是受欢迎的"。但荷兰人显然来者不善，他们的指挥官"回答说，他们来这儿是要夺取堡垒的，要求葡萄牙人交出控制权，如果他们拒绝，那他希望他们有本事守得住，因为他打算离开之前拿下堡垒"。

米德尔顿发现自己此时处于很尴尬的境地。很明显，他的船队不是荷兰人的对手。但如果他同岸上的葡萄牙人联手，他们或许有一线机会守住岛屿。如果真能守住，肯定会有丰厚的回报，因为安汶岛上山峦起伏的土地布满葱葱郁郁的丁香林。但还没等他做出决定，安汶岛的战斗就结束了。尽管葡萄牙人吹嘘"他们不会放弃堡垒，将战斗到最后一人"，但短暂的炮轰之后，他们就缴械投降了，他们的指挥官神秘地断了气，他也是唯一的死者。他那快快不乐的夫人后来承认是她下毒杀了丈夫，她解释说这是为了保全丈夫的荣誉和名声。

安汶岛已经落入荷兰人之手，米德尔顿只好离港出海，船上一点儿丁香都没弄到。他越来越担心在香料群岛开展贸易的难度，于是他做出了一个明智的决定，让"赤龙"号和"上升"号这两艘船分头行动，驶向不同的岛屿。"上升"号驶向南边的班达群岛，他则带着自己的船前往香料群岛最北面的德那第岛和蒂多雷岛，这两座岛几十年来一直处于葡萄牙人的松散控制之下。

随着"赤龙"号接近这两座岛，米德尔顿听见滑膛枪的枪声在空气中爆响，同时看到两艘大桨帆船"全速驶向我们"。驶在最前面的那艘船上乘着德那第岛的国王，紧随其后的是成群的海盗，他们拼命地划船放枪紧追不舍。米德尔顿意识到如果能救下这位国王的性命，他将成为极具价值的盟友，于是下令撤下"赤龙"号的帆，从船边丢下绳索。在紧急关头国王被从船舷边拉了上来，但国王的桨手被海盗俘获了，"除了三人跳海逃命之外，其余人都被剑刺死了"。

米德尔顿这一次处于优势地位。他把国王带到他的私人船舱，交给他一封詹姆士国王亲笔写的友好贸易书，还没来得及把德那第岛国王的名字写在抬头，他就和蔼地请国王签字。国王尽管战战兢兢，但还是有些犹豫，因为他最近刚同荷兰人签署了一项秘密协议，保证把自己所有的香料都留给荷兰商人。但他旋即意识到自己的处境没法讨价还价，便潦草地在米德尔顿的条约上签了字，甚至不怕麻烦给詹姆士国王写了一封亲笔信，信里解释道："曾有人告诉我们，你们英国人很坏，到这里来不是为了和平经商，而是做小偷和强盗，想掳掠我们的国家。但亨利·米德尔顿船长来后，我们发现事实正好与此相反，甚感欣慰。"

米德尔顿的好运没有持续下去。他得胜之后没过几个小时，就有一支小型的荷兰舰队突袭了蒂多雷岛，攻陷了葡萄牙人的坚固堡垒，并威胁对邻近的德那第岛也来这么一手。在这场战斗中，荷兰人极其幸运地轻松取胜，"因为葡萄牙人虽然勇敢地捍卫了他们的荣誉，直面来犯之敌，但一场不幸的大火（不知何原因，起于何时）点燃了他们的弹药，炸掉了堡垒的大部分，并造成六七十人丧命。"

米德尔顿愤怒地目睹了这一过程。"如果这个肤浅的民族［荷兰人］控制了东印度群岛的贸易，"他写道，"他们的傲慢无礼将会更加令人无法忍受。"荷兰人的胜利使他们得以控制香料群岛北部和中心的岛屿，只有班达群岛尚在他们控制之外，这是英国人唯一仍有可能在没有竞争的情况下开展贸易的香料产地。

收到米德尔顿发出的"寻找肉豆蔻和肉豆蔻干皮"的命令后，克里斯托弗·科尔特斯特船长旋即驾驶"上升"号向班达群岛驶去。他希望能和平贸易，却难以置信地看到一支荷兰舰队尾随其后。遗憾的是，有关科尔特斯特在班达群岛这段时间是如何度过的记录极少——除了一段关于群岛各港口的水深读数和测量的简短描述——因此要了解这些葱郁而壮观的岛屿，就必须看看后来的记录。

群岛之中地势最高的是班达火山，这是一座典型的火山岛，岛上岩壁陡峭，顶端有一个火山口。17世纪初，这座火山进入了其历史上的一个活跃期，"一直喷出火山渣、火焰和火山灰"，而且经常爆发，力量之猛"能将三四吨重的巨石从这里掀到另一座岛上"。这些巨石会像下雨般落到邻近的内拉岛上。虽然内拉岛并非群岛中最大的一座，但长期以来一直是肉豆蔻的交易中心。1529年，加西亚船长驾着葡萄牙宽体帆船就是奔内拉岛来的。他当时没跟土著头领打招呼，就企图建造一座堡垒。尽管当地的土著勇士们赶跑了加西亚，但曾经是破火山口（巨大碗口形火山凹地）的内拉岛作为天然良港，一直备受众多船长和贸易商的欢迎，

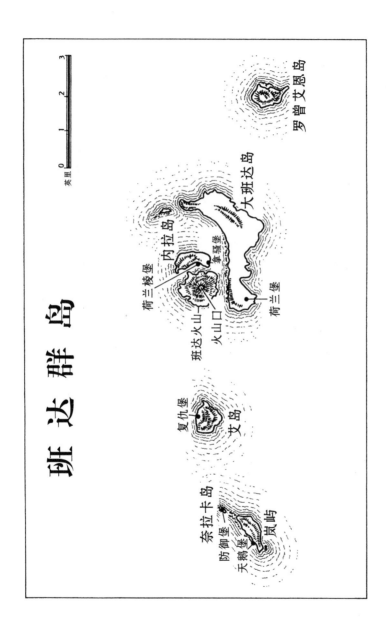

班 达 群 岛

英里 0 1 2 3

罗曾艾恩岛

大班达岛

内拉岛
荷兰棱堡
班达火山
火山口
拿骚堡
荷兰口
荷兰堡

复仇堡
艾岛

奈拉卡岛
防御堡
天鹅堡
岚屿

班达火山有一个特性，每当荷兰舰队到达时，它就要喷发一次。"山上吐出如此可憎的火焰，如此多的火山渣和熔岩流，"一个观察者写道，"所有的树木都被摧毁了。"

它能为比"上升"号大得多的船只提供安全的锚地。

离内拉岛不足半英里之遥，就是外形似肾脏的大班达岛，它"雄伟壮丽，难以接近，仿佛堡垒一般"。大班达岛上的岩石山脊覆盖着一层绿色的植被，几乎都是肉豆蔻树，岛上"几乎没有一株树不结果"。土著居民警惕地保卫着这些果实，这是一群勇猛好战之人，他们在岛上倾斜的海岸四周建造了一套精巧复杂的防御系统。

另外两座岛，艾岛和罗曾艾恩岛离大班达岛不到一个小时的航程，罗曾艾恩岛没有什么肉豆蔻，因此科尔特斯特船长对它没什么兴趣。而艾岛海岸极为险峻，除了最鲁莽的水手，其他人都望而却步，不过，它却是"所有岛屿中的天堂，[因为]该岛长满了肉豆蔻以及其他产量丰盛的可口水果，此外，岛上遍布令人愉悦的步道，这地方仿佛一座品种多样的人工果园"。

另外一座值得注意的岛屿就是岚屿，这是一座狭小的偏远珊瑚岛，岛上的悬崖和山峦长满了肉豆蔻树，其年产量达到了30多万磅。但距内拉岛两个多小时航程的岚屿，在班达群岛中最为危险，因为该岛的小港口被一片暗礁环绕，许多试图入港的船只都曾被割破了木质船身。这些危险似乎阻止了科尔特斯特登陆此岛，他回到了内拉岛。内拉岛的荷兰指挥官慷慨地邀请这位英国船长共进晚餐。根据荷兰方面的记载，科尔特斯特来时带了一盘新焙制的鸡肉派，不过这不是出于礼节，而是因为他不喜欢荷兰食物。

他离开班达群岛时带走了一船宝贵的香料，还有当地土著头领写给詹姆士一世国王的一封友好信件，以及向詹姆士国王慷慨敬献的一批肉豆蔻礼品。这位土著头领过了几年才收到回信，但他欣喜若狂。詹姆士国王以一如既往的礼貌感谢了他的友好礼物，说道："我们欣然接受您的礼物。"

紧随"赫克托耳"号和"苏珊"号之后，米德尔顿和科尔特斯特也一起驶回英格兰。但命中注定"苏珊"号回不了家。非洲南部的一场猛烈的风暴，使得"苏珊"号连同所有船员一起沉入了大海。"赫克托耳"号差点也步其后尘，它的船员遭受疾病侵袭，"赤龙"号发现该船时，它正处于"令人悲叹的困境"，在桌湾附近海域无助地漂着。船上仅存14名船员，正在船长打算让其沉没时，米德尔顿到了。他亲自监督船只的修复，并一直等到幸存的船员在得到照顾后恢复了身体健康，最后同他们一起1606年春回到了英格兰。

米德尔顿及其手下的幸存者回家时受到的热烈欢迎没持续多久。他船上装载的肉豆蔻、丁香和胡椒刚卸下，一艘到达伦敦的船就带回了万丹港发生恐怖事件的消息：船只被劫，货物被抢，雇员死于非命。一开始人们还以为这是荷兰人或葡萄牙人才做得出的恐怖行径，但伦敦的商人们很快就得知情况并非如此。原来做出如此暴行的不是别人，正是"绅士"冒险家爱德华·米歇尔本爵士。

爱德华爵士说到做到，为自己报了仇。他以贵族的魅力巴结詹姆士国王，同时中伤东印度公司，说服詹姆士国王授予了他一份前往远东进行探索发现的皇家特许状，而且此特许状"就是在有其他相反的许可和委任状的情况下"也有效。

东印度公司对自己忽然之间失去了垄断权很气愤，但他们也没有感到十分意外。詹姆士一世不同于他的前任，他不明白这样一个事实，与东印度群岛的生意，只有在取得垄断权并且在王室作为后盾的全力支持下，才能成功。而且詹姆士国王无视偶尔有船只驶入东方水域的问题，哪怕这类船的船长是爱德华爵士这样毫无顾忌的炮筒子。因此，正是在国王的许可和支持下，"老虎"号（Tiger）带着名为"虎仔"号（Tiger's Whelp）的舢板于1604年12月5日一同从怀特岛起程。

"老虎"号是一艘吨位只有240吨的小船。东印度公司的董事们似乎可以期待它会葬身遇到的第一场风暴。但米歇尔本手里有一张王牌。出乎董事们的意料，他宣布自己的主领航员是詹姆斯·兰开斯特远征队的老将，在两次艰难的东印度远航中幸存的经验极为丰富的约翰·戴维斯。东印度公司听到这个消息后感到很吃惊，不知米歇尔本是如何诱使戴维斯入伙的。事实上，这位无畏的航海家并不需要别人多劝，他还在因为在兰开斯特的远征中遭猜忌而愤怒。兰开斯特本人就曾抱怨过戴维斯，他告诉各位董事，这位领航员在亚齐能买到何种胡椒和其价格这两个简单的问题上犯了错误，这使他"很痛心"。戴维斯不公平地成了替罪羊。当爱德华·米歇尔本爵士给了他一个报仇的机会时，他立刻就签字加入了"老虎"号。

他们刚到万丹，就带来了混乱。米歇尔本在地平线上发现一艘满载货物的船，"就跟它打了起来"，并将其俘获。但他获得的战利品颇差，这只是一条装大米的船。沮丧的米歇尔本记录道："俘虏这种船，根本一分钱不值。"其他船只也在万丹海岸周围的水域被他们截停搜查，直到一艘船上的土著对这种赤裸裸的海盗行径义愤填膺，他们袭击了这些英国人，造成了可怕的伤害之后，跳船"像水猎犬一样游走了"。

爱德华爵士没有被吓住，接下来他又伏击了一艘80吨的印度货船，将其洗劫一空。他尝到甜头后越发胆大，径直驶入万丹港，那儿正停泊着5艘荷兰大船。他为自己的胆大妄为自鸣得意，向每位船长传信说："他会靠近并登上他们的船舷，打倒他们之中所有胆敢朝他开枪的人。"他的信还附带了一个警告：任何船只胆敢往滑膛枪里装子弹，"他会以死相拼，要么把他们击沉，要么就在他们船边沉没"。

荷兰人受到威胁之后非常不安，向万丹的国王抱怨说，所有的英国人都是一丘之貉，"都是些小偷和生活没有节制的人"。然而，他们坚决拒绝直面米歇尔本的挑衅，而是躲在甲板下面，任凭爱德华爵士在海港耀武扬威。"我们到那儿之前，荷兰人一直都喜欢趾高气扬地在岸上活动，现在却静得出奇，我们几乎看不到一个荷兰人。"

直到此时，爱德华爵士都很幸运。他胆大妄为，还没人来戳穿他的虚张声势。但很快他就要棋逢对手了。当他的船在马来半岛附近平静的水域中漂荡时，瞭望员突然喊了一声。一艘神秘的船只正在靠近，这是一艘巨大的中国式帆船，甲板上站着80多人。这些人相貌古怪：个子矮小，脸上都没有任何表情。爱德华爵士派了一艘全副武装的船前去探明情况。简单沟通之后，这些英国人发现，原来"这是一艘日本船"，他们被邀请登船参观。当他们问起日本人做何营生时，这些人对其生意毫不掩饰。这艘船同"老虎"号一样，是一艘海盗船，这些人对他们在东南亚海域造成的破坏性影响十分骄散。他们洗劫了中国和柬埔寨的海岸，在婆罗洲外海抢劫了六七艘船，现在正满载战利品返回日本。

这支英国人的小队安全地回到"老虎"号之后，爱德华爵士掂量了一下他的几种选择。他相信自己之前的好运，决定劫掠这条帆船，为此，他派了第二批英国人上船监视。尽管日本人很清楚，米歇尔本的海盗水手是来探听虚实的，他们还是大方地欢迎了这些英国人，让他们自由出入货舱，甚至把船上最精美的物品指给他们看，这让"老虎"号的船员大为吃惊，他们从未见过这样奇怪的人。"他们大多数人都十分豪爽，不像水手，"一个人写道，"他们相处十分平等，大家似乎都是伙伴"，当这些日本人要求参观英国船时，大家都认为拒绝是很不礼貌的。

此时，米歇尔本缺乏经验的弱点第一次暴露出来。他并不知道，日本人在东印度群岛早就是恶名在外，"属于那种铤而走险、胆大妄为、在哪里都让人心生畏惧的人"。他也不知道东方的所有海港都要求日本水手必须先缴械才能上岸。戴维斯也"被他们谦恭的样子所迷惑"。他不仅认为没必要让他们缴械，还主动提出让他们在全船走上一圈，不受限制地与船员交流。随着越来越多的日本人爬上船来，大家举起了酒杯，两国船员互相开起了玩笑，聊起天来。

顷刻之间，形势突变：在英国人浑然不知的情况下，用米歇尔本的话来说，这些日本人"已经下定决心，要押上性命抢走我的船"。微笑从他们脸上退去，笑声消失了，这些日本人突然之间变成了野蛮的流氓，他们举刀向英国人身上砍去。"老虎"号上的船员从未遭遇这样的对手，几乎还没来得及抵抗，甲板上就挤满了挥舞着长刀，把他们砍成碎片的日本人。很快，这些日本人来到放枪的房间，发现戴维斯正急急忙忙地为滑膛枪装子弹。"他们把〔戴维斯〕拉进船舱，在他身上留下六七处致命伤，然后把他推了出去。"戴维斯摔倒在甲板上，长刀砍断了他的一处动脉，他因流血过多死了。其他人也处于临死前绝望的挣扎中。似乎"老虎"号很快就将沦陷。

多亏米歇尔本挽回了局势。他把长矛塞进他最好的战士手里，带领他们对日本人发起了最后的反攻，"杀死了三四个他们的首领"。这使日本人丧失了斗志，他们慢慢发现自己处于劣势。这些手持刀剑的日本人无法与米歇尔本的长矛勇士匹敌，他们被赶到甲板下面，在船舱入口挤作一团。他们自知处于困境，便怪叫一声，一头向船的心脏地带冲去。

英国人不知如何把他们赶走。没有一个人愿意尾随他们进入船舱，因为这样定是去送死，也不可能派一大队人下去，那条走廊低矮狭窄，他们只会伤到自己，伤不到日本人。最后，有人灵光一闪，提出了一个简单而又颇具毁灭性的解决办法。他们把两支 32 磅的长炮装满了"十字弹、子弹和霰弹"，冲着船舱最为薄弱的一边近距离开火。弹片穿透木板，发出震耳欲聋的爆裂声，炸得碎片横飞。随之而来的是一阵恐怖的尖叫和痛苦的哭喊，然后便悄无声息了。烟雾消失，尘埃落定之后，他们进入船舱，发现 22 名日本人中，只有一个人活了下来。"他们手脚和身体被撕裂得不成样子，看见他们被子弹打死的样子真是很怪。"

现在轮到米歇尔本报仇了。他把所有大炮都对准了那艘日本船，把炮弹一发接一发地射入它的船舷，直到船上的人求饶为止。遭到拒绝后，这些日本人决定誓死抗争到底，战斗一直持续到所有的抵抗都被扑灭，这艘船沉寂了下来。只有一个日本人想投降。他跳入水中，向"老虎"号游来，然后被拉上了船。爱德华爵士问他为何要偷袭英国人，他"告诉我们说，他们想夺取我们的船，割断我们所有人的喉咙"。说完这话之后，由于害怕那群充满敌意的旁观者，他告诉米歇尔本，他只有一个愿望，"就是让人把他剁碎"。米歇尔本更愿意采取一种不那么血淋淋的处死方式，他命令手下把他拴在桅杆桁端吊死。处决随之进行，但是绳子断了，那人掉进了海里。谁都懒得再把他拖上来，反正离岸边不远，估计他可能已经逃生了。

到了这个时候，英国船员们已经厌倦了他们的海盗冒险，于是决定回家，他们最终于 1606 年夏驶入朴次茅斯港。米歇尔本因其行为彻底名誉扫地，不光彩地隐退了，但是他给英国航海业的名声造成的打击远比他给自己的职业生涯造成的打击严重。荷兰人特意揪住他的海盗行径不放，作为到东方的土著统治者那里抹黑英格兰的证据。住在万丹的英国贸易商处境尤其危险，因为万丹国王对米歇尔本的所作所为大为光火。米歇尔本之行造成的恶劣影响非常大，东印度公司不得不向枢密院提出抗议，要求他们没收爱德华爵士抢劫来的所有财物，并提醒他们，"爱德华·米歇尔本爵士抢劫了一些我们的朋友，这不仅使整个贸易陷于险境，也危害了我们自己的人员和货物的安全"。

到此时，香料竞赛已进行了 10 多年，这么长的时间足以判断谁在这场较量中占了上风。尽管伦敦的冒险商人在米德尔顿回来之后对成功感到欣喜若狂，但他们一直怀疑自己正逐渐输掉这场竞赛。到目前为止，他们已向东方派遣过 3 支船队（其中包括兰开斯特的首航），船只数量达到 12 艘，其中三分之一不是沉没，就是消失得无影无踪。人员的损失更让人忧心。随远征队出航的大约 1200 人中，有 800 人或死于坏血病和伤寒，或死于"血痢"。有两位船长丧生（其中一位是被其船员意外射杀），只有一艘船，即"上升"号到达了遥远的班达群岛。当然，就算兰开斯特的一船胡椒很难出手，最终仍然获得了丰厚利润。现在公司的几个仓库都装满了散发甜香的肉豆蔻和丁香。但米德尔顿回来时提交的报告表明，这也许是他们收到的最后一船货了。在这场香料竞赛中，荷兰这个强大的对手后来居上。豪特曼那次航行回来后的几年内，他们就派出了惊人的 14 支船队，总计 65 艘船。荷兰人不像英国指挥官那样喜欢"闷声发财"，他们是伴着隆隆炮声加入这场香料竞赛的。他们对抗葡萄牙人已经取得了令人瞩目的成功，把葡萄牙人从几乎所有有利可图的香料产地赶走了。他们现在正把注意力转向班达群岛，似乎已摆开架势，准备以武力夺取这个群岛。

面临如此强大的威胁，东印度公司认为他们需要尽快扩大业务。他们在东方只有一家"商馆"或者说仓库，位于爪哇的万丹，其规模要比荷兰人或葡萄牙人的小得多。他们要想在竞争中打败对手，就需要扩大这个商馆的规模，并在整个地区建立新的商馆。

当时的形势有利于扩张。英格兰最重要的出口产品之一是羊毛制品，但羊毛在香料群岛的闷热气候里显然不受欢迎。当地土著要的不是斗篷和毛毯，而是棉布和印花布，它们在印度西海岸的港口都可以很便宜地购入。棉布方面的贸易已经很繁荣，当地船只定期在古吉拉特和万丹之间往来贸易。由于印度被认为是英国羊毛制品（以及铅、铁和锡）更有利可图的市场，伦敦商人推断，如果他们能用上述这些货物换取棉布，就能用棉布换取香料，从而建立一个三角贸易圈，使大家都能获利。而且他们还可以大幅减少流出英格兰的黄金数量。

但与印度做生意存在着一个问题。这个次大陆的很多地区都处于强势的莫卧儿皇帝贾汗吉尔的控制之下，他自称"世界征服者"，已把广泛的垄断贸易权授予了葡萄牙人，后者警觉地保卫着这一权利。由于不可能用武力夺取葡萄牙人防御严密的商馆，唯一的解决方案就是向贾汗吉尔派遣一名使者，请求他允许英国人在印度的西海岸设立一个商馆。如果皇帝同意，葡萄牙人就无权干涉了。

董事们开始到处寻找派去向莫卧儿皇帝请愿的合适人选。他们很快就发现，很少有人能胜任这项工作。找了几周后，他们的入围名单中仍然只有一个名字——威廉·霍金斯。这位船长的背景无人知晓，但他的名字显示他和伊丽莎白时代最著名的航海世家之一有关系。他可能就是曾与爱德华·芬顿一起横渡大西洋的霍金斯家族的人。他也可能随"狮鹫"号（*Griffin*）出过海，参加了打击西班牙无敌舰队的战斗。但这一时期霍金斯家族的人很多都有出海的经历——其中有4个同名的威廉——因此不可能把他们混杂在一起的事迹分清楚。但东印度公司看中这位霍金斯的原因，还是比较容易确定的。他在利凡特公司从事了几年贸易，活动会说土耳其语，这在任何东方国家都能派上大用场。他还很熟悉东方的习俗和规矩，能给莫卧儿皇帝留下好印象。

霍金斯于1607年乘坐"赫克托耳"号起程，约16个月后到达了印度西北海岸的苏拉特。这次航行似乎一帆风顺，因为霍金斯对东印度公司以往组织的航行中惯常遭遇的风暴、饥饿和疾病几乎只字未提。甚至第一次看见被近来的雨季浇灌得郁郁葱葱的古吉拉特海岸，也没有让他心起涟漪。

苏拉特在达布蒂河上游约20英里处，只有乘最小型的船只通过一段泥浊的河口才能达到。因此，"赫克托耳"号在堵塞河口的沙滩边下锚，霍金斯和几名船员划船逆流而上前往苏拉特，人们聚集起来注视着这些陌生的面孔。苏拉特地方长官喝得酩酊大醉，无法跟霍金斯交谈，他和同伴们只好前去海关，他们的个人物品在海关"被翻来覆去搜查，令我们极为不快"。

当霍金斯解释他建立一个贸易基地的想法时，他的同伴威尔·芬奇则出去探索了一圈。他发现，这座城市让人赏心悦目，城里住着一大批商人。芬奇留心寻找着合适的居所，他注意到，最好的房子是那些临河和城堡旁边的房子，让他吃惊的是，他无意中发现"一片景色宜人的绿地，绿地中央有一根五朔节花柱"。

海关官员客气但谨慎地与霍金斯等人讲话，告诉他们说，他无权批准贸易许可，那是总管所有古吉拉特港口的莫卧儿官员的特权，但他向霍金斯保证，会让他们在逗留期间感到宾至如归。他为他们在海关的小屋安排了住处，芬奇觉得那房间"很糟糕"，然后这位海关官员还设法引荐他们到城里的一个富商家赴宴。

可惜这场本应欢乐的宴会却使人痛苦难堪。原来这位富商不是别人，正是爱德华·米歇尔本爵士几年前劫掠过的一艘船的船主。尽管他注意到霍金斯等人的窘迫时表现得落落大方，很有风度地指出，"所有国家都有盗贼"，但霍金斯和芬奇还是不禁感到他们的任务出师不利。

形势很快就恶化了。正当霍金斯和芬奇等着可以批准他们许可权的那位莫卧儿官员回来时，葡萄牙人插手了。他们听说霍金斯想在城里开展业务很不高兴，就劫掠了一艘"赫克托耳"号船员所乘的小舟，逮捕了上面的船员，并威胁要把他们都送到果阿，交由那里的葡萄牙总督处理。

霍金斯很恼火，但他相信自己的老练和圆滑的外交手段。他给葡萄牙指挥官送去了一封客气但语气坚决的信，提醒他说，他们两国目前正处于和平时期，并请他"释放我的人和货物，因为我们是英国人"。葡萄牙指挥官并不想表现得宽宏大量，他回了一封信给霍金斯，"粗野地侮辱了陛下［詹姆斯一世国王］，说他是个渔夫国王，一个无足轻重的岛国之王"。更糟糕的是，他把霍金斯形容成一个"拿佣金的混蛋"。霍金斯看到最后这句羞辱的话时，气得火冒三丈，大骂这个葡萄牙人是"天生的恶棍和叛国贼"，并立刻提出要跟这个"傲慢的流氓"决斗。然而这位葡萄牙指挥官没有理睬，马上把那批英国俘虏送去了果阿。

霍金斯和芬奇此时处于非常危险的境地，"赫克托耳"号已经留下他们驶往万丹，芬奇又"身患血痢，非常虚弱"。"我的船离开之后，"霍金斯写道，"我受到了难以忍受的虐待。周围到处都是敌人，每天就在谋划着怎么杀了我，抢夺我的货物。"莫卧儿官员穆卡拉卜汗的到来对他任务的进展并无裨益。穆卡拉卜汗骄横、傲慢、贪得无厌，他最初作为宫廷医生为皇帝当差，在治愈了皇帝的一种严重顽疾之后，才被提升到总督的位置。他把有利可图的苏拉特港置于自己的控制之下，敲诈来此的商人。霍金斯也没能幸免——穆卡拉卜汗没收了公司的货物，把霍金斯带上岸的精品全都充入自己腰包，还认真地听了葡萄牙人讲的一大堆谎言。霍金斯写道："在近3个月里，他表面上装模作样，用美好的许诺和善意奉承讨好我。其间，他到我家来过3次，把所有的好东西都一扫而空，当他看见我再没有任何好东西剩下时，就一点点地羞辱我，让我难堪。"

在四面环敌的情况下，霍金斯和芬奇此时处于极度危险之中。"我害怕葡萄牙人，连往门外瞟一眼都不敢，"霍金斯记录道，"他们成群埋伏在偏僻小路上，想偷袭并杀死我。"很快，葡萄牙人选择采取更直接的行动。他们听说这位英国船长受一位友好的莫卧儿官员邀请参加一次宴会，就阴谋策划了一项谋杀他的行动。当时，一伙葡萄牙士兵顺海岸线成扇形散开，3个荷枪实弹的士兵冲进了宴会的大帐篷。霍金斯反应很快，他一把抓起他的滑膛枪挡住了他们。那位莫卧儿官员大声呼喊他的随从，葡萄牙人突然被这边的火力压住，便从现场逃走了。

没过多久，葡萄牙人又来了一次。一支40人组成的队伍在一个葡萄牙教士的教唆下，试图突袭霍金斯的家，"但我一直很谨慎地确保屋子坚固，房门牢靠"。策划此次袭击的是一个名叫佩内罗神父的耶稣会教士。他狂热地反对英国人，而且是"穆卡拉卜汗那条狗"的密友，他在霍金斯和芬奇逗留印度期间，极尽所能煽动人们对他们的仇恨。

到了1609年2月，霍金斯意识到，继续在苏拉特待下去也还是会一无所获，因此把身体已经恢复很多的芬奇留下，自己起程去往莫卧儿帝国首都阿格拉。他雇用了50个普什图骑兵在10周的路程中保护自己，"这里的人很害怕他们"。尽管如此，他抵达都城之前，还是有人曾两次想要置他于死地。他人还未到阿格拉，消息就已到了，并且在莫卧儿的宫廷里引起了一片骚动。皇帝想尽快跟这位稀奇的客人见面，他"不久就派出好几队骑兵和步兵，命令他们找到我为止，并命他的典礼官以对待国王使节的隆重仪式，陪我走进宫廷"。他们让霍金斯觐见皇帝的心情非常迫切，他都没时间换一身干净衣服。当然，他也没有准备。当时人们都知道，贾汗吉尔期望所有来求见他的人都要带一大袋见面礼。绘画、玩具和小饰品等都是他的最爱。他眼光很犀利，对质量低劣的礼物看不上眼。霍金斯到达印度时曾带有半车礼物，但都被苏拉特的"那条狗"（穆卡拉卜汗）抢去了。他翻找行李想找件礼物，但唯一能够找到的物品是一小捆布匹。他后来承认，这是"一件薄礼，未受重视"。

尽管遇到种种挫折，但霍金斯还是受到了贾汗吉尔的热烈欢迎，这位皇帝花了两小时用土耳其语跟他交谈，他把在苏拉特遇到的所有问题都告诉了贾汗吉尔。尽管身份悬殊，但两人立刻结下了友谊，贾汗吉尔"以极为亲切的方式，面露和蔼的微笑和我讲话"。贾汗吉尔喜欢奇闻逸事，宫廷里来了个英国人，那真是地道的异域风情。他们为霍金斯安排了居所，并指示他每天早晨觐见皇帝。

霍金斯每天都要询问贾汗吉尔在苏拉特开设一家英国商馆的可能性。贾汗吉尔则每天都拖延时间，劝他耐心等待，直到皇帝厌倦了霍金斯不断的请求，提出如果霍金斯半永久地留在他的宫廷，将对英格兰最有利。作为诱惑，他许诺提供给霍金斯3200英镑年金、400匹马和"英格里斯汗"的头衔（相当于公爵头衔）。这个条件很有吸引力，因此，从船长摇身变为公爵的霍金斯掂量了一下种种选择，最后同意逗留"六七年"，因为拒绝这个"以公谋私"的机会实在很愚蠢。

现在，霍金斯成了皇帝的心腹，进入了他身边最核心的小圈子。他不仅参加日常正式接见宾客的仪式，坐在专门为地位最高的贵族留出的小围栏里，还成了宫廷深处回荡放浪笑声的夜间酒宴上的常客。贾汗吉尔在一次狂饮的宴会上产生了一个绝妙的想法。"他很认真地要我从他的宫廷里挑一个白人少女"，不是做情妇，而是做妻子。对于霍金斯这种热爱自由的人来说，过悠闲的家居生活远远不够刺激，但他知道，要拒绝皇帝的好意，还得讲究策略。他一如既往地反应灵敏，告诉贾汗吉尔说，从神学角度讲，他反对跟穆斯林结婚，但他又开玩笑说，如果皇帝能给他找一个优秀的基督徒女孩，那他立刻就会走上通往圣坛的神道（和她结婚）。霍金斯说："说这话时，我以为不大可能找到一个基督徒少女。"他也没有意识到，他已经提出了一个挑战。为霍金斯找到妻子，已经成为关乎皇帝荣誉的事情。多方寻找之后，贾汗吉尔打听到有一位亚美尼亚基督徒，刚刚丧父，孤身一人留在世间。霍金斯难以拒绝。"所以我就娶了她，"他写道，"由于没有牧师，我就当着基督徒见证人的面与她结为了夫妇。"他后来发现，这样结婚是非法的。"听说这个消息后，我又举行了一次结婚仪式。"令人吃惊的是，俩人深深地陷入了爱河，"从此以后，我的生活美满无虞。我走到哪儿她都愿意跟我一起，愿意按我的方式生活。"

霍金斯在阿格拉逗留期间，几乎没有描述过这座城市的情况，除了提到它是"世界最大的城市之一"。尽管泰姬陵当时尚未建造，但这里还是有很多异域式样的公共纪念建筑，虽然没有一座比得上贾汗吉尔的宫殿美丽，这座宫殿就建在阿格拉要塞之内。经常有披着华丽鞍辔的大象驮着帝国宫廷的人从宫殿到山里狩猎和远足。还有源源不断的朝臣、溜须拍马的人和帝国的谄媚者从印度各地来到这座宫殿，向皇帝顶礼膜拜。随着霍金斯在宫廷影响力的流言散播开来，很多人燃起了嫉妒之火，阴谋诡计的网络也变得错综复杂。

"那个耶稣会士和葡萄牙人睡不着觉，"霍金斯带着明显的得意之情记录道，"绞尽脑汁想把我拉下马。说实话，贾汗吉尔身边那些主要的伊斯兰教徒极为妒忌一个基督徒如此亲近他。"霍金斯很精明，因此能够与穆卡拉卜汗和葡萄牙耶稣会士之类的人抗衡，而且皇帝严厉警告这批人，如果霍金斯"出了什么意外，他们将追悔莫及"。

霍金斯有幸多次被邀请前去宫廷参加日常饮宴，因此与皇帝的关系日渐亲密起来。贾汗吉尔每天大部分时间都喝得醉醺醺的，而且对自己的贪杯从不讳言。他在回忆录中写道，他18岁就开始喝葡萄酒，每天逐渐加大饮酒量，直到千杯不醉为止。然后他开始喝烈酒，直到生命行将结束之际，手抖得连杯子都拿不稳才作罢。

每天公务一结束，酒宴就开始了。贾汗吉尔把主餐吃完之后，就与几个密友回到私人宫殿。他们中间总有霍金斯，他描述了皇帝喝得烂醉如泥的情景。吸食大量鸦片助兴之后，他"躺下来睡觉，其他人就都回家去了"。

霍金斯明白，如果他想拿到东印度公司非常想得到的贸易特权，就需要源源不断地获得各种新鲜玩意儿和小饰物，作为礼物送给皇帝。他给伦敦方面写了几封信，敦促他们寄来高质量的礼品，但他的呼吁时常没人理会。有几次董事们给他寄去了一些质量低劣的画作，霍金斯不得不给伦敦发信，警告他们"小心送的东西"。最后贾汗吉尔亲自拟就了一份最喜爱礼品的清单，其中包括"各种鸟兽雕像，或者其他类似的玻璃、硬石膏、银、铜、木、铁、石或象牙制品"。

正是因为期望得到更多的礼物，贾汗吉尔最终才批准了霍金斯在苏拉特设立商馆的要求。皇帝听说"上升"号即将抵达的消息，就批准建立一个英国贸易基地，并让霍金斯把这个喜讯告诉威尔·芬奇。芬奇对霍金斯的工作非常敬佩，在回信中也充分地表示了自己的敬意，他称霍金斯为"勋爵"和"阁下"，而非"船长"。

之前那个莫卧儿官员和葡萄牙人此时加倍努力，企图推翻皇帝给英国人的特许权，他们居然获得了成功。贾汗吉尔的诏令刚送达苏拉特，就莫名其妙地被收回了。接下来还有更多的坏消息等着霍金斯和芬奇。"上升"号在古吉拉特近海"失事"，原因估计是触礁，尽管有许多船员获救，"但某些船员造成的混乱和骚动"，给芬奇带来了无尽的麻烦，特别是一个名叫托马斯·塔克的人，他在大街上杀了一头母牛，"杀牛在印度比杀人还严重"。

与此同时，霍金斯正试图修补与皇帝的关系，密切观察着贾汗吉尔不可捉摸的性格。大多数下午，他都要陪着皇帝去看狮象角斗，其规模和野蛮程度几近罗马帝国时期类似的表演。贾汗吉尔享受着大量鲜血喷溅的场面，对人兽决斗的兴趣与日俱增，正如霍金斯在一篇特别可怕的见闻录中记录的那样。

边境来的一位普什图勇士到皇帝的一个儿子那里想寻求一个职位，当他被问到期望得到多少报酬时，他说低于每天1000卢比他就不干。王子吃了一惊，问他要如此高的工资理由何在。"你可以拿各种武器来考验我，"他说，"如果我的表现不像我说的那么好，你可以杀了我。"

那天晚上，王子去看他喝醉的父亲，把这个有趣的故事告诉了皇帝。皇帝立刻命人把那个普什图人带到他跟前来，又让人把力气最大也最凶猛的一头雄狮带进宫殿。皇帝问那个普什图人为什么认为自己值那么高的工资，那人把早先的话重复了一遍。贾汗吉尔喝得醉眼蒙眬，含糊不清地说："那好……去跟那头狮子打吧。"

那个普什图人不肯，他说没有武器就跟狮子角斗，不是对力量的考验。但贾汗吉尔并不想改变他的主意。霍金斯写道："国王没理会他说的话，命令他跟狮子对决，他只好上去了，扭打了好一会儿，然后这头狮子从看管那儿被放了出来，但还拖着链子，它用爪子抓住了那个可怜的人，把他的身体撕成了碎片，又用爪子把他的脸撕成了两半，那个勇敢的人就这样被这头野兽杀死了。"皇帝看得非常起劲，他叫来 10 个骑手跟那头雄狮摔跤，结果其中 3 人丢了性命。

贾汗吉尔对手下大臣同样喜怒无常。霍金斯的一位宫廷里的朋友是皇室的库房总管，他曾不幸摔碎了贾汗吉尔一只心爱的中国碟子。他知道如果皇帝发现这事，一定会龙颜大怒，就派了一个仆人去中国到处搜寻一只替代品，那人徒劳地寻找着。事发两年后——依然不见仆人的踪影——皇帝找库房总管要那只碟子，结果被告知碟子已经被打碎了。"皇帝听说之后大发雷霆，让人把总管带上前来，命两个人用粗绳结的鞭子抽他，抽了 120 下之后，他又命专事于此的手下用短棍打他，打断了好多棍子。他至少被 20 个人打过，直到大家都以为这可怜的人被打死了，然后他被人拽着脚倒拖进了监狱里。"

次日早上，皇帝问总管是否还活着。当他得知，那人挨过拷打依然活着时，他下令让此人在狱中度过余生。这时，贾汗吉尔的儿子进行了干预，保释了这个可怜人，帮他调养身体，恢复了健康。但皇帝还是怒火未熄，他又一次把这个浑身发抖的人招来，让总管滚出宫廷，并告诉总管"再也不要出现在他［贾汁吉尔］面前，除非能找到同样的碟子，于是这位总管走遍全中国去寻找"。这位总管在中国各地走了 14 个月，但一件仿制品都没找到。最后他发现，波斯国王有一件类似的碟子，这位国王出于怜悯把碟子送给了他。

　　霍金斯终于厌倦了无休无止的流血和淫乱，也越来越害怕喜怒无常的皇帝会反过来整他。他一会儿得宠，过一会儿又遭嫌弃。他写道："因此我就像一个赌上所有孤注一掷，却因遇到风暴或海盗一下赔个精光的富商一样被折腾得团团转。"当霍金斯被告知他的津贴被取消时，他知道该卷铺盖走人了。他与太太一起回到了苏拉特，而且他很走运。一支新的英国船队在最近刚获封爵位的亨利·米德尔顿爵士率领下，刚从阿拉伯来到此地，现正停泊在苏拉特沙洲近海处。

　　霍金斯带着失望启程回国。人们希望他到印度去能跟皇帝做成一笔交易，但经过近 3 年的反复请求，他还是两手空空地离开了宫廷。从个人角度讲，他这次使命也归于失败。霍金斯手下的水手妒忌他对皇帝的影响，回来后想尽办法败坏他的名声。他们散播他醉酒的丑态，还告诉东印度公司的董事们，他是因为在宫廷行为放荡而被放逐的。这种指控是不实的，却起到了作用。而且霍金斯也没法为自己辩护了，他在漫长的回程途中得了病，抵达英格兰后不久就死了。忠诚的霍金斯太太悲痛不已。她没法独自生存下去，就卖掉了一颗价值连城的钻石，嫁给了一位名叫加布里埃尔·托尔森的商人，他是一位经验丰富的东印度贸易商，之后霍金斯太太随他去了东方。

第五章

"指挥官，我们中计了！"

对于聚集在多佛海岸的峭壁上观看的那一小批人来说，此刻的景象极为壮观，一生难见。一支小型船队正飞速驶入英吉利海峡，满张着风帆，长三角旗飘扬其后。不过这些并非英格兰的船只，船上也不是英格兰水手。这支船队的指挥官是一个名叫雅各布·范内克的荷兰人，他正准备把无数的财富带回阿姆斯特丹他的东家那里。

雅各布·范内克的船队于1599年夏季回到荷兰，很少有哪次远征像他这次这样一帆风顺的。他在驶向东方的途中没有遇到任何麻烦，并且回家之前在万丹购入了大量香料。此后的几次航行，他会被指控鸡奸，在枪战中失去一只手，还会因吃了有毒的水果而暂时得了"疯魔症，让他看见了天使、魔鬼、蛇以及各种各样的东西"。不过，这一次他没有遇到这些麻烦，大家欢庆了他的归来，因为"从来没有哪些荷兰船像这样满载而归"，他率领的这些船确实称得上满载而归：除了半船舱的肉豆蔻、肉豆蔻干皮和肉桂，还有近100万磅重的胡椒和丁香。范内克和他的手下被当作英雄款待：他们在一队小号手的引领下，得意扬扬地在阿姆斯特丹的街头游行，城里的教堂敲响了欢庆的钟声。商人们送给范内克一只闪闪发亮的金酒杯（不过随后发现酒杯只是镀金的，商人们的慷慨形象也就破灭了），并且给船员提供了足够的葡萄酒。

这次航行的成功得益于范内克与万丹土著沟通的技巧。3 年前，嗜杀成性的科内利斯·豪特曼用他威力巨大的火炮轰炸了该城，屠杀了数百人，甚至放肆地用最大的一门炮炮轰了王宫。范内克则非常精明，他明白只要不像豪特曼那样大肆破坏就能受到欢迎。他不仅同意国王开出的价钱，还大胆地提出用高价收购货品，以巩固他们新结下的关系。"有些人也许会认为，"他在日志中写道，"我们有点浪费雇主的钱。但如果他们能够冷静地看待这个问题，就会认可在这个曾视我们国家为敌人的地方，需要表示一定的诚意。"他这项修补关系的任务得到了万丹商人的帮助，后者刚刚截获了 3 艘葡萄牙船，将其抢劫一空后付之一炬。万丹人意识到这种放肆的海盗行径必然会遭到葡萄牙人的报复，因此他们亟需强大的盟友。

范内克进港后，贸易活跃了起来，他亲自率领的 3 艘船在 4 周之内就装满了香料。他唯一忧心的是船队的第二小队，它们自从出现在马达加斯加之后就不见了踪影。但是随着年关将近，范内克计划和船员们欢庆新年时，第二小队的船只在声名显赫的海军中将威布兰德·范沃韦克（韦麻郎）和北极探险家雅各布·范海姆斯凯克的指挥下驶入了人们的视野。"他们高兴地迎接了我们。"航船日志记录道。

最高兴的当数雅各布·范海姆斯凯克，就在两年前，他曾在北极海域搁浅，寻找传说中的东北航道的远征中止在一片冰面上。现在置身万丹的热带高温之中，范海姆斯凯克觉得还是这里的环境更加宜人。回到老友身边，他沉浸在节庆活动中。范海姆斯凯克本人的航行比许多人都要顺利。他偶然在印度洋中部发现了一座天堂般的小岛，将其命名为毛里求斯，在这里他手下人用轻易就能抓到的野生动物填饱了肚子，惬意地躺在沙滩上，手脚并用地骑在巨龟身上取乐。范海姆斯凯克意识到毛里求斯是一个有价值的港口，可供荷兰船只停靠，于是他把一只公鸡和几只母鸡放在岛上，还播下橘子和柠檬种子，乞求"全能的上帝保佑，让其繁殖和生长，造福后来之人"。

雅各布·范内克疯狂买光了万丹港的香料。返航之前，他建议船队的其他船只向东航行去香料群岛，在那儿肯定可以买到足以装满船舱的肉豆蔻和肉豆蔻干皮。于是他们照做了：范沃韦克驶向最北端的德那第岛，为了庆祝顺利到达，他发射了很多炮弹，据说这座岛都震得晃动了。与此同时，范海姆斯凯克驶入了更遥远的海域。他无所畏惧地直接驶往班达群岛，当时尚无荷兰人或英国人涉足此地，随船商人对他冒险驶向东方时常感到不满。他们中有人建议船长小心驶得万年船，范海姆斯凯克却发了脾气。"当我们冒着生命危险的时候，"他说，"公司的老爷们也他妈的该承担失去船只的风险！"

他还不得不面对一个怪物，传说这是一只"恶魔附体"的动物，生活在班达群岛，专门袭击过往的船只。幸运的是他的印度领航员知道怎么对付这种怪物："他露出狰狞的表情，将钩头篙插向怪物"，作势要杀死它。这招管用了，那只怪物再也没出现。1599 年 3 月中旬，范海姆斯凯克在大班达岛下锚，并且请求当地土著首领开展贸易。

班达人看到这群荷兰人来到他们的海岸时并不怎么高兴。跟葡萄牙人打了近90年交道后，他们对所有的外国人都不信任了，而荷兰人的到来似乎预示着某种新的威胁。范海姆斯凯克的船刚锚泊在内拉岛巨大的天然港，岛上沉寂了数个世纪的火山就突然爆发了，壮观的火焰射向天空。"火山喷出非常可怕的火焰和大量的火山灰，所有的树木都被摧毁了，熔岩像呕吐物一样淹没了这些树木，全岛不见一片绿叶。"当地人回忆起了5年前一位伊斯兰教的神职人员跟他们说过的一个预言，他说一伙陌生的白种人很快就要抵达班达群岛并用暴力控制他们。由于这几艘荷兰船全副武装，范海姆斯凯克似乎也对当地长期的争执很感兴趣，因此大家一致认定他们就是预言中说的那支白人军队。

范海姆斯凯克送上了厚礼，又反复保证他是葡萄牙人不共戴天的敌人，他的手下才被允许登陆大班达岛，用刀和镜子交换肉豆蔻和肉豆蔻干皮。他们花了近一个月的时间来购买香料，并得以在不受干扰的情况下和平开展贸易，但也不是没有争执，范海姆斯凯克写道："如果不想上当受骗的话，就要擦亮眼睛。这些人阴险狡诈，厚颜无耻到了令人难以置信的地步。"不过，他们购买肉豆蔻的价格低到了荒唐的程度（10磅肉豆蔻不到1英国便士）。等这些货物被运回荷兰，价格要增长几千倍。

他们在大班达岛上租了一栋房子，很快就有当地人驾小船从邻近的内拉岛前来。该地区土著首领间的一系列野蛮争斗导致班达群岛陷入了混战，贸易因此中断了。内拉岛的男人们与附近艾岛的盟友一起大肆烧杀掳掠，他们杀死敌人后，还会用鲜血淋漓的战利品来装点他们的船只。他们甚至违背传统，砍下了女人的头颅，尽管他们还慈悲地"把这些头用棉布包起来掩埋掉"。他们带着滴血的剑胜利归来，"一连四五天聚在一起庆功"。

在班达群岛，这种局部战争时有发生，荷兰人很快就会参与其中，并且造成毁灭性的后果。不过范海姆斯凯克暂时乐于隔岸观火，并为日后的远征搜集情报信息。最后，当他返航时，留下了 22 个荷兰人，范海姆斯凯克交代他们储存肉豆蔻，为下一支荷兰船队做准备。范海姆斯凯克与大班达岛土著首领告别时，对方提出了一个特别的要求：这位头领把他拉到一边，向他坦言自己对钟表的热爱，并请这位荷兰指挥官再回到这里时一定要带上一个落地式大摆钟，而且一定要把钟上的人物或野兽雕像去掉，因为这会冒犯到他的穆斯林岛民。范海姆斯凯克答应了，但因为没有关于钟表这件事的更多记载，他的要求似乎被有意忽略了。

范海姆斯凯克最后于 1600 年春回到阿姆斯特丹，他所受到的热烈欢迎，程度不亚于范内克。当他带回的肉豆蔻最后装入阿姆斯特丹的仓库后，"附近一带都沉浸在肉豆蔻的香味中"。

"但在一艘船都还没回来的 1599 年，荷兰就又派出了一支船队。"这次新的远航让阿姆斯特丹的商人们非常气愤，因为它是由鹿特丹和泽兰的商业贸易对手派出的，这些人早就想插手香料贸易了。阿姆斯特丹方面做出强硬回应，他们告知各指挥官严厉打击所有竞争对手。"大家都清楚，如果泽兰的船队捷足先登，那会给我们造成多大的损失。因此就一个字——'买'！买下所有你们能买到的货品，然后尽快装船发出。即使没地方装货了，也要继续买，可以先打包好以便随时发出。"

商人们的忠告带到时已经太迟了，随着越来越多的船追逐香

1599 年班达群岛的肉豆蔻贸易商。当地商人在肉豆蔻中掺沙子增加重量来牟利。"要留心确保收到的肉豆蔻都是好的，"兰开斯特警告他手下的商人，"最小的那些运回家以后一文不值。"

料而来，它们的价格也逐月攀升，阿姆斯特丹的商人们到荷兰国会——代表联省共和国各省的机构那里请愿，要求取得所有香料贸易的垄断权。"由于各种原因，"他们写道，"这项贸易最好由一个机构来组织。"

这个离谱的要求很快就被否决了。然而，该国最有权势之人，时任荷兰大议长的约翰·范奥尔登巴内费尔特意识到，如果要繁荣香料贸易，就需要某种程度的垄断。他否决了阿姆斯特丹方面的提议，坚持要把全国范围内的小投资人都包括进来，"以便他们能商讨如何确保今后几年上述航行和贸易的稳定和安全"。此举不受欢迎并遭到阿姆斯特丹商人的强烈反对，但在 1602 年 3 月 20日晚间，各方签署了一项协议，大名鼎鼎的荷兰东印度公司正式成立。公司拥有为期 21 年的香料贸易绝对垄断权，日后该公司会成为英国东印度公司一个强大的对手。

荷兰东印度公司立刻派出了他们的第一批船队前往东印度群岛。贸易特许状签发不过 11 天，他们就派出了 3 艘船，由强壮的泽巴尔德·德韦尔特指挥。船队剩下的船只由威布兰德·范沃韦克率领，在两个月后驶离泰瑟尔岛。船员们受命要与众多国家和地区建立贸易关系，包括爪哇、苏门答腊、锡兰和"香料群岛"。这似乎还没令公司满足，范沃韦克还得到指示前往中国沿海建立贸易基地。他们被允许并鼓励采取军事行动："不论在哪儿碰到西班牙人和葡萄牙人，攻击他们。"公司的指令上如此写道。不久，荷兰船队就卷入了地方战争。泽巴尔德·德韦尔特刚到锡兰，当地的统治者就"表示他非常憎恨葡萄牙人，并开始试探能不能和荷兰人一起攻击他们的堡垒"。德韦尔特和这位友好坦率的统治者一见如故，德韦尔特得知他是由葡萄牙人养大的，皈依了基督教，并改名为唐·若昂，但是现在他们绝交了，所以他要报复葡萄牙人。因此他建议德韦尔特，如果荷兰船队能封锁该岛的主要港口，他就能用地面部队进攻葡萄牙人的堡垒。他们可以用这种方法沿海岸线不断进攻，直到葡萄牙人被彻底打垮为止。作为回报，他答应将葡萄牙人的堡垒交给荷兰人，"并且把自己的货品留给他们"。这个绝佳的提议让人无法拒绝，于是德韦尔特全力投入了这项计划。

愉快的心情没有持续下去。德韦尔特的船员经过漫长的航行之后疲惫不堪，尽管岛上盛产新鲜水果，但潮湿的气候让他们变得紧张和烦躁。"他们被苍蝇和小虫搞得寝食难安。"当地土著更让人恼火，"他们整晚都要生火抽烟"。但真正让荷兰船员们生气的是，他们直到现在仍然要靠船上从荷兰带来的那些腐烂咸肉果腹。"王公把他们招待得很周到，"一份日志里写道，"但他们的宗教信仰不允许食用牛肉和水牛肉，他们有很多牛，但是一头也不卖给荷兰人。"更让人恼火的是，周围的田野和草地上，甚至大街上，到处都挤满了肥壮的家牛和水牛。对这些锡兰人来说，它们都是神圣的动物，是已故亲属的灵魂栖息之所。但荷兰人早已受够了腐烂变质的骨肉，看见一头牛走过，就联想到鲜美多汁的牛排。德韦尔特礼貌地听取了唐·若昂解释为何不能卖牛给他们，但私下里，他对所谓神牛不以为意，纵容那些"不守规矩"的手下为所欲为，这些人宰杀了神牛，然后架起营火烤起了牛肉。

当地土著看见后吓坏了，唐·若昂更是如此。"即使葡萄牙人也没有犯下过如此罪行。"他咆哮道。无论德韦尔特怎么道歉，提出赔偿，也无法平息"亵渎神灵，屠杀神牛"而引起的怒火。荷兰人雅各布·里克斯写道："自此我们与唐·若昂及其臣民的关系变得不好了。"

针对葡萄牙人的军事行动重新开始后，人们暂时忘记了这件事，但对荷兰人的不满情绪仍在发酵。当唐·若昂得知自己的儿子被敌人俘虏了，他决定是时候动手了。他表面上装作友好，邀请德韦尔特和他手下人赴宴，然后在席间进行了血腥的报复。

　　大家都喝了不少酒，副队长正与唐·若昂商讨各项事务。突然，唐·若昂责骂副队长不该放跑葡萄牙人。这时，德韦尔特已经相当醉了。他激烈地反对唐·若昂的指责，坚持要他及其随从到荷兰人的船上访问以示补偿，还说"荷兰人得不到应得的尊敬，是不会罢休的"。他的话是火上浇油，唐·若昂显然认定了德韦尔特不能信任，而这次宴会的唯一目的就是要把他抓起来。随着一声令下，唐·若昂的随从拔出剑来，杀死了副队长和同行的所有船员。海滩边的丛林里埋伏了200名锡兰人，得知官殿里的情形后，对我们留在岸上的人发动了进攻。一共造成我们47死6伤……所有这一切都是出于憎恨，我们也知道这憎恨由何而来，我们还以为大家都是朋友。

唐·若昂很快就试图和荷兰人重修旧好，但那些幸存者显然缺乏善意。"我们要去往别的地方，不会被阴险对待的地方。"他们告诉唐·若昂。

早在船员被屠杀的消息传回荷兰之前，又有更多的船只在史蒂文·范德哈根的指挥下被派往东方。他们直奔班达群岛，范德哈根准备在那儿建立一个坚固的商馆。他原以为范海姆斯凯克留在那儿的荷兰商人会来迎接他，但当他上岸敲响商馆大门时，十分吃惊地发现回应他的是一个愉快的英国人。此人正是"上升"号的船长克里斯托弗·科尔特斯特，他热情地欢迎了范德哈根。范德哈根向科尔特斯特打听此地荷兰人的命运，却得知他们在一场激烈的争执后都被当地土著杀掉了。根据记录，他们争执的原因"很奇怪"。据说，到达班达群岛不久，就有两个荷兰人放弃了基督教改宗当地土著信仰的伊斯兰教。"他们被三个荷兰人杀死了，这三人反过来又被土著杀掉。"这最终演变为一场血腥的争斗，直到所有荷兰人都死了才告结束。

范德哈根听闻此事后大为光火，隐晦地威胁了当地的班达人。塞缪尔·珀切斯在他生动的记录中写道："暴风雨接踵而至……此时，森林中所有的野兽都出来了，幼狮狂吼着追逐猎物，恐怖的幽灵在黑暗中行进，黑暗的主宰们……随心所欲地发号施令。"范德哈根把岛上所有的土著头领召集起来，蒙骗他们签署了一份文件，使范德哈根获得了对肉豆蔻供应的绝对且永久的垄断权。对当地这些土著头领来说，这样一份文件还不如写它的那张纸有价值，荷兰人却将其看作一份有法律约束力的协议，后来又将其作为吞并班达群岛的依据。

范德哈根返回荷兰时，荷兰人已经在香料群岛建立了3座堡垒，因而实际上垄断了全世界的丁香产出，而且与班达群岛签订了一份书面协议，理论上讲，也控制了无价的肉豆蔻的供应。但范德哈根的弱点在于，他安排留守的兵力不足以保证协议的执行。他刚离开班达群岛，英国东印度公司的一支船队就驶入了港口，几乎没费什么劲就在土著岛民那里买到了肉豆蔻。

荷兰人获得成功的消息引起了英国东印度公司董事们的密切关注。他们参与香料竞赛不到4年，就发觉大部分"香料产地"都已经落入荷兰人之手。这让董事们很惊慌，他们力图通过在盛产丁香的蒂多雷岛和德那第岛，以及盛产肉豆蔻的班达群岛建立商馆向荷兰人发起挑战。他们的理由是，在香料群岛拥有商馆或商人长期驻扎于此，是与这些岛屿开展贸易活动的必要条件。留在那里的代理商人不仅能够在价低的收获季买入香料，还能监视荷兰人的动向，掌握最新情况。

1607年英国东印度公司向东方派遣了第三批远征队，并为其提供了17 600英镑的金条（但只提供了价值7000英镑的本国商品）。他们敦促各船的船长要比荷兰人提前一步。他们的指令中这样写道："你们要沿着马拉巴尔海岸迅速挺进，这样你们或许能在荷兰人之前抵达［万丹］……因为他们会尽一切努力赶在你们之前到达马六甲。"英国东印度公司董事们还利用这个机会告诫所有船员，船上禁止赌博和说脏话。也许是觉得卫生清洁仅次于内心虔诚，因此他们还给此次航行新加了一条规矩，要求船员"要手脚勤快，保持底层甲板和船上其他地方的干净整洁，这对保持健康十分必要"。董事们突然关心起船上的卫生，与其说是出于对船员的关心，不如说是因为他们得知"荷兰人比我们爱干净得多，这是他们的一大优点，也是我们的一大耻辱"。

董事们还有另外一个要求，实际上这是一件微不足道的小事，但他们又觉得不得不做。"请记住，要尽力为索尔兹伯里伯爵抓几只鹦鹉、猴子、狨猴或者其他你们觉得有趣的奇珍异兽。"索尔兹伯里伯爵就是著名的国务大臣罗伯特·塞西尔。他纠缠了公司好几个月，就是想要搞到一些异域的动物充实他的收藏。第三次远征的领袖们超额完成了这个任务。当"赫克托耳"号最终停泊在泰晤士河的码头时，人们惊奇地发现"一个黑皮肤的野蛮人"若有所思地环视着伦敦的景象。他叫克里，是桌湾的土著，他在英国船只停靠非洲南部补充给养时错误地爬上了船。代理船长加布里埃尔·托尔森意识到他会在伦敦造成相当大的轰动，就把他俘获并带回了英格兰。结果他一路上都很烦人，因为"这个可怜的人"在整个漫长的航行中呻吟不休，根据该船日志记载，他这样倒不是因为生活不舒适，而是因为"被人利用而心情十分低落"。

托马斯·斯迈思爵士阔步来到泰晤士河边亲自欢迎克里，并向他保证，东印度公司会尽可能保证他居留期间生活得愉快舒适。尽管有这些许诺，思乡心切的克里还是让伦敦的商人们非常担心，因为他根本没有向他们表示感谢。"他衣食无忧，各种生活用品也很齐全，"他们说道，"但他就是不满足。"事实上，他在伦敦待得越久，似乎就越不喜欢这个城市，"他每天都躺在地上哭泣，边哭边用蹩脚的英语说：'克里回家，回到萨尔达尼亚，回家去'"。

但克里在得到一份惊喜的礼物后就转变了心意，礼物是一套锁子甲，包括一个铜质头盔和胸甲。这件礼物让他喜出望外，他每天早上都要穿上这件"心爱的铁甲"，咯噔咯噔地穿过伦敦的各个市场，向惊讶的路人骄傲地展示他的盔甲。当他逃过了被做成人体标本，沦为索尔兹伯里伯爵的收藏品的悲惨命运，终于坐船回到非洲南部时，他还穿着这件锁子甲。不过，锁子甲带来的新奇感很快就消失了，"因为他踏上家乡的海岸不久，就把这身盔甲，以及亚麻布和其他遮身的衣物丢了，披上了他的羊皮，又把动物肠子缠在了脖子上"。

长期以来，英国东印度公司一直打算用3艘船组成第三次远征队，交由威廉·基林统领，但精力极为充沛的"许可"号（Consent）小船船长大卫·米德尔顿厌倦了"赤龙"号和"赫克托耳"号的缓慢进度，决定在没有它们陪同的情况下独自前进。这是个明智的决定，因为基林船长抵达香料群岛时，米德尔顿早已回到了英格兰，正计划他的下一次东印度群岛航行。

大卫·米德尔顿是无所畏惧的米德尔顿三兄弟中最年轻的，

也是三人中最着急、最讲效率的。他从不在外国的港口瞎转，一心只想着在最短的时间内做成生意。他以极快的速度驶过大西洋，到达桌湾时只损失了一个人。"一个叫彼得·兰伯特的人从桅杆上掉下来摔死了。"他在此稍作停留，补充新鲜的食物后，就再次出发了，这次是驶向马达加斯加。米德尔顿在那儿停下来以视察该岛，但匆忙巡视之后，他就决定继续前行，因为"岛上一无所有"，之后他在离开蒂尔伯里不到8个月后就到达了万丹。

　　几乎每支船队到达万丹时都处于无以为继的状态。船上的人或是患病，或是已经死亡，而城中的代理商们一般都处于一种十分堕落的状态。但这次不一样。向来高效率的大卫·米德尔顿直接上岸与加布里埃尔·托尔森会面，后者是他的哥哥亨利1604年留在这里的代理商，结果他"发现商人们健康状况良好，一切秩序井然"。托尔森表达了他的担忧，他觉得米德尔顿三兄弟中最小的这位尽管热情充沛，但经验尚缺，托尔森还告诫他，要与西班牙人或葡萄牙人打交道，就会遭到荷兰人的敌视。但米德尔顿不需要别人教他怎么做生意，尽管他指挥的是一艘小船，也没有船队的陪伴，但他气势汹汹地告诉托尔森，他"根本不把他们的威胁和吹嘘放在眼里"。托尔森在给伦敦公司高层的一封长信中记录了这一切，尽管他在提到这位小米德尔顿时秉持着公正严谨的态度，但字里行间也没有为他说什么好话。托尔森明显察觉到，米德尔顿的倔强个性暴露了他的年轻幼稚。但米德尔顿也非等闲之辈，他到达盛产香料的摩鹿加群岛后，玩了一个聪明的"猫捉老鼠"的游戏。他急匆匆地穿越印度洋来到这里，然后花了两个多月时间宴请西班牙人和葡萄牙人，他为没有参与打击荷兰人的行动道歉，并解释说这有违规定。西班牙人坚决不把香料卖给他，他也丝毫不在乎，因为用塞缪尔·珀切斯的话说，他手下的人"晚上与土著私下交易，白天则跟西班牙人谈笑风生"。

之后米德尔顿从蒂多雷岛起航前往下一个停靠的港口西里伯斯岛，他在那儿受到了布敦岛国王（King of Butung）的热情款待，爱开玩笑的船员戏谑地称他为"纽扣国王"（King of Button）。这座岛几乎不为英国人所知，但米德尔顿在这里待得很愉悦，他觉得国王是个好奇的人，喜欢用盛宴和甜品来招待客人，有些食物很新奇。船上的事务官发现，他吃饭的房间的天花板上装饰着摇摇晃晃的腐烂人头。

米德尔顿刚与这位"纽扣国王"告别，就交上了好运。路过的一艘帆船的船长给米德尔顿送信说他船上满载着待出售的丁香。收到消息的米德尔顿欣喜若狂。他把这批丁香全部买入后，懒得再前往班达群岛购买肉豆蔻了，就径直返回了英格兰。他们离开时遭遇了一件不幸的事，"我们船长在国王那里购买了几个奴隶，"船上的日志记录道，"由于我们今晚都在忙活，结果其中一个奴隶从船长室偷跑出来，跳进海里，游回了岸上，然后就不见了。"在米德尔顿之后买了奴隶的几个船长也遇到了同样的问题。这些奴隶不是在进港时逃走，就是死于途中。除开奴隶的事情，"许可"号的归途一路都很顺利。米德尔顿购买丁香仅仅花了 3000 英镑，但这批丁香在伦敦市场上卖了 36 000 多英镑。

第三次远征船队中的其他船只去往东印度群岛的航程慢得让人痛苦。它们在 1607 年愚人节这一天起航，一开始便出师不利。"各种类型的灾难"数不胜数，结果连指挥官威廉·基林都懒得描述这些麻烦，而仅仅是列出一张单子："狂风、无风、大雨、疾病，以及海上的种种麻烦。"基林与讲求效率的大卫·米德尔顿形成了鲜明的对比，他的航行日志给人以很浮夸的感觉，他古怪偏执的行为后来给公司的董事们带来很多麻烦。在后来的一次航行中，他违反了公司的章程，私自把他的爱妻带上了船，并将她藏在船舱内。结果船刚离开英格兰就被人发现了，然后她就被一只划艇带回了陆上。之后基林给伦敦愤怒的董事们写了成打的信件，告诉他们他很爱自己的妻子，并且认为他们的行为太不厚道了。

基林还酷爱威廉·莎士比亚的戏剧。当他的船在大西洋了无生气地漂荡时，他把闲暇时间都用来策划如何精彩地表演这位吟游诗人的剧本。"赫克托耳"号的船员忙于修复绳索，填补甲板上的裂缝时，基林手下的船员却在学习台词、缝制戏服、带妆排练。终于，演出的日子到了。基林的船停在塞拉利昂的海岸时，业余艺术爱好者基林观看了演出前的最后一次彩排，他认为他的手下已经表现出了自己最好的水平。他们从"赫克托耳"号邀请了一批筛选过的观众，在星光灿烂的非洲夜空下，表演了他们的剧目。自负的船长写道："我们上演了悲剧《哈姆雷特》(*Hamlet*)。"如果此话属实，这应该是此剧最早的业余演出之一，场地不是在环球剧院，而是在赤道附近红树林丛生的非洲海岸。

基林手下的船员对演戏的看法并没有被记录下来。但可以肯定的是，英国水手的冒险经历成了莎士比亚戏剧源源不断的素材来源，《第十二夜》(*Twelfth Night*)中那个小丑的台词一定来自东印度公司的一个水手模仿上司训斥时的口吻："我要派这种坚定不移的人出海，在一切可能的地方做一切可能的生意，从无到有完成一场绝佳的航行。"其他剧本则表现了投资人把钱投到香料贸易中要承担的风险，许多商人就像《威尼斯商人》（*The Merchant of Venice*）中安东尼的朋友那样，早上睁眼后便想着——

> 沙洲、沙滩，
>
> 仿佛看见了我那豪富的"安德鲁"搁浅在沙泥里
>
> 它那高高的桅杆，从半空里倒下
>
> 吻着它的葬身之地。我上教堂去
>
> 看见了圣殿的石墙石基
>
> 又一下子想到了海底的暗礁
>
> 我那好好的船儿
>
> 只消叫它拦腰碰上那么一碰
>
> 满船香料，就全都撒布在海面
>
> 让汹涌的波涛披上了绸缎绫罗
>
> 总之是，方才的财富还有那么多
>
> 一转眼，可全都打了水漂儿

戏剧不是基林提供的唯一消遣方式。他明白不能让手下人无所事事的重要性，便安排船员外出捕鱼，在他的热情鞭策下，船员们一个小时就捕到了6000条鱼。他行事从不半途而废，这时又划小船上岸买回了3000个柠檬。他还用车运回一支硕大的象牙，挂在船舱壁上。这象牙用了他8磅铁和几码布。

这次采购让基林想道：既然土著人可以用原始的长矛猎杀大象，那他的滑膛枪也可以。于是，"9月7日下午，我们大家都上岸去尝试猎杀一头大象"。他们艰苦跋涉穿过非洲丛林，发现了一头巨大的公象，基林和手下立即开火，"我们朝它身上打了七八发子弹，从它走过的路可以看出，它血流不止，但由于天色已晚，我们得守在船上，所以没能成功抓住它"。

随着基林手下的人恢复了健康，到了再次起航的时候。"赤龙"号刚驶离岸边，基林和手下的人就开始排练起莎士比亚的《理查二世》（*King Richard II*）来。到 9 月底，基林觉得大家已经练得足够好了，就派了一只小船去联系"赫克托耳"号，再次邀请霍金斯船长来看戏。这是基林大显身手的一次机会，他安排了一顿丰盛的鲜鱼大餐来庆祝这场演出。他知道公司的董事们不鼓励这类娱乐活动，辩解说业余戏剧表演"可以避免我的人陷入懒散、违法赌博或者贪睡"。

经过近 9 个月的航行，"赤龙"号和"赫克托耳"号终于靠近了好望角。他们仍然没有听到关于米德尔顿的消息，但在桌湾补充给养的时候，基林偶然发现一块石头，上面刻着一行字："1607年 7 月 24 日，'许可'号大卫·米德尔顿"，这个时间距当时已过去了半年，基林却丝毫不着急。他让船员上岸逍遥了几周，才极不情愿地起航，但一到马达加斯加他就又停下了。基林这次停留是为了让船员们有机会洗衣服，但是讲卫生使一个船员付出了巨大代价。有一个叫乔治·埃文斯的人上岸"在船边洗衬衣时被一只鳄鱼或者是短吻鳄咬伤了腿"。这个不幸的人被拖进浅水区，他猛踢了鳄鱼一脚，鳄鱼的嘴才松开。但即便是这样，埃文斯依然受了重伤，他回到船上后，只是说他的脚没了，直到他发现自己小腿后部的筋肉都被咬掉了，只剩下了骨头。如果那只短吻鳄把他拖进深水区，那他肯定就完了。

基林的船队之后又停靠在一个港口，又演出了一场莎士比亚戏剧，然后这几艘船驶向了索科特拉岛，这是非洲之角近海的一座炎热小岛。就连一向优哉游哉的基林，在这里也找不到逗留的理由，购买了大量治疗便秘的芦荟之后，他便再次扬帆起航，这次的目的地是万丹。

对这些英国人来说，万丹的情况好坏皆有。基林发现万丹港内迎接他的是 6 艘荷兰船时不太高兴，不过国王对他说，他迫切需要"和伟大的英格兰君王开展贸易，因为据他所知，荷兰国王没法与之相提并论"，基林欣喜万分。这位国王说话算话，批准"赤龙"号立刻将商品装船，在离 1608 年圣诞节还有两天的时候，"赤龙"号就起航返回英格兰了。基林不在船上，几天前他已将自己的货物转移到"赫克托耳"号上，现在他准备驶往班达群岛。

班达群岛中第一个进入人们视线的是偏远小岛岚屿。基林并未在此停留，又向东航行了 10 英里，抵达了大班达岛和内拉岛，那里有"一个干净而宽阔的港口"，可供他们安全停泊。他刚进入这座天然的大型良港，就有一队荷兰人划船靠近他们，他们对这些英国人的意外到来感到好奇。最初他们还热情接待了这些英国人，并鸣炮欢迎，以示对基林的尊重，甚至为他设宴接风。但当他们知道基林交给当地土著头领一封詹姆士一世国王的信函、一只镀金酒杯、一顶花饰头盔和一把优质滑膛枪后，他们之间的友爱之情就淡化了。荷兰人使出了阴险的手段，他们传信给"赫克托耳"号说有人要取基林的性命，让他赶快起航。

这位英国船长不为所动，他给了大班达岛的土著头领 400 多

1600 年前后万丹的市场。就是在这里一个名叫威廉·克拉克的英国人被一群荷兰人袭击，他们剥掉他的衣服，"残忍地割下了他的肉，然后把盐和醋浇到他身上"。

块西班牙银元后，他的手下就开始从当地种植者那里大量购买肉豆蔻。他从容不迫地开展贸易，因为他知道将他送来班达群岛的风即将改变方向。随着季风的临近，他更加确信再没有哪艘荷兰船能从万丹东航而来。因此，当 1609 年 3 月 16 日早上他拉开船舱的窗帘，3 艘荷兰船进入他的视线时，他感到非常惊讶。

这些新到的船只的船员造访"赫克托耳"号时表面上十分友好，但是"［其中一艘船］上的一个英国人报告说，他们打算一个月内就要突然袭击我们"。事实上，他们已经在妨碍基林的生意了，他们到达这里才几天，肉豆蔻的价格就猛涨起来。基林放弃了与大班达岛的贸易，他"与艾岛的土著头领签订了一项秘密协定"，并准备派一个代理商去那儿。但一周内又传来一个坏消息。荷兰人不仅知晓了这项秘密协定，还发誓要破坏它，而且又来了 6 艘荷兰船增援他们。这完全在意料之外，让基林没什么选择。"62 人对 1000 多人，是没法打赢的。"他写道。人员、枪支都处于劣势，他意识到自己唯一的选择就是与对方交好。因此，当荷兰船队逼近时，他只好命令手下鸣响礼炮表示欢迎。基林还发现，自己很快对肉豆蔻产生了过敏反应，这东西不仅不能治疗他的痛苦，反而让他生了病。他烦躁地写道："我上船去治疗眼疾，可肉豆蔻的热性让我的眼睛很难受。"

基林此时已经彻底心灰意冷了。荷兰人对他"很不客气，粗暴地搜查了他的船……不允许他再做任何贸易，也不许他收回债务，蛮横地让他滚蛋"。基林与内拉岛的土著头领进行了一次秘密会谈，试探着提出让他归顺詹姆士一世国王，以换取贸易和保护。他高兴地发现，这位头领对这一提议很感兴趣，但对方"因为他们的反复无常"而心存疑虑。他继续对荷兰人使用恐吓的手段，警告对方说，"我们的陛下，英格兰国王，在没有特别合理和令人满意的理由时，是不会允许别人伤害他的臣民的"。荷兰人对此置之不理，他们发现刺激基林时能获得一种任性的快感。荷兰人在眼皮底下偷走几袋大米后，基林发怒了。他抓住荷兰指挥官的使者说："我要［你］告诉你的指挥官……如果他还是个正人君子的话，就不要在我在他们中间走过时让他手下的小人侮辱我。"使者听过，哂笑一声答道，他的指挥官根本也不是什么正人君子，而是一个织工。

基林陷于绝望的境地。他搞不来香料，又整天受到监视，如果他不遵守公司的命令，此时返航回英格兰，也是能得到谅解的。但他刚动这个念头，整个局势就发生了变化。又有一支荷兰船队来到班达群岛，他们带来了新的、令人讨厌的指令。

新船队的指挥官彼得·范霍夫是一个意志坚定的斗士，他在两年前的直布罗陀战役中首次证明了自己的能力，他策划了消灭西班牙舰队的行动。这次，他表面上的任务是购买香料，暗地里却有着明确的军事目标。"我们请你留意那些生长丁香和肉豆蔻的岛屿，"荷兰东印度公司在指令中写道，"我们命令你争取为公司拿下它们，无论是通过谈判还是武力。"

范霍夫坚决遵循这项指令，直接带领一支威严的舰队驶向班达群岛，这支舰队至少有1000名荷兰战士以及一支日本雇佣兵小分队。他抵达大班达岛后，隆重地把自己的委任状递交给土著头领，并召集当地所有头领在"一棵大树下"开会。他先是用葡萄牙语，然后用马来语宣读了一份事先写好的文件，指责这些头领违背了"只跟他们做生意"的誓言，"荷兰人在这里开展贸易的6年里……经常受到侮辱"。接着他表示打算在内拉岛上筑造一座堡垒，"以保卫他们自己和整个地区不受葡萄牙人侵犯"。当地土著们"欢呼着"回应他的话，不过这些人"如果不是害怕他们的船只，可能早就屠戮了这些荷兰人"。

　　范霍夫发现跟土著头领们谈判很艰难，他们似乎缺乏一个能主宰一切的权威。尽管众多文件都提到过一个"班达之王"，但其实并无此人。倒是每座岛屿、每个村庄都有自己的头领，他们最多也就管辖几百人。范霍夫把自己的意图告诉了200多个头领，一下就把自己变为了他们的公敌。

　　范霍夫不在意他们的威胁，立刻让750名士兵在内拉岛登陆，指示他们开始挖掘堡垒的基础工事。这座建筑的厚重外墙在一片爬山虎的遮挡下，现今仍可辨别，它修筑在一座约100年前被葡萄牙人弃置的要塞上。头领们眼见堡垒的外墙越修越高，都很恐慌，1609年5月22日，他们要求面见范霍夫。范霍夫马上同意了，他期待他们最终能同意自己的计划。

　　过去了差不多4个世纪，现在已经很难把之后发生的事情串联起来了。荷兰人的记录表明，威廉·基林挑唆煽动了随后发生的大屠杀，但这个指控和基林本人的日记是矛盾的。尽管他确实与土著达成了一系列的秘密交易，但无实际证据表明，他曾积极地鼓动后者诉诸暴力。事实上，关于阴谋的谣言开始流传时，他正忙着在距内拉岛一天航程的艾岛购买肉豆蔻。基林从艾岛的头领那里得到举事的第一个暗示。他被告知绝不能把船开到内拉岛，除非他想从此以后被视为敌人。基林摸不着头脑，躺在床上想解开这条神秘信息。到第二天夜里，形势更加明朗了。"我正要上床，就接到指示，叫我们不要外出。不一会儿我就听说荷兰人向土著跪下投降了。"他急忙披上衣服，"带上武器出去，来到他们中间，我发现荷兰人吓坏了。"他们中有一个人腿上中了一枪，其他人也受到生命威胁。

如果说艾岛局势不稳的话，那内拉岛上就是杀气腾腾了。范霍夫为了见当地头领来到该岛东海岸，但他上岸后发现到处都找不到那位头领。这实属奇怪，他确信约定的是这天没错，他也确定他来的就是双方约定要会面的村庄。正当他考虑下一步的行动时，一个土著独自从树林中出现，他"告诉指挥官，头领以及各小岛的首领都在附近的丛林里，但他们害怕指挥官带来的这些士兵，所以不敢前来"。这位土著信使问范霍夫及其顾问能否把士兵和枪支留在海滩上，然后到林中与会。范霍夫竟然答应了，这导致他手下的这些精兵强将踏入了致命陷阱。"他一走到那边，就发现林子里到处都是武装起来的黑皮肤的人、班达人和土著头领，这些人把他们包围起来，二话不说就阴险残忍地把他们都杀了。"

范霍夫最后听到的一句话是手下扬·德布鲁因惊惶地大叫："指挥官，我们中计了！"他们被解除了武装，毫无还手之力。进入灌木林的42个荷兰人悉数被杀，身首异处。班达人接着又袭击了海滩上的士兵，随后发动了全面的暴动。

荷兰人此时发现情势危急，立即召开紧急会议，选出了新的领袖西蒙·赫恩。他赶回建了一半的堡垒，敦促手下人加紧作业，尽快完成工事。赫恩立刻实施报复，在他的旗舰上竖起了血色旗帜表示荷兰人对内拉岛正式宣战，并开始"实施一切可能的复仇"，他们开始烧毁村庄、炸毁船只、屠杀土著。

1609年8月10日，一项和平条约最终在赫恩的旗舰上签署。这项条约仅得到少量土著头领同意，条约规定，即时起内拉岛将受荷兰管辖，并"永远属于我国"，这是荷兰人在东印度群岛取得的第一块领土——该群岛其他地方的自由也将会遭到同样的践踏。随后土著头领们又被逼"宣誓，从此不得跟其他任何国家进行贸易，只能把肉豆蔻和肉豆蔻干皮卖给荷兰人"。赫恩写了一封信给基林船长，告知了他上述情况，并限他5天内驶离班达群岛，永远不准回来——"英荷之战"从此打响。

基林遭到荷兰人种种欺辱，这时他觉得应该大胆反抗了。他回信说，要他离开班达群岛是不可能的，因为他好不容易才买到一大批香料，装船就得整整25天。他还告诉赫恩，他打算在艾岛建立一个永久性的英国商馆。

基林的虚张声势奏效了。他很清楚，"莽撞的人常常威胁要杀人，但绝不会真的这么去做"，这次的情况就是这样。他顺利地把香料装船，愉快地离开了班达群岛，返回英格兰。经过几个月的艰辛，他终于又有时间演出莎士比亚的戏剧了。

第六章

海上的叛乱

1558 年夏季，休·威洛比爵士有重大意义的北极远征过去了差不多 5 年之后，一个令人不安的消息传入伦敦。据说，一个来自布鲁塞尔，名叫奥利弗·布鲁内尔的足智多谋的年轻人已经沿着俄国北部海岸航行了一段相当长的距离，并声称自己将要打通西北航线。他对成功充满信心，此时正准备登上一艘俄国船继续航行，直到抵达香料群岛，这条线路将比漫长的东方航线短 2000 多英里，也就意味着可以缩短一年多的航行时间。

这个消息使伦敦的商人非常焦虑，因为布鲁内尔是站在荷兰人那边的，他的任何发现都会使荷兰得益。当务之急是阻止布鲁内尔这次远征，出于这个目的，新组建的莫斯科公司的商人们立即向俄国人揭发说他是间谍，结果不幸的布鲁内尔此后的 12 年都是在监狱里度过的。

决心稍弱的人在经历了这种事情后，也许对探索异域的热情就会被浇灭，但布鲁内尔不是这样的人，他刚从牢里出来，就又开始了东航，这次他是受雇于斯特罗加诺夫家族。他在俄国北极地区冰封的海岸线探索时，编写了大量的笔记和航海图，当他最终回到荷兰时，发现一群地理学家在等着见他，其中就包括杰出的地理学家赫拉尔杜斯·墨卡托。墨卡托非常高兴，因为他发现布鲁内尔带回的正是他等待已久的信息。长久以来，总是有谣言及传闻传到阿姆斯特丹和伦敦说，确实存在一条适合通行的东北航道通往香料群岛。这其中很多故事都传了有几十年了，还有更多的编造出来的故事。但每次有新的发现，地理学家就要重新绘制一幅北极地图，其中许多地图上面仍然有大片的空白，被称为"未发现的地域"。

布鲁内尔的发现中，特别能引起人们兴趣的地方是他宣称自己到达了传说中的鄂毕河，人们认为，这条河上有一条黄金航道通向东印度群岛。某个商人写道："俄国人都是伟大的旅行者，他们普遍相信鄂毕河的东南边有一片温暖的海域，用他们的语言说是'Za Oby reca moria Templa'，意思就是'鄂毕河那面是一片温暖的海洋'。"

谁都无法确定这种说法是不是真的，就连布鲁内尔也无法顺着鄂毕河向下航行，但一直有传言说鄂毕河确实流向热带地区。当然，新成立的莫斯科公司那些可靠的商人们相信这些故事，并且他们还往不断增多的证据中添进了自己的故事。总代理商弗朗西斯·谢里告诉他在伦敦的雇主，他曾经吃过一条鄂毕河里的鲟鱼。其他人的说法更加耸人听闻，他们宣称曾经看见"满载着贵重商品的大船，由黑人或者皮肤黝黑的人驾驶，沿着这条大河顺流而下"。

尽管有这些证据，英国人对于组织新的远征队探寻通往香料群岛的北方航道的活动还是很谨慎的。有几位勇敢的冒险家继续尝试驶入北极地区。1580年出发的一支远征队艰难航行了相当长的一段距离，越过了喀拉海，然后发现航路被大量浮冰阻挡，但这次使命没有一败涂地，因为船员们回到英格兰时带回了一支奇怪的角，这支角长约 6 英尺，带有螺旋状的曲线。他们不知道独角鲸（鲸鱼家族中的一个奇怪成员，头上长有一支长牙）的存在，粗陋的英国船员很有信心地宣称，这个怪异的漂浮物曾属于一只独角兽，这是一项重大发现，因为"独角兽生存繁殖于中国及其他东方地区，船员们进而认为独角兽的头可能是从海对岸漂过来的，因此肯定有那么一条通道连接着上述的东方海洋和我们的北方海域"。

塞缪尔·珀切斯催促英国人在北极开拓事业，他号召所有勇敢无畏的探险家都出航去寻找一条通道，并提醒他们说，他们往北极每走一步，通往香料群岛的路就会短一点。"在北极，北极圈那条长线就不再是线了，而只是一个点，什么都不是，只是虚空。"珀切斯这诗意的语言并没有能够鼓动他的同胞，他的热情倒是在荷兰得到了更注重实际的墨卡托的回应，墨卡托一再保证，去北极探险并不像人们认为的那么危险。"向东出发去往中国的航程必定是很容易且距离很短的，"他鄙夷地写道，"我常常惊讶于，一些航行在非常愉快的开始后却被中止，在行进了超过一半的航程后却改道转向西方。"

更为具体的建议来自彼得鲁斯·普兰修斯，他曾经促成了荷兰在 1595 年派遣第一支远征队前往东印度群岛。他也一直期望能派遣一支船队前往北极点。他认为淡水比海水更容易冻结，而所有不断注入北方那片大海的水流都来自鄂毕河这样的淡水河，所以俄国的海岸线会持续被冰封。他劝告荷兰探险家，要远离陆地，向更北方航行，那里是一片完全无冰的海洋。

经过这样清楚的逻辑推理后，荷兰相继派出 3 支船队。1594 年，第一支船队带着成功的信念离开了特塞尔，他们还带上了用阿拉伯文字写成的书信，准备在抵达香料群岛后递交给东方的统治者们。船队一分为二，第一支队由技术娴熟的水手威廉·巴伦支指挥，他注定会成为历史上最伟大的北极探险家之一。但在一片冰封的北极，他出色的航海技能也派不上用场。不久，他的船就"遇到了一大片冰层，大到他们爬上桅杆顶上也望不到头，冰层像是一片平坦的冰原"。他在这片冰海中前行了 1500 多英里，想寻找一条通道，但最终不得不自认失败。

第二支队的指挥官科内利斯·内伊则要幸运许多。他带领船队穿越瓦伊加奇海峡前往新地岛的南部，顺利地进入了喀拉海，如果不是夏天突然结束，他还会继续东航。回到荷兰后，他大胆地宣布，他已经打通了东北航道，并告诉荷兰商人，这条航道是"现成且可靠的"。内伊被当作英雄款待。俄国北部被命名为新荷兰，喀拉海成了新北海，而瓦伊加奇海峡则被重新命名为拿骚海峡。

对其他国家，特别是英国来说，已经没有时间可以给他们浪费了，他们肯定也听说了这个重大的消息。第二年夏天，荷兰人派出了第二支船队，满怀希望地想在圣诞节之前抵达香料群岛，但是事与愿违。拿骚海峡塞满了海冰，新北海则被完全冰封。当时有两个人偷了当地土著的兽皮被抓住了，按照船上的规定，他们受到了处罚，士气因此一落千丈。惩罚的内容是被绑在龙骨上拖行 3 次，即使是在东印度群岛那温暖的水域中，这样的惩罚也已经是很严厉了，而在冰冷的北极水域，这就更危险了。第一个人被拖在船底时头被拉掉了。第二个人存活了下来，但被扔到岸上冻死了。接下来的一场小规模哗变，最终导致5个人被施以绞刑。当远征队回到荷兰时，船员们已经丧失了对北极探险的热情。

荷兰国会决定放弃这个计划，他们认为这项越来越显得徒劳无功的事业已经消耗了大量的资金。但阿姆斯特丹的商人们不为所动，他们越挫越勇，立刻又装备了第三支船队，这支包括两艘船的船队由威廉·巴伦支担任总指挥，雅各布·范海姆斯凯克为船长，于1596年扬帆起航。结果两人被困在了新地岛北部某个地方的冰海中，他们坚信自己关于北极地区气候的经验能够让他们度过寒冬。他们用原木和漂浮木搭建了一座临时的小屋——这座小屋构造良好，3个世纪后英国人查理·加德纳到访此处时它依然屹立不倒——他们就在里面度过了8个月的寒冬。充足的幽默感帮助他们赢得了这场生存之战。1月份，他们将船上的治安官加冕为新地岛之王后，享用了一顿面食；2月份，他们猎杀了一头北极熊，"弄到了100磅脂肪"；6月份，当冰终于开始融化，他们才发现船身已经被挤坏无法修补了。这些幸存者匆匆建造了两条小船，幽默风趣的巴伦支鼓励他们好好干。尽管他病得很厉害，却努力让大家都保持精神愉快："我们的生命就系于此，伙计们，"他开玩笑说，"如果我们不把船造好，就得作为新地岛的市民留在此地终老了。"

几天后巴伦支病逝了，范海姆斯凯克率领两艘小船穿越了冰海。过了差不多两个月，这些幸存者才在科拉半岛附近看见一艘荷兰船，这艘船出手救了他们。范海姆斯凯克和手下最终回到荷

荷兰人建造了一座木屋，靠着吃熊肉存活下来。有一头熊"死了以后给我们的伤害比它活着的时候还严重。我们将它开膛破肚，把肝脏割下来吃掉了……结果我们都病了"。

兰，与阿姆斯特丹的投资商会面时，对任何通往香料群岛的东北航道都表现出极为悲观的态度。为了进一步说明北极不是寻找香料之地，他们与商人们会面时全身穿着在北极时的服饰，头上戴着"白狐狸皮做的帽子"。

第三次远征失败后，人们对北方航道的热情冷却下去。尽管有25 000荷兰盾的悬赏奖给穿过冰海的勇士，但10多年内都没有任何一艘英国船或者荷兰船尝试航行到白海的阿尔汉格尔斯克港以东的地方。珀切斯牧师十分沮丧地写道："最令我难受的是，进一步探索北极和更远的地方的计划受阻了。"他认为，富商们有资助北极远征的义务，因为"如果行善是他们的指南针，慈悲是他们的罗盘，天堂是他们的港湾，如果他们能够遵循《圣经》正义光芒的指引勇攀高峰，通过信仰之路抵达自身灵魂深处，而不是通过沉重的无尽贪婪，他们就可能得到整个世界并还我们一个更好的世界"。

　　1608 年，珀切斯听说一个叫亨利·哈德逊的英国探险家已经航行去过北方两次了，他想要穿越北极，然后前往香料群岛。尽管这两次航行均以失败告终，但他走了相当长的距离，到达了新地岛、斯匹次卑尔根岛一带，甚至到过格陵兰岛的东海岸。但真正让珀切斯激动的是，哈德逊到了比之前的人更北的位置，实际上他航行到了距北极点纬度不到 10°的地方。

　　伦敦商人对哈德逊的发现表示出了兴趣，但他们忙于让他们

随着温度骤降，"屋里面全都结冰了，墙壁和屋顶的冰都有两指厚"。

的船只绕过好望角回家，还顾不上考虑装备新一轮的北极探险，而他们的荷兰对手则不是这样的。听说哈德逊的航行后，荷兰人担心他们的英国敌手会率先发现东北航道，于是指示他们驻伦敦睿智的老领事埃马努埃尔·范米特林与哈德逊接洽，把他带回荷兰。

哈德逊在 1608 年冬天抵达阿姆斯特丹，立刻获准与荷兰东印度公司的董事面谈。哈德逊介绍说他的发现是世界第八大奇迹。他坚定地告诉董事们，正如普兰修斯所说，北极有一片开阔的海洋，并解释道，他越往北航行气候就越暖和，他不仅没有遇上冰雪，反而发现那里的地面不但覆盖着草和野花，而且有许多不同种类的动物依靠这片土地生存。

商人们来了兴趣，询问哈德逊为什么他们自己的船员没有找到这片温暖的土地。这位英国探险家早已准备好了解释。他说，要想到达北极那片气候温暖的地区，必须行进到北纬 74°以外——荷兰的船只在这里总是发现航路被冰堵塞——才能进入开阔的海域，那儿水深浪高，不可能结冰。而且哈德逊自信地断定，如果能够抵达北纬 83°——法兰士约瑟夫地群岛北部的某个地方——就可以拐向东方继续前进，到达东印度群岛温暖的海域中。

哈德逊的理论听起来似乎可信，但这些商人经历过太多次北极探险的失败，因此要求得到更进一步的证据。他们叫来彼得鲁斯·普兰修斯与会，问他对于哈德逊的发现有什么看法。普兰修斯不但认同哈德逊的每句话，而且提出了自己的证据来佐证哈德逊的说法。他认为，尽管太阳的热度在北极非常微弱，但实际上它能在一年中连续约 5 个月不间断地照射，因此能在北极形成一个永久的温暖区域。为了证明他的观点，他提醒董事们说，在同一个地方持久燃烧的一堆小火，比时常熄灭的大火所产生的热量要多很多。

普兰修斯的解释让阿姆斯特丹的董事们印象深刻，但他们还是犹豫要不要即刻装备一支船队，这主要是因为公司规定去往香料群岛的远征只有在荷兰东印度公司董事会一致同意的情况下才能成行。由于公司一年才开两三次会，因此要到 1609 年晚春时节下一次开会时，才能对某个项目发表意见。可惜如果要派一支远征队穿越北极，晚春时节已经太晚了，这样的话哈德逊将不得不再等上一年才能出发。

这次不寻常的迟疑几乎使董事们损失惨重。荷兰东印度公司的特许状，使其对所有绕好望角或者穿越麦哲伦海峡的贸易都拥有垄断权，但其中并未提及任何到达香料群岛的东北航道，这就带来了一个无法回避的结论，任何有不同意见的商人想去寻找东北航道，荷兰东印度公司是无权阻止的。哈德逊到访阿姆斯特丹时，正好就出现了这种情况。该城富商之一，伊萨克·勒迈尔认为荷兰的贸易方式过于小心翼翼了，因此渐生不满，他很快于 1605 年撤出在荷兰东印度公司的投资。现在他成了公司的敌人，而且是危险的敌人，因为他发誓要尽其所能打击之前的合作伙伴。当他听说公司董事们事实上已经否决了哈德逊立即前往北方的提议后，他即刻和这位英国航海家取得了联系，提出合作。勒迈尔有着强大的后盾：法国国王亨利四世对荷兰船只通过英吉利海峡越来越嫉妒，也想从东印度的财富中分得一杯羹。当知晓勒迈尔与之前的合作伙伴关系破裂后，亨利四世通过他的特使皮埃尔·让南与勒迈尔取得了联系。

接下来的几场磋商不得不以极为秘密的方式进行，以防荷兰东印度公司了解他们的计划，因为他们"最担心这个计划被别人抢先"。勒迈尔和让南拜访了哈德逊，这位英国探险家因为荷兰东印度公司耽搁了他的计划大为光火，于是就把他关于北极的研究成果交给了两位来访者。

让南读了这些发现之后，立刻写信给法国国王，恳求他资助哈德逊带领远征队前往北极。他预测，到香料群岛来回只需 6 个月，而且有一个有利的条件，就是在途中不会遇到任何一艘外国帆船。让南写道："尽管确实不能保证此次行动一定能成功，但勒迈尔长久以来一直在研究这个项目可能会有什么样的结果，而他被认为是一个谨慎而且勤奋的人。"他补充道，"普兰修斯和其他地理学家认为，世界上还有一些土地尚未被发现，这也许是上帝专门留给诸位国王建功立业的吧……即使没有收获，这也是一件可歌可颂的事，而且就算失败了也没什么可后悔的，因为本来风险就很小。"

一收到信件，亨利四世就采取了行动。尽管他对这个计划心存疑虑，但他还是情绪高涨地开了一张 4000 克朗的支票。可惜资金到位得太迟了。听说勒迈尔和哈德逊的密会后，荷兰东印度公司这次行动迅速，他们将哈德逊紧急召回，并和他签订了一份合约，任命哈德逊为探索通往香料群岛的北方航道的远征队队长，条约里面还详细写明了他要走的路线、报酬和所承担的责任。"上文所提的哈德逊须于 4 月 1 日前后起航，寻找北方航道，绕过新地岛北端，并沿其平行线继续前进，直到转向南到达北纬60°。"航行过程中，他需要"在不浪费大量时间的情况下，尽可能多地了解当地的情况，尽可能快地返航，并向董事会提交一份可靠的报告，详细叙述航行情况，把日记、航行日志和航海图以及有关途中所发生之事的叙述一并上交，不得有任何保留"。而作为他服务的报酬，"董事会将付给上文所提的哈德逊……总计800荷兰盾；如果〔但愿上帝阻止〕一年之内他没有回来，也没能抵达附近其他地方，董事会将再付给他的妻子200荷兰盾现金，从此不再对他或他的子嗣承担任何责任"。

这份合约清楚地表明像哈德逊这样的探险家所要承担的巨大风险。他要驾驭的船很小，吨位只有60吨，几乎跟现代的游艇一样大，难以应付到处漂浮着冰山的大海。报酬也很低，而任何成功所得的收益却完全掌握在雇主手中，他们"将依据上文所提的哈德逊所经历的危险、灾难和见闻付给他相应酬劳"。而且哈德逊也没有得到以后继续被雇用的保证，此合约只包含一次远征航程。然而哈德逊居然不可思议地接受了一项苛刻条件，如果自己在海上失事，董事会只会付给他妻子一笔可怜的补偿。也许他未能说服荷兰东印度公司的董事会付更多的钱，但更有可能的情况是，他对自己的能力非常自信。

就在哈德逊起航前，他收到一组奇怪的附加指令，更为详细地陈述了他必须走的路线，并明确命令他"除了绕过新地岛北端和东北方的航道，不要考虑探索其他任何航线或通道"。荷兰东印度公司为何要加上最后这个条款至今仍是个谜，但也许他们隐约觉得，哈德逊一旦起航出发，就会把他们的所有指令抛诸脑后。

当时他们对这个桀骜不驯的英国人确实感到有些不安，公司的一份提到船员薪资争议的信件中说："他在我们眼皮子底下都敢抗命，那不在我们跟前他会怎么样？"

接下来的事件表明，公司对哈德逊品性的担忧是正确的，他们也完全有理由怀疑他的领导能力。但荷兰商人们怎么也没有想到，他 1609 年的航行会对香料竞赛造成如此深远而又持久的影响。

"半月"号（Half Moon）在当年的 3 月起航，船员中有荷兰水手也有英国水手。船的艏楼和艉楼都建得很高，外形像在荷兰须德海平静海水中使用的那种浅底船。几乎没人察觉到他们正向北海缓慢行进，更没有船员能猜到，哈德逊根本不打算沿着俄国的北部海岸航行。谁都不知道，哈德逊起航前带进船舱的那高高的一堆航海图和地图，跟东北航道无关，而是关于西北航道的，他此刻想探索的正是西北航道。

哈德逊本人关于此次航行的记述已经散佚，但两本当时的日记得以保存下来。其中一本的作者是哈德逊的助手罗伯特·朱特，这是一份关于船上发生之事的生动的个人描述。另一本日记的作者是埃马努埃尔·范米特林，内容来自回程时他与哈德逊的船员的交流。朱特对航行前几周的信息提及得很少，对"半月"号驶向北极冰层之前的航程记录的细节也不多。他确实提到过"黑色两星期"，也写道他们"麻烦很多"，但这是因为船员自身还是因为"恶劣的暴风雪天气"，现在还不清楚。

埃马努埃尔·范米特林讲述的故事则更加引人入胜。据他所述，就在航程的前几周，荷兰水手和英国水手之间已经爆发了激烈的争吵，一些船员谋划了一次针对船长的叛变，但未能得逞。恶劣的天气也只能加剧船员们的不适，因为有些荷兰水手刚从东印度群岛回来，他们已经适应了在赤道慵懒的炎热气候中航行，而现在他们正驶向气候寒冷的地区，在这里用轮滑组拖动缆绳之前还得先把绳子上的冰凿掉。

1609 年 5 月 21 日正午，"半月"号的船员被召集到甲板上，观看太阳出现的奇怪现象。朱特写道："我们看到，太阳上面出现了一个'slake'，同时我们发现自己所处的纬度是 70° 30′。""slake"这个词意为"淤积的泥浆或烂泥"，这表示朱特当时描述的可能是太阳黑子。如果真是如此，那这就是关于太阳黑子最早的目击记录，通常认为的关于太阳黑子的第一次记载是天文学家托马斯·哈里奥特于 1610 年冬季的观察记录。

哈德逊不仅要对付难于管理的船员，暴风和阵雪也困扰着他，此时他决定放弃寻找东北航道，转而向西，穿越大西洋。据范米特林的记载，"哈德逊给了［船员］两个选择"，通过远在巴芬岛北部的戴维斯海峡前往香料群岛，或者是沿美洲东海岸南下到达北纬 40°，他希望能在那里穿越到太平洋。哈德逊更倾向于选择第二条路线，这条路线之所以引起他的注意是因为乔治·韦茅斯，这位英国航海家曾于 1602 年和 1605 年探索过北美的东海岸线，其中至少有一次到达了哈德逊河的河口。如果不是因为韦茅斯"手下船员愚蠢的行为"逼迫他不得不返航回家，他本来会继续沿哈德逊河溯流而上。

韦茅斯的航海图和地图是如何落到哈德逊手里的现在还不得而知。根据荷兰人的记述，"落入普兰修斯手中的乔治·韦茅斯的日记……对哈德逊探索这一著名海峡发挥了巨大作用，因为1609年他与［荷兰东］印度公司的董事们谈判时……曾请求普兰修斯将这些日记交给他"。这表明，早在哈德逊签署探索东北航道的合约时，他真正的兴趣就是往西穿越大西洋。

哈德逊的船员选择了第二个方案，即尝试走了那条所谓的南方航线一周后，"半月"号船员看见了法罗群岛参差不齐的轮廓。哈德逊曾造访此地，知道这里是补充给养的好地方。他害怕危险的礁石和涡流，因此在远离海岸的地方下锚，然后派出一支小队登陆，将新鲜淡水灌满船上的木桶。1609年5月30日，天气放晴，船员得见阳光，哈德逊带领全船的人上岸活动筋骨。可惜日志记录员朱特当时守在船上，所以水手们如何看待那些原始的、吃鸬鹚的岛民没有被记录下来，这些岛民贩卖海豹皮，而且操着独特的古诺尔斯语方言。他们再次起航后，一直在密切瞭望，寻找马丁·弗罗比舍30年前发现的布塞岛，但翻滚的海雾过于浓密。狂风暴雨接连几天困扰着他们，风暴一度非常猛烈，船上的前桅都破裂了，碎片被甩到了海里。直到7月初船员穿过海雾看到了纽芬兰——在哈德逊所处的时代这还只是一个模糊的地理名词——的海岸后他们才松了一口气。哈德逊的船在新斯科舍以西约100英里的佩诺布斯科特湾下锚。

不久，岸上的印第安人就瞥见了这艘船。"10点钟方向，有两艘小船载着6个当地的野蛮人向我们划过来，他们似乎对我们的到来感到很高兴。我们送了一些小玩意儿给他们，他们跟我们一起吃了饭喝了酒；告诉我们说附近有金矿、银矿和铜矿，还说法国人在跟他们做贸易。这很有可能是真的，因为他们中有个人会几句法语。"事实上，法国人从卡伯特的时代开始，就在这片富饶的水域捕鱼，而且经常冒险上岸做些交易，用小刀、短柄斧和水壶换海狸皮和其他动物毛皮。他们一定对当地土著很好，因为"半月"号受到了当地土著热情的欢迎，但哈德逊的船员并未同样以礼相待，反而带着火枪上岸，并且偷走了印第安人的一只小舟。他们意识到这些印第安人无力自卫抵抗以后，就带着"两把冰冷无情的枪和武器"再次划船登岸，把这些"野蛮人"赶出了他们的屋子，将其洗劫一空。

这类野蛮的行径反复出现在朱特日记的字里行间。在他的整个叙述中，他对待印第安人持有一种几乎是憎恨的不信任态度，他认为朝靠近他们的独木舟开枪不是什么严重的事儿。他总是称当地的印第安人为"野蛮人"，并且认为他们通常都是奸诈之辈。我们现在只能猜测哈德逊对此类行为的态度。他的性格是极为模糊的，人们对他的了解大多来自他人的叙述，而这些人通常对他们的这位船长心怀怨恨。哈德逊也许生性孤僻、多疑，很可能沉迷于自身的喜好而对他人不屑一顾，然而，在他自己留存下来的片段文字中，提到土著印第安人时总是语气友好，而且似乎十分尊重对方。他和他的船员似乎在如何对待印第安人的问题上意见完全相反。土著印第安人对他个人的善意行为友好相待，其船员的敌对态度则导致了土著的不信任。哈德逊的弱点在于不能控制手下人，因此，他下一次向西航行时，最终的结局不是死于愤怒的印第安人之手，而是死于他自己手下叛变的船员，也就不足为奇了。

"半月"号此时向南驶向了科德角，在此停船逗留的片刻，他们让一个特别有趣的印第安人登船，给他灌了非常多的酒，结果"他一跃而起，手舞足蹈起来"。"半月"号经过英格兰殖民地弗吉尼亚时，船长的猫莫名其妙地从船这头跑到那头，整晚都在哀叫，使得船上的人非常焦虑。

进入 1609 年 8 月的尾声，"半月"号到达了本次航行最南的地点查尔斯角。船员们第一次看见了切萨皮克湾，这是"一片白色的沙滩，其间有众多的港湾和岬角"。他们在这里又再次往北，两天后抵达了特拉华湾。此时，他们已进入哈德逊认为能找到指引船只到达香料群岛的航道的区域，因此，所有船员都被吩咐密切关注任何看起来有希望找到那条航道的水湾或河口。朱特屡次爬上桅杆寻找，但每次都归于失望。9 月 2 日，一场森林大火划破了黑暗，但海岸线始终模糊不清，甚至第一缕晨光在地平线上升起时，他们仍然难以测定海岸线，因为这里"似乎全是破碎的岛屿"。最终光线变强后，长岛的海港山出现在了船员们的视野中，几小时后，他们又看到了反射着微光的桑迪海岬。当"半月"号最后下锚停泊时，哈德逊发现自己置身于"一座绝佳的港口，水深四五英寻 ①，离海岸有两锚索远"。按现在美国人的叫法，他到达的是哈德逊河口的科尼岛。

哈德逊并非第一个发现哈德逊河的人：此项荣誉应当属于效忠于法国国王弗朗索瓦一世的航海家乔瓦尼·达韦拉扎诺，他在约 85 年前曾驶入这座天然港口。和哈德逊一样，他也在寻找一条

---

① 1 英寻约合 1.8 米。

去往太平洋的通道，也曾为这片美丽的风景所打动。他在一封给法国国王的信中写道："我们在陡峭的山丘之间发现了一处怡人之地，一条大河穿流而过，河口的水很深，湍流入海；借助上涨达8英尺的潮水，即使满载的船只也能进入河口。"如果不是海上突然刮起一场"强劲逆风"，逼迫达韦拉扎诺离开，他本来是要溯流而上的。"我毫不怀疑，可以穿过某条通道深入到东方的海洋。"他在日记中写道。哈德逊此时希望找到的就是这条通道，它可以把去香料群岛的航线缩短几千英里。

在科尼岛附近下锚停泊后，哈德逊派出一个小队上岸侦查。他们回来时带回一伙好奇的土著，这些人在"半月"号靠近他们的小岛时曾惊愕地盯着他们。他们身着鹿皮，给船员们递上青烟叶，希望能得到小刀和玻璃珠。次日，船员又划小船登岸，这次他们去了新泽西和斯塔滕岛中的某个地方。在那里他们惊讶地看到了"非常漂亮的橡树"，其"高度和粗壮是罕见的"。他们每到达一处，都着实惊讶于不可计数的天然水果：蓝色梅子、红色和白色的葡萄、越橘，更不要提白杨和椴树，"以及各种各样可以用于造船的林木"。

目前为止，好战的船员一直受到土著印第安人的友好接待，不过他们很快就发现他们的到来并非在所有地方都会受到同样的热烈欢迎。当时哈德逊派出英国人约翰·科尔曼和一个4人小队穿越纽约湾海峡，正当这几人聊着秀美风光，尽情享受着海滩上花草的"甜美芳香"时，一阵箭雨毫无预兆地飞来船上，射穿了科尔曼的喉咙，他当场丧命。剩下的几个人拼命划船远离岸边，但他们还没来得及返回"半月"号，夜幕就已降临，他们在余下的夜晚用铁抓篙与水流抗争，奋力阻止小船被带入大海。直到第二天上午 10 点，他们才最终返回大船，接近正午时分，他们才把科尔曼埋葬在靠近桑迪岬的科尔曼岬。

　　船员被这场袭击激怒了，但又不敢登陆，于是起锚沿哈德逊河而上。他们一路上用物物交换的方式与当地土著交易以补充给养，甚至把一小队"野蛮人"带到了"半月"号上。这并非出于友好，哈德逊将塞巴斯蒂安·卡伯特著名的忠告牢记在心，"如果能用你的啤酒或葡萄酒将〔土著〕灌醉，你将知晓他内心的秘密"，他灌了船上的印第安客人"非常多的葡萄酒和烈性酒，他们都很高兴"。不幸的是，他们很快就太过"愉快"，以至于无法告知他通往东印度的通道的任何信息，此时他们唯一的困难就是怎么划回岸边。虽然哈德逊未能从这场即兴酒会中得到任何关于这一地区的地理信息，但是聚会确实有助于恢复船员和土著之间的关系。第二天，双方又开始交易了。之后"半月"号继续逆流而上，不久就来到了"河的那一边，这里被称作'曼纳哈塔'"。离开荷兰约 6 个月后，哈德逊抵达了曼哈顿岛，这里距离他应该去的地方有 4000 多英里。虽然哈德逊的多数文字都已散佚，但他日记的残卷被一个叫约翰·德拉埃特的荷兰商人誊抄了下来。德拉埃特引用了哈德逊记述的一位印第安老人划船将他送上岸的片段，清楚地展现了这位英国船长的人品。他完全没有朱特和手下人的那种偏狭。相反，印第安人的风俗似乎引起了哈德逊的兴趣，他们的友好也让他印象深刻。"我同一位老人乘坐他们的一只独木舟上岸，他是部落的首领，"哈德逊写道，"这个部落有 40 个男人和 17 个女人。在那里我看见他们住在橡树皮搭建的环形房屋里，房子有着拱形的屋顶，看上去建造得很牢靠。"哈德逊惊异于食物的丰盛，因为他们的屋子里"有大量玉米，以及去年种植的豆类。除了地里种植的东西，在他们屋边晾晒着的东西就足以装满3艘船"。印第安人立即对他表示了欢迎，他们"在我们进屋时，[展开了]两张席子……随即用精制的红木碗盛着食物来款待我们"。哈德逊这时才明白他是要参加一场漫长的盛宴。

他们立即就派两个男子带着弓箭去打猎，这两人很快就带回一对他们猎杀的鸽子。他们还杀了一只肥狗，手脚麻利地用水里捞上来的贝壳剥下了狗皮。他们以为我要留下来过夜，但我不一会儿就回到了船上。

这是我此生踏足过的最适宜耕作的土地，而且这里还长有各种林木。本地土著都是很好的人，因为他们见我不愿久留，以为我是惧怕他们的弓箭，就拿起箭矢折断然后扔进了火里。

哈德逊和朱特等人所写的日记与信件，以及英国东印度公司保存的报告，成为对欧洲人与土著部落第一次接触的珍贵记录。更为珍贵的是这些记录还包括土著对这些上岸的胡子拉碴的英国水手的看法。哈德逊到达曼哈顿的情况之所以被意外保存下来，是一位名叫约翰·赫克韦尔德牧师的美国传教士辛劳的结果。"半月"号在曼哈顿西海岸停泊大约两个世纪后的1801年1月，赫克韦尔德写信给一个耶路撒冷朋友说，他与印第安土著一起工作生活了几年，同许多酋长结下了友谊。当他聊起印第安人的早期历史时，他惊讶地得知，哈德逊的到访早已成为部落传说的一部分流传下来。听说这个故事代代相传，但没有文字记载后，赫克韦尔德就在笔记本上记录道："很久以前，当印第安人不知道有白皮肤的人存在的时候，几个外出钓鱼的印第安人……看到很远的地方有个硕大的东西游或者说漂浮在水面上，他们从未见过这种东西。"这几个人立即回家，召集了最勇敢的战士去一探究竟。但他们离那个奇怪的东西越近，就越摸不着头脑。"有人推断说，这如果不是一条特别大的鱼，就是其他动物，而其他人则认为这是某种巨大的房子。最后这些目击者一致同意，随着这个物体移向陆地，不管它是一只动物还是上面有什么生命，最好将他们的所见告知所有人居住的岛上的印第安人，并让他们小心提防。"

几个酋长及时赶来一起讨论这个怪物，争得很厉害。最终他们认定这是一条巨型的独木舟，曼尼托——这位至高无上的神就住在上面，他是来巡视他们的。这使得聚集起来的众人陷入了恐慌：男人们被派去寻找肉类以作祭品，女人们被命令准备精美的食物，神像被修复并重新上漆，他们还组织了一场盛大的舞会来取悦他们的神祇。

正在他们做这些准备时，派去密切观察那个漂浮物的船队发回消息。他们在观察了数小时后，确信这是一栋彩色的大房子，上面住满了人。这些人不但肤色不同于他们，而且身穿的服饰也很特别。他们说，身着红衣的就是曼尼托本尊，他行事很不庄重，对岸上的人大喊大叫，制造出最不堪的声响。

最后，哈德逊带着两个同伴登岸去见酋长和长老们。众酋长回礼的同时，一直在仔细端详着这个陌生人，并且想知道是什么类型的布料会在阳光下这么闪耀（那是哈德逊的花边襞襟）。他们惊讶地看着"曼尼托"开了一瓶纯酿酒，倒入一个玻璃杯中，一饮而尽，然后将酒瓶和杯子递给离他最近的印第安酋长，并示意他喝。

"酋长接过酒杯，但只闻了一下就传给了下一个酋长，后者也是这样。于是，酒杯就这样转了一圈，却无人品尝。正当酒杯要还给那个身着红衣之人时，其中一个意气风发的勇士跃身而起，大声斥责所有人不该一口没喝就归还酒杯。"他认为"曼尼托"把酒杯递给他们是为了友谊，是为了印第安人的和平，"既然没人愿意喝，那就让他来喝，无论后果如何。于是他拿起了酒杯，向所有人道别之后一饮而尽。所有人的眼睛都盯着他们这位坚定的同伴，想看看会有什么后果。他很快就步履蹒跚起来，最后倒在了地上，大家都为其叹息。他睡了过去，可大家都以为他死了。"

几分钟后，那人突然蹦了起来，让众人大吃一惊。他宣称自己一生从未如此快活，并要求再来一杯。"他的愿望得到了满足，所有人很快就都加入进来，喝得酩酊大醉。"

最后这个细节使得故事听起来真实可信。朱特的日记频繁地记录了如何只用少许酒精，就可以让印第安人喝醉，"因为他们不知道怎么喝酒"。为迎接哈德逊而发生的那些醉酒的故事，直到19世纪还一直在印第安土著中流传。赫克韦尔德甚至宣称，曼哈顿这个名字就源于那儿发生的醉酒事件，因为印第安语"manahactanienk"的意思就是"众人皆醉之岛"。

印第安人恢复清醒后，哈德逊再次登岸，分发了一些玻璃珠、斧子、锄头和长袜。印第安人见到这些礼物后非常高兴，尽管他们根本不知这些东西该怎么用。后来船员们发现，印第安人把斧子和锄头当成珠宝戴在身上，而将长裤当成烟袋，引得他们大笑。

1609 年 9 月 19 日，"半月"号继续溯流而上寻找能够通向太平洋温暖水域的航道。哈德逊在奥尔巴尼地区的某个地方下锚之后，就派他的荷兰大副和另外 4 个手下坐小船继续向上游探索。黄昏时分他们带回了坏消息。前方河道收窄，水也变浅了，船上所有人都明白了，这条大河并不能通向东方的香料群岛。

他们的回程伴随着一连串暴力的插曲，颇为不顺。在疑为皮克斯基尔附近高地的"群山下"下锚后，哈德逊的船员邀请一队土著上船，得意扬扬地展示了他们的武器。原本大家都很友好，直到朱特发现一个印第安人划着独木舟尾随在船尾附近，这个印第安人从船舵爬上来，从他的船舱里偷走了一只枕头和两件衬衫。曾经让印第安人非常惊奇的步枪此时展示了它致命的效果。朱特用枪瞄准了那个印第安人，朝他胸口开了一枪，当即把他打死了。这造成了一片惊慌，印第安人纷纷跳进水里，许多人手里还紧握着船员想购买的东西，因为物品失窃而发怒的"半月"号船员跳进他们的小船，硬把东西拿了回来，其间还枪击了几个印第安人。

大家回船之后，"半月"号沿哈德逊河顺流而下，脾气暴躁的朱特还在为印第安人的背信弃义而愤怒。为了平息怒火，他不分青红皂白地对河岸上聚集的印第安人开火，每次打中了就在日记里记上一笔。这种毫无来由的暴力读起来倒人胃口："我们用 6 把火枪，杀死了他们两三个人……我朝他们开枪，杀死了两人……我瞄准然后射穿了［一个独木舟］，杀了他们一个人。"

"半月"号很快抵达了哈德逊河口，此时天空晴朗，风力强劲，"我们升起主桅帆、斜杠帆和中桅帆，起航出海"。过了不到5周，他们就再次穿越了大西洋，看见了英国海岸线。

如果哈德逊遵循指示，他应该继续穿过英吉利海峡，直接抵达阿姆斯特丹。但他在达特茅斯下锚，然后给他的荷兰雇主捎信说他回来了。他在信中没有提到自己会去阿姆斯特丹，而是要求他们再送1500弗罗林到达特茅斯，以便他能够再次起航，这次是去探索纽芬兰的北部海岸线。

荷兰董事们被哈德逊的行为激怒了，命令他即刻返回。但英国政府听闻传言，说哈德逊实际上已经发现了去往香料群岛的通道，于是颁布了一条枢密令，指控他进行了一次"损害自己国家利益"的航行，并禁止他离开英格兰。这让荷兰驻伦敦的领事埃马努埃尔·范米特林难以忍受，他在官方报告中写道："许多人都认为，禁止这些水手把账簿和报告交给雇主，十分不公平。"但在他的私人信件中，他就没有这么婉转了。他断言："这些英国人反复无常、做事草率、极度虚荣、为人轻浮、惯行欺骗、非常多疑，特别是对他们鄙视的外国人。他们的言谈举止间尽是阿谀奉承和矫揉造作，还把这当成是文雅、端庄，以为自己充满智慧。"

哈德逊发现了一条"北方大河"的传言逐渐传回了荷兰，人们对此各有看法。范米特林本人对这个发现不屑一顾，认为这个英国人只不过在弗吉尼亚偶然发现了一条河；其他一些人虽然对哈德逊在美国东海岸的航行路线感兴趣，却说他"这条新路线不是什么值得纪念的成就"。不过，还是有一个人写道："人们认为，英国人自己有可能派遣船只到弗吉尼亚去探索前述那条河。"

尽管荷兰东印度公司对哈德逊的发现几无兴趣，还是有少数

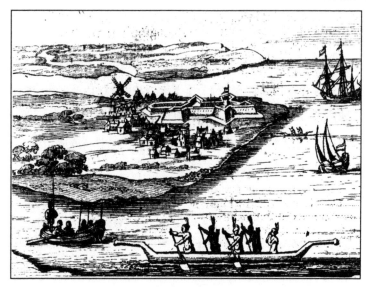

曼哈顿岛上的新阿姆斯特丹要塞与班达群岛的贝尔吉卡要塞相距半个地球远，却像是一个模子里塑出来的。英国人攻陷它，是对400年前香料群岛"非人暴行"的一个回应。

个体商人被"这是我生平踏足的一片最适合耕作的土地"这句话吸引，而且当他们读到那里动物的皮毛如何丰富时，更是产生了极大的兴趣。哈德逊回来后不到一年，"有些商人又派了一艘船去了那里，也就是那条名叫曼哈特斯（Manhattes）的河流"。

这些商人很快就发现，哈德逊并未夸大曼哈顿周围一带乡野的丰饶。他们告诉印第安人，"他们明年还要来拜访"，而且会带些礼物和小玩意儿来，但又说，因为"他们没有食物就不能生活，因此想向印第安人要一小块地，撒点种子，种点香草，好放在肉汤里"。如果这些土著印第安人能够预测未来，他们就不会对荷兰水手如此热心了。几年之内，英国人和荷兰人就会为土地权展开争夺，荷兰人在该岛的最南端盖了两间小棚屋，后来变成了一座堡垒，继而成了一座小镇，10 年之后，这里就成了新尼德兰（New Netherland）。但几乎所有人都没有意识到，哈德逊更没想到，这个地方的未来居然与出产肉豆蔻的班达群岛难分难解地纠缠在了一起。

第七章

食人族的领地

1609年秋，威廉·基林刚驶离班达群岛，大卫·米德尔顿就第二次驶向了东方。"他与我们在黑夜擦肩而过，"基林恨恨地说，"不然我们肯定能够碰见他。"距离基林上次与他这位机智的同事交谈，已经过去了两年多。他当时一定很严肃地在想，也许再也听不到米德尔顿的音信了。

米德尔顿在万丹短暂停留期间，从英国代理商那儿听说，班达群岛的情况不妙。荷兰人对强加于岛民的条约执行得极为严苛，并阴森森地威胁要不惜一切代价捍卫他们的垄断权。他们派了一位总督留在内拉岛上，以监控往来的船只，又在拿骚要塞驻扎了一支强大的军队，以保卫荷兰人的利益。凡有船抵达班达群岛，都要听从命令停泊在荷兰城堡附近接受检查，没有荷兰人的许可，任何外国人都不得在班达群岛定居。甚至几个离岛赖以生存的岛间贸易也被禁止，除非得到荷兰人的授权。

这些规定听起来很严格，但最后很难执行，很快班达人就公然无视这些规定了，他们意识到，荷兰人的处境比最初看起来要虚弱得多。西蒙·赫恩取代了彼得·范霍夫成为舰队首领，在强行和岛上土著缔结条约后不久，他指挥的舰队便陷入一片混乱之中，船员的士气前所未有地低落。很少有人对他们的新船长表示尊重，当赫恩疑似因为中毒而一命呜呼后，他的船落到了一群难以控制的乌合之众手中。陆地上的生活也平静不了多少，班达群岛守卫队一直处于被围攻的状态。有大量类似的记录，"黑皮肤的人在林中杀死了数名荷兰人；荷兰人的堡垒被围攻；血淋淋的战斗；城堡里几乎要饿死人了，所有这些事情都发生在和平条约签订的同一年"。

荷兰人遭殃的消息在大卫·米德尔顿听来简直像音乐一样美妙。他从不缺乏信心，此时加速东行，越过爪哇海，前往内拉岛，一路上他的船飘扬着"国旗和商船旗，并且在每个帆桁端都挂着一面我们能设计出的最美观的长三角旗"。为了让人们感受到他的存在，他鸣响了"远征"号（*Expedition*）上所有的枪炮，还挑衅似的把船停在离荷兰船泊位很近的地方。

荷兰总督亨德里克·范贝格尔被米德尔顿的放肆激怒了，他派了一名使者要求对方讲明来意。米德尔顿被命令交出伦敦的委任状，但他拒绝了，仅同意宣读第一段，以证明他是作为授权贸易商，而不是作为海盗来到此地的。荷兰使者要米德尔顿说明他手下的是商船还是战舰，这位英国船长模棱两可地回答说"我会为我拿走的东西给出回报"，而且如果受到攻击，"我会自卫"。

荷兰人回到城堡谋划对策，但米德尔顿已经赢了这场唇枪舌剑，土著人隔岸观望了这场诡辩之后，就划着船来迎接"远征"号的英国指挥官。这是米德尔顿一次大显身手的机会，"他太清楚如何浑水摸鱼了"，于是不失时机地跟土著商人拉近关系。没过几天，他就跟一个来自艾岛的肉豆蔻商人做了一笔利润丰厚的交易，这位商人同意把他能够搜集到的所有香料都卖给米德尔顿。

米德尔顿要是起航前往艾岛这座群岛中的外围离岛，本来是可以避免与荷兰人发生更进一步争执的，但他更愿意享受自己刚获得的这种能激怒荷兰人并可以跟他们对抗的地位。尽管荷兰总督警告他不要把船停在离他们的船如此之近的地方，他还是回答说："我就要停在那儿，直到我忍受不了你们的打扰为止，然后我才会进入港口的最佳泊位。"

米德尔顿接着发了第二封信，告诉范贝格尔，他已与艾岛的商人达成交易，并解释说，他写此信不是出于礼貌，而是因为他很想知道，荷兰人敢不敢向他挑战。他提醒这位荷兰总督，艾岛和岚屿完全独立于荷兰人（这两个岛的土著头领坚决拒签 1609 年的协定），然后侮辱性地向总督提出他愿意提供总督可能需要的任何帮助。"如果阁下需要我做什么事，"他写道，"请大胆提出，我将尽力而为。"

最后这句话激怒了范贝格尔，他开始计划复仇。荷兰人想把"大太阳"号（*Great Sunne*）这艘已经不能出海而被废弃的荷兰船，在夜幕的掩护下拖到"远征"号附近，用铁链拴在这艘英国船上，"然后将它们一起付之一炬"。"大太阳"号上载有 30 桶火药，因此要不了多久就可以让火烧到英国船上。为了保证万无一失，范贝格尔提出让其余船只用枪射击"远征"号甲板。

米德尔顿的密探带回了这一阴谋的消息，米德尔顿绝不是那种回避冲突的人，他觉得"应该亲自去跟荷兰总督面谈，在开战之前看他会和我说些什么"。互相间一番恐吓威胁之后，两人在拿骚要塞见了面，他们惊讶地发现彼此竟然都很尊重对方。"我们开始说起话来，有时语气很尖锐，有时又很亲近。但最后他们变得更加温和，［总督］叫人拿来一杯葡萄酒，大家都站起身来，干了这杯酒，然后我们便出去散步，游览了城堡。"米德尔顿本来以为会大吵一架，然后被驱逐出去，结果这一天是在与范贝格尔检查各种盔甲和讨论不同类型火枪的各种优点中结束的。

随着双方暂时放下了敌意，米德尔顿向荷兰总督保证，他不想惹任何麻烦，只要能够获得购买香料的权利，他答应出一大笔钱，"因为钱经常会蒙蔽聪明人的眼睛"。总督似乎很同情米德尔顿的要求，但"他直言不讳地告诉我，他不敢授予我买卖任何香料的权利，因为这会让他掉脑袋"。米德尔顿听荷兰总督这么说，知道谈判的时间已经结束了。尽管他很友好地离开了城堡，"总督鸣放了所有礼炮"，但他意识到，只要购买香料，几乎肯定要与荷兰人发生冲突。对此他一点儿也不担心，他担忧的是手下的人可能不愿开战。因此，"我把大家召集到一起，问他们怎么想，并明确告诉他们，如果他们愿意支持我，我打算休整好以后就驶向那两座岛屿［艾岛和岚屿］，任由荷兰人去做他们能做的事吧。我向船员们保证，如果有人受伤致残，一生都会有保障"。米德尔顿手下的人毫不犹豫地选择信任他，大家齐声喊着同意。

他们正准备向艾岛进发时，风向突然转变，笨重的"远征"号因此无法向西行进。于是，米德尔顿派他的助手奥古斯塔斯·斯波尔丁坐船上的舢板到艾岛上建造一座商馆，他和船上其他人则在其北面100多英里的崎岖的塞兰岛上安营扎寨。他们可以乘坐舢板往来穿梭于塞兰岛和艾岛之间，米德尔顿可以用这种方式装船运货，而无须担心荷兰人袭击。

这个策略大获成功。斯波尔丁在艾岛成功立身之后，小小的"霍普维尔"号（Hopewell）就载着肉豆蔻和肉豆蔻干皮，在塞兰岛和艾岛之间危险的航路上来回穿梭。此项工作十分乏味，米德尔顿大骂公司董事，尽管他们知道买香料的任务困难重重，但他们对他花钱买什么还是一如既往地挑剔。"选择肉豆蔻时要选大而圆的，"他离开伦敦之前，董事们就告诉他，"装船时不要用过多的石灰，这样会把香料灼坏的。"他们对米德尔顿处理肉豆蔻干皮的关心也不亚于此。"要把它们单独放在罐子里，放在合适的地方，这样就不会被其他香料的热量破坏。一定要小心，只买鲜艳的，而不要买干缩的、发红的或暗棕色的。"

乘坐"霍普维尔"号走了不下9趟之后，米德尔顿就精疲力竭需要休息了。他选派了一组新的船员来驾驶该船——这可不是一件易事，因为他十分缺乏人手——他乞求上帝保佑该船第十次航程一路顺风，满心期望它7天后就可回来，但一周过去了，两周过去了，还是没有"霍普维尔"号的消息。米德尔顿每天扫视着地平线，期待看到那艘小船，直到第三周又过去了，他决定带领一支搜索队出海，希望在班达群岛周围变幻莫测的激流中找到漂浮的"霍普维尔"号。"我手下人的身体状况都差到站不起来，我只好雇了3个黑皮肤人做向导，然后就出海了。在航行到看不到陆地时，起了一场大风暴，我很想尽快离开大海，救我们大家一命。"米德尔顿很幸运地被风吹回了塞兰岛方向，但风力每小时都在增强，他发现越来越难以阻止船被抛向岩石。"黑夜临近，我们尽力让船留在海上等待天明，但这时风暴增大，我们没有别的办法，只好孤注一掷把船驶过一排岩石的缺口。我们真就这么干了，没有一个人因为害怕被撞在岩石上粉身碎骨而弃船。"

整个晚上，米德尔顿和他的"黑人船员"努力保持着不让小船陷入险境。黎明时分，他们被水冲到了沿岸更远的一个浅水湾，可以安全上岸了。"我们把手搁在船板上，把它从水里抬了出来，感谢上帝救我们于危难。当时天气极为糟糕，下着大雨，我们根本不知道怎么办好。"

米德尔顿派他的人到海湾去侦查，他们回来时带回了恐怖的消息：

> 黑人向导告诉我们，如果我们想活命，就得马上出海。我问他们中的一个人为什么这么说，这人告诉我，这里是食人族的领地。如果他们看见了我们，就会把我们杀死然后吃掉。他们只要抓了谁，那就再也赎不回来了。他们抓住基督徒后，会把他们活活烤熟，以惩罚葡萄牙人对他们犯下的罪行。如果我们不出海，他们就会隐藏起来。这些食人族会在水边四处观察，寻找在夜里悄悄走过的渔人或路人。

这个消息让米德尔顿非常吃惊，他二话不说就出海了。虽然逃离了食人族，但他的灾难没有结束。一只划来的小船带来了一个不好的消息，"远征"号的锚断裂了，现在有被冲到礁岩上的危险。米德尔顿此时必须立即回到船上，以便组织救援，但大风正起，回程只能走12英里的陆路。这位英国船长和几个向导走到差不多一半时，发现路被一条大河挡住了。向导悲伤地发现，河中满是鳄鱼，但米德尔顿对危险满不在乎，尽管向导告诉他"如果我看见［鳄鱼］，我就得跟它搏斗，否则就会被鳄鱼杀死"，他也无所谓。向导警告的话音刚落，他就涉水下河了。

我已经有两个晚上没睡觉了，有些疲倦，但我在向导们前面下了水，因为我知道他们会超过我。这条河很宽，水流很急，因为大雨后涨了水。向导们本来想叫我回去，但我已经走了一大半路，不愿回头了。

过河时，一个向导拿着我的水手大衣，手持一根很长的棍子（我当时并不知道），往我边上打了一下，我以为是鳄鱼划了这一下，就一个猛子扎进水中，结果被搅进激流，我还没有浮出水面，就被冲到了海里。海水把我抛向海滩，擦伤了我的肩背，直到向导过来把棍子一端递给我，让我抓着，把我从水里拽了起来，我在海里被抛上抛下，差点淹死，每个浪头都把我打得离岸边更远。

虽然险象环生，但结局皆大欢喜。不仅"远征"号得以避免撞向岩石，一个月不见的"霍普维尔"号也突然出现在视野中。原来它被一次可怕的大风暴吹到了班达群岛东边30里格的地方，花了两周时间才回到塞兰岛。

米德尔顿成功买到香料的事没有逃过荷兰人的眼睛。按米德尔顿自己的话来说，他们从他抵达班达群岛起就"疯掉了"，因为当地所有的贸易商把能找到的肉豆蔻都运到了艾岛。更让他们恼火的是，他们自己的两艘船只装满了一半，回荷兰前还需要更多香料。班达人因米德尔顿的出现而鼓起勇气，起而反抗荷兰人，

英国水手特别害怕猎取人头的蛮人。"他们专门躺在河里，猎取凡是他们能够
征服的人的头颅。"一位英国代理商如此描写达雅族武士。

他们把在拿骚要塞外抓到的所有倒霉的荷兰人都斩尽杀绝了。"他
们把那些掉队的荷兰人杀光之后兴奋难抑，就带上所有能作战的
人去袭击荷兰人的城堡并决心放火烧光他们的船只。"

伴随着海港四处响起的枪声，米德尔顿起航前往万丹，准备
回家了。他的这次航行是一次胜利，在各种不利条件下，他不仅
购买了大批肉豆蔻，还使荷兰人处于四面楚歌的境地。公司董事
们非常高兴，他们致信财政大臣索尔兹伯里伯爵，特别提到了米
德尔顿的谋略和勇气："他在班达群岛……寻找生意机会时，因遭

受很多非难和侮辱的言辞，而被禁止在该地区从事任何贸易。他冒着很大风险，使用强势手段，从附近其他的离散小岛上得到了货物，这都是在非常危险的情况下进行的（荷兰人经常密谋试图趁我们不备，用火攻、切断联系等间接方式，毁掉我们的船只、人员和货物）。"

随着班达群岛暂时出现了权力真空，董事会又一次仔细阅读起地图来，最后他们把眼光落到了大班达岛西边十余英里的岚屿。

尽管米德尔顿船队的归来大快人心，但英国东印度公司的董事们担心他们的特许状会被詹姆士一世国王收回。一些大臣和其他有竞争关系的商人当时经常到国王那儿请愿，要求取得他们自己的特许状，他们和爱德华·米歇尔本一样，认为不能只让一家

内拉岛上荷兰人建造的拿骚要塞。该要塞的建造违背了土著岛民的意愿，导致所有荷兰高级指挥官被杀。荷兰人反过来开始"尽其所能，实施一切报复"。

公司全面垄断这一贸易。伊丽莎白一世女王发给他们的特许状已经使用了15年，很快就要到期。托马斯·斯迈思爵士意识到某些廷臣对国王施加的压力，他知道不可能再把贵族排除在这项事业之外。于是他拉拢詹姆士一世国王的宠臣支持他的事业，并且向国王解释了保留东印度群岛贸易垄断权的绝对必要性，请求他续签公司的特许状。国王终于接受了他们的说法，同意了他们的要求，而且他这次没有给特许状限期15年，而是授予公司"东印度群岛永远通行、永远贸易之唯一全权"。只有一个附加条件：如果这项贸易"不能为本王国获利"，就将撤回特许状，但即便在这种极端情况下，国王也要提前3年通知公司的商人们。

斯迈思及公司其他董事对特许权延期大喜过望，因为这给香料贸易注入了新的信心，并吸引了更多的资金。但曾为说服国王批准延期发挥了重大作用的贵族，这时却不愿把钱投入到未来航行中。他们有所保留，不愿让贸易玷污他们的手，而是更愿意和这个非常时髦的公司联系在一起。成为东印度公司的特许经营者是当时流行的时尚，这个头衔要求加入者宣读一段荒唐而庄严的誓言，包括禁止加入者泄露"本公司的秘密和默契，这些秘密和默契将由总督或其副手告诉你"。这正是公司董事的精明之处，很快贵族们就排起长队，都想成为这个被他们兴奋地视为半秘密社团的成员。他们其中有些人因为被公司接受而喜出望外：南安普敦伯爵听说他成了特许经营者非常高兴，给董事们送了一对雄鹿，"以感谢他们好意接受他为特许者"。思维敏捷的董事们立刻组建了一个委员会，其唯一的职能就是为托马斯·斯迈思的家宴提供最佳的野味。

公司特许状上有了詹姆士国王的签字担保，进行新的一次远征的时机成熟了。公司的差役跑遍伦敦，收集认股费。最终集资总额至少有 82 000 英镑。董事会有了这样一笔巨款供其支配，于是决定建造自己的船舶，而不再依靠以前历次航程所用的那种质量低劣的船舶了。新船吨位为 1100 吨，是一艘货真价实的巨船，比东印度公司标准的商船大一倍还多，其吨位直到蒸汽时代才被超过。这么大的一艘船能由詹姆士国王亲自监督下水。于是，1609 年 12 月 30 日，詹姆士一世在王后和亨利王子的陪同下，来到德特福德参加盛大的王室庆祝活动。这艘船被起了一个很相配的名字——"加仓"号（Trades Increase），同时下水的还有"干胡椒"号（Peppercorn）和"爱人"号（Darling）两艘小船。这几艘船下水后，紧接着举行了一场庆功宴会，饭菜都盛在价值不菲的中国瓷器里。上甜点时，詹姆士国王把托马斯·斯迈思爵士叫到身边，"亲手把一根金项链和一枚奖章挂到了他的脖子上"。

这标志着英国国王和英国东印度公司之间源源不断地交换礼物的开始，第六支船队起航时接到指示，"要为国王陛下和全体议员小心保护和储存你或公司任何人从该地区带回来的珍禽异兽，以及其他东西"。也许是担心出现之前那位郁闷的克里引起的那些问题，3 位船长均有意忽略了这些指令。

船队计划于 1610 年春离开伦敦，所有参与者都要严格遵守时间表，以保证船能按时离岸。11 月份，公司已开始面试有潜力的代理商和船员。纳撒尼尔·考托普的名字正是在这些新聘人员的清单中首次出现的。考托普加入英国东印度公司之前的生平不为人所知。他很可能在伦敦当过贸易商，就像很多代理商同行一样，他也受到了东航的诱惑，期望能大发一笔横财。他倒的确给头脑清醒的董事们留下了深刻印象。1609 年 11 月 13 日，求职不过 5 天之后，他就被告知申请已经成功通过。他的几个代理商同行也在那一天被雇用："有会说西班牙语、法语和意大利语的本杰明·格林，还有会说西班牙语和法语的罗兰德·韦布。"关于考托普，我们仅知道公司"与纳撒尼尔·考托普签署了一项 7 年协议"，比其他受雇者多两年。这额外的两年未来将会体现其重大意义，并因考托普的勇敢而成为香料群岛历史的一个转折点。

船队于 1610 年 4 月在经验丰富的亨利·米德尔顿爵士的指挥下起航，技术同样精湛的尼古拉斯·唐顿负责"爱人"号。公司主管们决定让这两人驶向班达群岛，巩固与土著贸易商的友谊。米德尔顿还接到指令，要通过"在你觉得合适的情况下，以向班达岛统治者赠送礼物的方式鼓动反荷情绪，并弄到 300 吨最好的肉豆蔻，不得掺有灰土和渣滓……外加 20 吨肉豆蔻干皮，要颗粒最大最鲜亮的那种，不要暗红色的，那是雌树干皮，价值很小"。公司还指示他，货物到手之后要在班达群岛留下一大批代理商，为以后抵达的船队做准备，这其中就包括纳撒尼尔·考托普。

米德尔顿还被要求在路上的众多港口停留，这不是为了购买香料，而是要继续为英格兰的羊毛产品寻找市场，以便"我们不用运钱，就可开展贸易，这才是我们期望的结果"。亨利爵士正是在这种期望的驱使下，才在绕过好望角的无聊航程之后，带领船队前往阿拉伯半岛西南端炎热的亚丁港。

尼古拉斯·唐顿在日记中写道："星期三的日落时分，我们突然看见了亚丁港，它坐落在一个不产果物的山脚下，我几乎不可能在这儿找到一座城镇，但停靠这个地方也有好处，这里易守难攻，不大容易被敌人攻陷。"这座城堡使他想起"伦敦塔，敌人想匆忙上塔是不可能的"。

米德尔顿也对亚丁港的防御工事留下了深刻印象，但他更关心的是他们会受到什么样的接待。阿拉伯半岛的这一角落名义上处于奥斯曼苏丹的统辖之下，但大多数市镇都由当地那些肆无忌惮的总督控制，而群山起伏的内地则已被相互征伐的阿拉伯部落瓜分成私人领地。米德尔顿拦住一艘当地的小船，问船上的阿拉伯人，管理当地的帕夏是不是个好人。他们的回答的确让人有不祥的感觉：先前那个帕夏"非常坏"，目前这个只是"稍好一点儿"，土耳其人一般来说"全都一无是处"。米德尔顿打定了主意，他指示唐顿把"爱人"号停泊在亚丁近海，他则前往红海的穆哈港去碰碰运气。

很快米德尔顿就要后悔做出这个决定了。他驾驶"加仓"号驶入穆哈港时，这艘巨船深深地陷进了沙岸，动弹不得。米德尔顿陷入了窘境。唯一可能让船再浮起来的办法是把船上的东西全部卸下来，但在岸上没有商馆的情况下把货卸在陆地上违反公司的政策。幸好当地总督，一个名叫瑞吉布·阿迦的希腊叛逃者很热心。当米德尔顿传信给他，解释说他是一个英国商人，需要协助时，他得到的回答是："只要是英国人，都会受到热烈欢迎，要什么给什么。"

接下来还有更好的消息：远征船队腰缠万贯的总代理商劳伦斯·费梅尔已经艰难地划船登岸，设法与那位总督谈成了一笔有利可图的商品交易。为了庆祝这次交易，瑞吉布·阿迦邀请米德尔顿参加了一个盛大宴会。他在宴会上对这位英国指挥官极尽溢美之词，使得米德尔顿越发局促不安，但又不得不接受。在得到总督"可从事合规且和平的贸易"的保证之后，亨利爵士本来以为这种夸张的东方礼仪该告一段落了。但事实上瑞吉布·阿迦才刚开始。他主动提出把水边的一幢房屋让给英国人做基地，然后"就让我站起来，让他手下一个小官员给我穿上了一件银红双色的丝绸背心，并告诉我说不用怀疑这有任何的恶意，这就是大统领对你的庇佑。说了几句恭维话后，我就告辞了，我坐在一匹装饰华丽的高头大马上，一个大汉牵着马。就这样，我穿我的新衣服，在镇上音乐的伴奏下，被送到了英国人的住所"。

接下来的几天过得很开心。阿迦每天都捎信给米德尔顿，"祝我快乐"，并许诺说斋月一结束，就会邀请米德尔顿到他的私人花园中一起骑游。米德尔顿听了这种包着糖衣的好话之后，起初对阿迦的疑心此时也烟消云散了，他很愚蠢地听信了阿迦的话。

1610 年 10 月 28 日，米德尔顿划船上岸，想活动活动筋骨，在镇上走一走。当时暮色很美，天空一整天都万里无云，米德尔顿走到英国人的住所，想看看沙漠夕阳缓缓坠入红海的景色。"太阳正在落山，我让人把小凳子摆在门口，我本人、费梅尔船长和彭伯顿船长都坐下来呼吸新鲜空气，对于马上就要发生的对我们的袭击毫无觉察。"8 点钟时，总督派来一个信使，但由于在场的英国人没一个会说阿拉伯语，就让他走了。很快，他就带着一个翻译回来了，他告诉米德尔顿，瑞吉布·阿迦送来的信只是说，英国人应该好好享乐。米德尔顿信以为真，马上开了一瓶马德拉白葡萄酒，递给周围的一圈朋友，但他们还来不及互相碰杯，门外就传来很大的响声。"我手下的人惊慌失色地回来，告诉我们说我们都被出卖了：原来土耳其人和我的人在屋后撕打了起来。"米德尔顿立刻猛冲进去，提醒船员有危险并命令他们尽快组织回守房屋。

可就在我说话的当头，后面的一个人往我头上打了一下，我倒在地上昏了过去，直到他们把我双手死死地捆在身后，痛得我苏醒过来。他们一看见我能够动弹了，就把我抬起来，夹在两个人中间，带到了阿迦面前。我在那儿看到我的很多同伴处境跟我一样。士兵在路上把我洗劫一空，把我身上的钱以及3根金链条都抢走了，其中一根挂着我的印章，第二根镶有价值很高的7颗钻石，第三根拴着一个连环戒。

这只是他倒霉的开始。当镇上所有的英国人都被俘虏后（其中也包括纳撒尼尔·考托普），他们被套上脚镣手铐，赶到一起。"我本人和其他7个人的脖子被用铁链拴在一起，有些人脚被铁链拴起来，有些人的手被拴起来。"完事儿后，荷兰士兵就让两个荷枪实弹的守卫看住他们。这两个守卫"对我们很同情，放松了我们的铁链，因为我们大多数人的手在身后都被捆得太紧，血都快从指尖迸将出来，痛得无法忍受"。米德尔顿还是不知为何遭人暗算，但他很快就知道了阿迦何其阴险。不仅他手下有8人在"血腥的屠杀中"丧生，而且有14人身受重伤。他还听说，一支150个土耳其人组成的队伍已经"乘坐3艘大船"出海，要以武力攻下此刻正停泊在穆哈港的"爱人"号。这次偷袭完全出乎"爱人"

号船员的意料之外。他们对岸上的阴谋诡计一无所知，因此当看见成打的土耳其人爬上船来，拔出刀剑时，他们才第一次意识到出事了。情势很快变得万分紧张。3 个英国船员当场被杀，剩下的船员冲到甲板下面去拿武器。等他们武装好时，船已经差不多要失守了。"船中间密密麻麻地站满了土耳其人，他们挥舞刀剑，砍得甲板叮当作响。"一个反应敏捷的船员救了大家。他意识到他们的处境孤立无援，就使出吃奶的力气，把一个装弹药的大桶朝土耳其偷袭者们滚了过去，然后朝同样的方向扔过去一个火把。这造成了巨大的破坏。当场炸死了很多土耳其人，其他土耳其人则撤到半甲板处，准备重整队伍。这一犹豫让他们付出了生命的代价，因为英国船员此时已装好子弹，他们"端着枪开火，以一连串火药来招待土耳其人，打得他们惊慌失措、跳海逃命，有的挂在船舷上求饶，但没人肯饶恕他们，我们的人把凡是能找到的土耳其人都斩尽杀绝，剩下的全淹死了。只有一个人得以保全性命，他藏了起来，直到大家怒火消尽时举手投降，才被饶恕"。

"爱人"号得救了，但米德尔顿现在的处境更加岌岌可危。他脖子上拴着铁链，被带到阿迦面前，终于知道了他被逮捕的原因。"阿迦皱着眉头（而不是平常那种假模假样），质问我怎么敢斗胆闯进他们的穆哈港，这里如此靠近他们的圣城麦加。"米德尔顿提出强烈的抗议，他提醒阿迦，是他本人邀请英国人上岸的，而且一直要他们尽情作乐。阿迦故意不理会这句话，而是告诉米德尔顿，萨那的帕夏已经接到来自君士坦丁堡的苏丹的指令，要把凡是企图在任何红海港口登陆的基督徒全部逮捕。他还告诉米德尔顿，他获得自由的唯一方式就是写信给"加仓"号和"爱人"号，命令他们投降。米德尔顿拒绝了。当阿迦告诉他，他要让这两艘船上的船员饿到投降时，米德尔顿得意地告诉他，他们的给养可维持两年。"他又催我写信，让他们都上岸，把船交出来，否则就砍我的头。我请求他杀了我，这会让我非常高兴，我已经厌倦了活着。但要我写这样的信是绝不可能的。"

阿迦不喜欢他的这种回答，"他们把我的铁链和颈圈取下来，给我双腿加上一副巨大的脚镣，又给我戴上手铐，把我跟其他人分开，扔在楼梯下一个狗窝里待了一整天……我睡的是坚硬的地面，枕的是石头，让我保持清醒的伴侣是内心的忧伤和不计其数的老鼠，如果我偶然睡着了，它们就会从我身上跑过，把我弄醒"。

米德尔顿很快就发现他渴望回到这个"狗窝"了。阿迦指示他写一封信给"加仓"号，要他们把船上所有的保暖衣物立刻送到岸上来。米德尔顿大惑不解，问阿迦为何提出这种奇怪的要求，他被告知萨那的帕夏要审问他们这些人，"我们会发现山里很冷"。米德尔顿在穆哈的炎热中热得发昏，对阿迦说的什么寒霜和冰雪嗤之以鼻，对其索要羊毛衣物的要求不屑一顾。于是，"12月22日，脚镣从我们腿上取下……我本人和其他34个人都被安排去萨那，这个帕夏居住之地是该王国的一座主要城市"。

这些英国人中的威廉·彭伯顿设法从卫兵鼻子底下逃脱，过了好几个小时他们才注意到他不在了。他长途跋涉走到海边，偷了一条独木舟划到海上，最后回到了"加仓"号。他没吃没喝，只能喝自己的小便，在风急浪高的海上划了好几天，直到旗舰上的瞭望哨发现了远处的他，才派一艘舢板搭救了他。彭伯顿的到达对唐顿来说是无价之宝，因为他提供了有关与米德尔顿同行的看守和哨兵的情报，他得以利用密使和中间人与米德尔顿进行定期而隐秘的通信。彭伯顿两次带信给米德尔顿，催他设法逃跑，并建议他穿上东方人的服饰，把胡子剃掉，皮肤"涂黑"，这样可以很容易地假扮成阿拉伯人。他还说原打算给自己也"刮脸"，不过他认为自己那张"坑坑洼洼"的脸肯定会暴露身份。

唐顿和米德尔顿之间的通信有时能反映出他们承受的极大压力。米德尔顿拒绝让唐顿袭击当地的小船，理由是这样会使自己的生命面临更大的危险，唐顿写了一封言辞激烈的回信，说他本人能够判断在目前的情势下采取什么行动才是最佳的。亨利爵士对老友的这种蛮横无理很生气，写了一封被唐顿描述为"非常吹毛求疵、令人厌恶"的信。但正当两人之间的关系似乎面临全面崩溃之际，唐顿恢复了理智，随信捎去一封便笺说，尽管米德尔顿在信中出口伤人，但他不会再写出愤激的言语，导致两人像敌人一样"互相攻击、挑刺找碴"。作为回复，亨利爵士写了一封"口气十分和善的信"，请求宽恕他前面那封"很忧郁的信"，并解释说，那封信是在情绪极其消沉的情况下写的。

在被押送去萨那的途中，随着天气转冷，他们的情绪愈加消沉。米德尔顿现在意识到了他的错误，他不该拒绝带上羊毛外衣。他写道："我在穆哈时不肯相信他们北边会冷的说法。结果我穿着很单薄的衣服就出发了。"他用身上仅存的一点儿钱为他手下人买了皮外套，否则大家都得冻死。很少有人能想到，他们会在酷热的阿拉伯半岛度过一个白雪皑皑的圣诞节，但当这批英国俘虏于1610年圣诞节这天跟跟跄跄地走进塔伊兹城时，初雪已开始飘落。威廉·彭伯顿的"小伙计"当时没跟主人一起逃跑，此时冻病了，被寄宿在总督的住所，其他的人继续走进了大山里，"那儿每天早上地上都覆盖着白霜……结的冰有手指那么厚"。

终于他们到了萨那，"该城比布里斯托尔稍大"。他们的皮外套在那儿被没收了，他们被逼着光脚穿城而过，就像普通罪犯一样。米德尔顿无心再顾及外交礼仪。他被两名大汉架着去见帕夏时，一泄怒气，大骂瑞吉布·阿迦耍两面派、说谎、谋杀。帕夏"紧皱双眉，面带怒色"地听着，责怪米德尔顿给他造成了许多问题，然后这些英国人被带到一座普通监狱，在那儿又被"戴上了沉重的镣铐"。

他们在狱中度过了差不多一个月，帕夏突然召见米德尔顿，告诉他所有人会被立即释放，并且可以自由返回穆哈。究竟什么原因使得帕夏突发善心，现在仍不清楚，但有传言说，帕夏欠了一个开罗商人的人情，是这个商人出面替英国人讲了情。他们的释放来得正是时候，因为"在这段时间，我们之中很多人因悲伤、寒冷、空气不好、食物不佳、糟糕的住处和沉重的镣铐而处于体弱多病的状态"。

变色龙一样的帕夏现在摇身一变，摆出一副和蔼可亲的形象，腾出一座豪宅让大家住，并建议他们到城里观光，甚至送了6头牛让他们饱餐。米德尔顿被单独给予特别待遇，他收到了150个金币作为对他遭遇的痛苦折磨的赔偿。作为回报，他不得不去听帕夏的一场让人难以忍受的演讲，帕夏在演说中虚伪地自吹自擂，夸赞自己如何明智、洞察幽微、脾气温和。事情的转变让这位英国指挥官感到茫然若失，但这并没有完全出乎他的意料。他很快就了解了这些土耳其总督的反复无常，他们可以从朋友一下变成敌人，甚至连脸上的笑容都不会消失。

2月中旬，这些英国人终于离开了萨那，长途跋涉返回穆哈。米德尔顿对帕夏是否诚心依然抱有些许怀疑，但当他被告知"如果瑞吉布·阿迦冤枉你，我就把他的脸皮扒下来，把他脑袋给你"之后，对回到穆哈的任何恐惧就都烟消云散了。他们到达塔伊兹时，希望找到彭伯顿留在那里的小伙计，他因体弱而病倒，寄宿在该地总督家里，此时出现了一个问题："总督哈迈特·阿迦逼他当土耳其人，现在怎么也不想放他走了。"这可怜的小伙计在总督那儿的几个星期里遭受了可怕的折磨：他拒绝皈依伊斯兰教，"阿迦的几个仆人把他［抬到］一间温室里，把他脱光，割了他的包皮"。总督坚决不交出这个小伙计，英国人没有别的选择，只好留下他继续前行。但米德尔顿功不可没，他始终没有忘掉这个小伙计，并拒绝驶离阿拉伯，直到他被释放。

米德尔顿到达穆哈后，直接被带到阿迦那里，"他又以平常那种假装的友爱和和善欢迎了我和大家，并且说他很高兴我们能安全返回，对发生的事表示歉意和羞愧，请求我宽恕他"。但英国人还没能回船，就被押到"一栋非常坚固的房子里"，又一次被置于武装警卫的监控之下。米德尔顿的怀疑最终被证明是太正确不过了，他现在已经明白，逃跑是唯一的选择。他的计划很简单：在夜色的掩护下，他给"加仑"号发了一封信，要他们把一瓶烈酒偷运进监狱。他计划用这瓶酒灌醉卫兵，偷走他们的钥匙。他知道全城的人都很熟悉自己这张脸，于是决定藏在一个空桶里，再让手下人把桶滚到海滩上。

最后的时刻终于到了。那瓶烈酒被成功偷运进监狱，一只小船神不知鬼不觉地停靠在该城的南端。卫兵看到有人送酒给他们喝也无法拒绝，就"狂饮起来"。中午时分，一切准备就绪，"船来了，卫兵也已经灌醉了，一切按计划进行……我开始行动了"。米德尔顿把"坚固房屋"的门锁打开，按计划钻进桶里，滚到了海滩上，爬进一条正等待的船中，划到锚泊的"爱人"号旁边。

并非所有人都如此幸运：船队的军械士托马斯·伊夫斯非常害怕再被人抓住，"他脱掉鞋子，用最快的速度在大街上跑开了，结果全城的人都跟在他后面跑"。不过几分钟，穆哈城里就满是士兵，他们一个一个地扶起受伤和病弱者。劳伦斯·费梅尔很快就陷于困境。他"肥胖笨拙"不能奔跑，摇摇摆摆地往水边走时，一队士兵在后面穷追不舍。于是他"用手枪朝追他的一个人脸上开了一枪，那人受了致命伤"，但他最后还是在水没到腋下时被抓住了。他后来责怪"那个傻瓜一样、胆小如鼠的舵手愚蠢的举动，我们下水时……他却在我们的下风处"。费梅尔被抓算是一个挫折，但米德尔顿安全了，他感谢上帝"对我们大发慈悲"之后，参加了"爱人"号上的庆祝活动。

米德尔顿现在处于强势的地位，可以为费梅尔、纳撒尼尔·考托普以及其他船员争取自由了，也包括依然被关在塔伊兹的彭伯顿先生那个可怜的小伙计。他写了一封信给瑞吉布·阿迦，吹嘘自己有威力巨大的大炮，威胁说除非立即放了所有人，否则就把进港的所有船只炸沉，"我会尽我所能，把这座城炸个稀烂"。他还写了一封信给费梅尔，让他放心，并重复了威胁之语，他写道："阿迦说如果我向城里开炮，他要针锋相对，但你很清楚，他是做不到的，因为他的大炮比我的差得多……我会向城里开炮，炸它个一塌糊涂，管他高不高兴，我才不在乎呢，反正他打不到我们……让帕夏和瑞吉布·阿迦好好想想，英国国王是不会对背叛、抢劫和谋杀其臣民的行为坐视不管的。"

阿迦有意拖延时间，但当他的港口被封锁了一个月后，他迫不得已把人全放了。可惜费梅尔先生没能长久地享受他的自由。上船 3 天之后，"大约下半夜 2 点钟，他的生命就结束了，我们觉得他可能是中了毒"。他从前总是夸口英国人如何强大，怒气冲冲的阿迦知道这个总代理商对送来的饭菜从来都是来者不拒，就在食物中下了慢性毒药。

彭伯顿的小伙计安全返回之后，所有还活着的人就都回船了。英国东印度公司的这第六支船队终于可以继续航行，驶向班达群岛了。

此时已经是 1611 年 8 月，约 16 个月前起航时，这支船队被寄予厚望，但迄今为止他们一无所成。如果说全体船员因他们的不幸而精神沮丧，船长们就更加意志消沉了。唐顿在麻烦最严重时，写了一份私人备忘录，以这种形式为我们了解当时船上的消沉情绪提供了一个宝贵的机会。这份备忘录的语气一反唐顿努力在他的船员面前表现出的勇敢和幽默，使得这本备忘录更显辛酸。私底下，他"被各种迷茫的想法所包围"。他写道："现在，经过两年的航行，［我们发现］我们的给养已经用完，我们的船只、缆绳和用具磨损得很厉害，24 个月早就过了，船员只拿了这么长时间的工资，我们在去过的大多数地方都受到欺骗和侮辱……无论我们是否带着羞愧无功而返，只能遵从上帝指示了，因为我们意志软弱，前途渺茫。"

　　驶离穆哈港之前，两位船长估计了一下形势。他们最重要的任务，就是前往班达群岛，购买肉豆蔻和肉豆蔻干皮，但公司的指令允许他们先去印度，看看在贾汗吉尔宫廷里的威廉·霍金斯情况如何。他们选择了先去印度，于是向苏拉特驶去，但当米德尔顿得知苏拉特拒绝贸易时，他就带着霍金斯再次起航了。米德

印度的莫卧儿帝国皇帝贾汗吉尔与英国水手威廉·霍金斯结下了友谊。贾汗吉尔是个性格反复无常的酒鬼，逼迫霍金斯观看残忍的角斗士格斗。

尔顿被贾汗吉尔的不妥协态度气得七窍生烟，决定返回红海，强迫那里的印度独桅三角帆船把棉花卖给英国人。这有三重好处：一是穆哈的阿迦会因丢掉贸易而大发雷霆，二是这样可以狠狠整一下印度人，三是米德尔顿可以得到急需用来交换肉豆蔻和肉豆蔻干皮的白布。

不幸的是，正当米德尔顿的船队要在通往红海的曼德海峡设置封锁时，东印度公司第七支船队的指挥官约翰·萨里斯正接近穆哈港。萨里斯随身带了一封来自君士坦丁堡苏丹的推荐信，他无视米德尔顿不要与阿拉伯人贸易的警告，愉快地驶入了穆哈港，受到新阿迦——瑞吉布已被撤职——的盛情招待，他在穆哈做了一笔交易，并派了一个使团去萨那拜见帕夏。

阿迦听说米德尔顿要"扣押"从印度来的船，气得冒火，当即取消了他已经批准的与萨里斯的交易。萨里斯以最激烈的言辞提出抗议并反复保证他跟米德尔顿不是一路人，但阿迦拒绝相信这个谎言。萨里斯把一腔怒火转向了米德尔顿，他登上"加仓"号，大骂米德尔顿愚不可及。他发誓要尽其所能，打破米德尔顿的封锁。"这时，米德尔顿发毒誓说，如果我敢这么做，他就敢把我的船炸沉，放火烧掉所有跟我贸易的船。"接着爆发了一场激烈的争吵，两位指挥官"使用了与其身份地位不相配的污言秽语，当对方是敌人一样针锋相对"。

两个人最后还是做了一笔交易，他们决定分享"封锁"所得的战利品，但萨里斯心不在此，很快就起航去万丹了，并且没有按照通常的礼节跟米德尔顿告别就走了。米德尔顿很生气，他意识到想伤害阿迦的政策不起作用，就驶去了苏门答腊和爪哇，最后在万丹的大海港下锚。出发时曾被寄予很高期望的东印度公司第六支船队在这儿染有疟疾的浅水中挣扎前行。"加仓"号被凿船虫（船蛆）蛀得千疮百孔，不能再航行了。船员的情况也好不了多少：许多人患上了伤寒、痢疾和疟疾，死在腐烂生锈的旗舰甲板上。

"我向他们鸣了3响礼炮，"下一艘到达东印度群岛的英国船只上的商人约翰·乔丹写道，"但没有回应，也看不到英国国旗，无论船上还是镇上都没反应。我怀疑这艘船可能被当地人俘虏了，我又放了一炮……决定先不上岸，等得到确切的消息再说"。终于，乔丹"看见一个船艄从海岸边冒出来，来的是爱德华·兰利、克里斯托弗·卢瑟、纳撒尼尔·考托普以及托马斯·哈伍德，他们几个看上去都像幽灵或者说惊弓之鸟。我询问米德尔顿和我们其他朋友们的情况。［但是］我无法记录140名死者的姓名，剩下的那些人，无论在陆地还是在船上都生了病，这4个人是其中身体最壮的，但腿也几乎站不起来了"。

大多数人都已染重病。米德尔顿本人已故，有人说他是因为失去了他的船只心碎而死，"加仓"号不幸地未能担负起它的名号。关于该船的最后时刻，一位名叫彼得·弗洛里斯的商人这样写道："船被搁在干地上，已经没有了桅杆，船上的33人，绝大部分都生了病，船的一边被覆盖着，一边则没有。船上已经死了100个英国人，还死了更多为薪水干活的中国人，以及8个死于某种奇怪的疾病的荷兰人。""加仓"号最后的时刻来得太快。一个叛变的西班牙人放火烧了船板，这艘英国东印度公司曾引以为傲的巨船瞬息之间化为灰烬。

"爱人"号情况也不妙。它在到达马来半岛的北大年时接受了检查,结果被认为情况太糟,无法驶回英格兰了。它剩下的日子就消磨在东印度群岛各岛之间穿梭的代理贸易上。只有"干胡椒"号在漫长的回程中幸存下来,但就连这条船也没能抵达伦敦。唐顿很倒霉,被迫很丢脸地雇了一名法国人,把"爱人"号拖到了爱尔兰的沃特福德。当地没有欢迎他们凯旋的仪式,也没有3年半前欢送船只起航的人群。相反,唐顿于1613年10月登上陆地时,立即被逮捕,他被指控参与红海"封锁"的海盗行为。但他最后还是被释放了,然而这对提起他的心气于事无补,他日记的结尾沉浸在一片黑色的绝望之中。他写道:"这次乏味而又令人疲倦的航行就这样结束了。"

第八章

圣乔治旗

"加仓"号驶离伦敦的 4 个月前，英国东印度公司的总督托马斯·斯迈思爵士重新联系上了亨利·哈德逊。当时人们对香料贸易的信心空前高涨，而且随着威廉·基林成功返航，财富滚滚流进东印度公司的钱柜里，斯迈思显得兴致勃勃。

长期以来，他一直在考虑资助一次新的前往北极的远征，就在几个月前，他曾提醒他的公司委员会，"3 年来，本公司每年拨款 300 英镑，用于探索西北通道"，这笔款项还未用光。这还不是他唯一可以支配的款项，托马斯爵士同时是莫斯科公司的总督，该公司的商人对寻找一条通往东印度群岛的北方航线的热情正越发高涨。

另外还有两名重要人物出席了斯迈思和哈德逊的会面。达德利·迪格斯爵士是一位富有人士，那次会面后不久，他写了一本题为《地球周长论或西北通道论》(*The Circum ference of the Earth, or a Treatise of the North-West Passage*) 的书。该书浮夸单调，一位评论家说："他的许多好友说，他与其出版这么一本小册子，还不如把 400 英镑送人更好。"不过，迪格斯对探索发现很有热情，手里也握有足够多的财富来满足这种热情。参会的第

英国东印度公司第一任总督托马斯·斯迈思爵士，促成了詹姆斯·兰开斯特开创性的东方远征。

三个人是约翰·沃斯滕霍姆，他长期致力于推动前往未知土地的航行。

这三人都仔细研究过哈德逊关于曼哈顿周围地区的报告，并且都认为报告中说的那条大河并不通向太平洋，但北美还有最后一片地区可能存在一条通往香料群岛的西北通道，即约翰·戴维斯描述的那条神秘的"猛烈的湍流"。这条危险的航道后来被称为哈德逊海峡，不少探险家都曾尝试寻找过（乔治·韦茅斯坚信可以通过这座海峡抵达中国，他随队带了一个牧师，准备向那些异教的香料贸易商们传道）。尽管无人成功找到过这条航道，但大多数人回来时都带着它肯定存在的传说。

征求并取得詹姆士国王的同意之后，哈德逊于 1610 年 4 月起航，他的任务是"寻找美洲西北部一条通向苏尔海的通道，苏尔海一般通称南海，并促进与出产香料的东印度群岛之间的贸易"。穿过那条"猛烈的湍流"是哈德逊航行中最困难的一段，因为当时春天还未到来，冰山封住了水面。许多经验不足的船员开始担心自己的生命安全，而在前一次航行中曾与哈德逊同行的心胸狭窄的罗伯特·朱特则对哈德逊希望在"圣烛节（2 月 2 日）看到万丹"嗤之以鼻。哈德逊决心证明给朱特看，他把船驶入哈德逊湾时，"骄傲自信地宣称他已征服了这条航道"。但因为开始下起了初雪，船员们迫不得已要在荒凉的詹姆士湾过冬，他们的热情陡然下降，一小撮家伙开始密谋反叛。"天色已暗，"一个叫阿巴卡克·普里克特的船员写道，"他们准备实施这一阴暗的计划……此时，所有人都要休息了，但邪恶是不会睡觉的。"

哈德逊走出船舱时，两个人抓住了他，他们用绳子把他捆起来后，连同他的 7 个亲信扔进了船载小舟里。随后哗变者砍断了缆绳，支起船帆，扔下了哈德逊与他的同伴，他们"没有食物，没有饮水，没有柴火，没有衣物，也没有其他必需品"。随着这条小舟漂入黑夜中，残存的任何发现通往香料群岛的西北通道的希望似乎都消失了，从此再也没人见到过哈德逊这位伟大的北极探险家。

哈德逊注定不会被人遗忘。他被弃小舟之后大约 7 年，一位名叫托马斯·德尔默的精力充沛的船长开始仔细研究与哈德逊早期航行有关的所有材料。德尔默自孩提时代就沉迷于发现一条通向"香料产地"的快速路线，他把哈德逊的海图、计划和日记彻底研究了一番之后自信地宣称，这条难以找到的通道的确就在曼哈顿周围地区。他为何如此确定，至今仍不清楚，但他显然有足够的证据说服他的赞助商，很快他就开始了前往哈德逊河的航行，这是他两次前往该地航行中的第一次。

穿过长岛海峡及其不断变窄的入口，德尔默进入了上湾，他在这儿划船上岸，与一群印第安人交谈起来。这些印第安人证实了德尔默早先提出的一切，这让他非常满意。他激动地写道："在这个地方，我跟许多野蛮人交谈过，他们告诉我说有两条不同的通道，通向西边［美洲西海岸］的大海。他们主动提出为我当向导，其中一个人还用粉笔在箱子上画了一幅示意图。"但也有坏消息："他们说，一条［通道］因激流和险滩几乎不能通行，另一条没有问题。"

德尔默不想被他们的警告浇灭自己的热情，并且对即将实现毕生的梦想感到十分激动，他"怀着最大的期待匆忙赶到那些印第安人说的地方，想试试看上帝是否对我们仁慈，并尽我最大的力量去发现真相"。但他刚到"通道"，就刮起了一场大风暴，逼得他不得不转头逃跑，"差点儿就丢了性命"。

尽管暂时受挫，德尔默仍然因为他的发现而激动万分，他立即写信给塞缪尔·珀切斯，告诉了他这个历史性的消息。他甚至还画了一张那条通道的地图，"但我因害怕危险而不敢拿出来。就让这［封信］来证明你的希望吧"。这封信给珀切斯留下了足够深刻的印象，他将其收进了他编写的探险文集中，但德尔默在英格兰的赞助商对他们这位空想探险家的"发现"甚为怀疑，立刻召他返回英格兰。德尔默拒绝了，他要"坚决寻找下去，不达目的誓不罢休"。

当德尔默第二次尝试向哈德逊河口驶去时，他吃惊地看到了"来自阿姆斯特丹和霍恩的各类船只，他们每年都在那儿做着规模很大并且利润丰厚的生意"。令他更加不安的是，"有些荷兰人已经在我们称作哈德逊河的地方定居，跟土著做起生意来"。德尔默毫不客气地告诉他们，这片土地属于英格兰，"不许他们在这里定居，因为这是国王陛下划归给我们的"。荷兰人道歉说他们弄错了并告诉他说，他们真诚地希望"他们没有得罪人"。不过，他们并没有搬走的意图，因为这儿的海狸皮贸易比沿海其他任何地方赚得都多。

已经有荷兰人在曼哈顿周围定居的消息在英格兰引起的轰动，大大超过了德尔默对西北通道的所谓发现。詹姆士国王对荷兰人在香料群岛的好战态度已经很气愤，他决心要阻止他们重复在香料群岛的成功。在他看来，美洲海岸是属于他的，因为美洲海岸是一个多世纪前由效忠亨利七世的约翰和塞巴斯蒂安·卡伯特发现的。尽管这两位勇敢无畏的人都没有提出英格兰对这块土地的领土主张，但伊丽莎白一世后来指出，只要踏足美洲，就隐含着获得主权，《英国主要航海》（*The Principall Navigations*）的作者理查德·哈克卢特就支持这一观点。

尽管如此，英国商人的注意力全部集中在香料竞赛上，对在美洲沿海地区定居没有多大的兴趣。直到 1606 年，一位名叫费迪南德·戈尔德斯爵士的野心勃勃的商人向詹姆士国王申请了两家公司的特许状，一家在伦敦，另一家在普利茅斯。这两家公司得到授权在"在美洲通称为弗吉尼亚的地区"拓展殖民地，但规定殖民地之间要保持 100 英里的距离，这是一个致命的决定，荷兰人就是利用了这 100 英里的缝隙，巧妙地拿到了哈德逊河地区的领土权。

詹姆士国王得知荷兰人定居点的情况后，批准费迪南德爵士获得更大一片土地，使他成为从哈德逊河延伸至圣劳伦斯河这片广阔土地的主人。尽管他不能夺取已属于任何基督教贵族的土地，但特许状注明，詹姆士国王认为，任何贵族都不能"凭借来自他们的君王、领主或诸侯的授权"取得这片土地。

曼哈顿和哈德逊河此时安全地处在英国管辖之下——至少纸面上就是这样写的——詹姆士国王给他驻荷兰的大使达德利·卡尔顿爵士写了一封信，要他调查一下荷兰人是否真的已经在北美设立殖民地并正在派船给他们运送给养。多年来，达德利爵士一直在与荷兰人就香料群岛的归属问题争论不休，他回信报告了一个惊人的消息，他说阿姆斯特丹的商人的确与曼哈顿周围地区有定期贸易并"有代理商常驻该地"。但他又补充道，关于荷兰人殖民地的故事有点言过其实，并拒绝相信荷兰"已经或打算建立一片殖民地"的说法。不过，詹姆士国王还是坚持要达德利爵士正式提出抗议，大意是"国王政府最近知悉，荷兰人已在这些地区建立殖民地并以他们的习惯将港口和海港改名"。

事实上，詹姆士国王错误地把曼哈顿的商人与香料群岛的商人相提并论，联想到这些岛屿未来的命运，这个错误就很具有讽刺意味了。尽管的确有一小群荷兰人住在哈德逊河地区的木屋里——他们于1611年到达，即哈德逊关于有一片肥沃土地的报告传到他们耳朵里不久——他们几乎都不会认为自己是殖民者，因为他们待在这里只是为了用小物件换取供应十分充足的海狸皮。这些海狸皮就像肉豆蔻和肉豆蔻干皮一样，在自由市场上可卖到天价，几个世纪以来一直是北欧的抢手货，特别是在德意志和俄国，"海狸皮被用来做披风衬里，谁的衣物上若拥有最昂贵的皮毛装饰，谁就被尊为最了不起的人"。即使海狸皮被印第安人穿戴了多年，"满是汗臭和油渍"，也依然有价值。穿过的皮子实际上经常是所有毛皮中最值钱的，因为"除非海狸皮……油腻腻、脏兮兮的，否则不好制皮"。

荷兰人在东印度群岛令人瞩目的成功，促使詹姆士国王越来越激烈地宣扬其对曼哈顿周围土地的领土权，但他的大使达德利爵士所做的艰苦工作没有起任何作用。1621年6月，即德尔默在哈德逊河碰到荷兰船只之后不到3年，荷兰国会颁发给按荷兰东印度公司模式建立的荷兰西印度公司一份特许状，批准其对美洲东西海岸的专有贸易权，并授予该公司与土著领主达成条约、建立城堡和在各地区定居的特权。

不久，第一批荷兰移居者就来到了今天被称为新尼德兰的地区。1623 年春，一艘被相应命名为"新尼德兰"号（*New Netherland*）的船轻快地驶出泰瑟尔岛，船上载着几个"信奉新教的"家庭，踏上了横跨大西洋的漫长航程。他们的离去没有逃过"漂亮贝丝"号（*Bonnie Bess*）船员的眼睛，这艘英国船最近刚受"官方高层"委派驶向曼哈顿，探索该地区，并且"如果我们在那儿发现任何陌生人，如荷兰人或其他人，就将攻击劫掠他们，或把他们在海里击沉"。

结果"漂亮贝丝"号没能执行这一命令，"新尼德兰"号安全抵达目的地。只有一个移居者的名字为人所知，她名叫凯特琳娜·特里克，到达美洲 60 年后她写了自己的回忆录。尽管她把日期和姓名都混淆了，但她记得，"4 个女的和她同船……这 4 个女的在海上结了婚"。她也忘掉了这次航行的情形，我们从海事记录上才得知，"新尼德兰"号首先驶往了加那利群岛和"野蛮海岸"（即圭亚那），然后才驶向哈德逊河口。后来的移居者可不会像特里克女士那样这么容易就忘掉漫长海上航程的种种艰辛。正如驶向东印度群岛的那些船一样，只有少数付得起每天 1 个荷兰盾高额船费的人才可以住船舱，其他人则都挤在甲板之间臭烘烘、阴森森的狭窄空间里。许多乘客就在这里度过了两个月夏天和好几个月冬天，他们不能洗漱，浑身肮脏，地上满是猪、羊和鸡的污秽物。痢疾和热病大行其道，尽管大多数移居者都自带了药箱，但这些家常药丸和药膏对致命的疾病毫无作用。因此当他们终于看见美洲东海岸时，许多人都欣喜若狂。"空中飘来海岸的气息，"一位早期的乘客写道，"就像花园的气味。"他们仿佛来到了香料群岛。

在漫长的跨洋航程之后，曼哈顿的自然美景给他们留下了深刻印象。"我们十分高兴抵达了这个地区，"一个人记录道，"这里有美丽的河流和流进山谷里的泉水，平原上有流水的盆地，森林中有讨人喜欢的水果。河里有大量的鱼，土地适合耕种。更令人高兴的是在这儿可以来去自如，而不用害怕赤裸的土著人。"

移居者们在一片辽阔的土地上分散开来。据凯特琳娜·特里克说，有两家人和8个男子去了特拉华地区，6个人去了康涅狄格河，而剩下的总共18人乘船沿哈德逊河而上，到了离现在的奥尔巴尼很近的奥兰治堡。只有8个男人留在了曼哈顿"去占领"他们的新家。这些被送来哈德逊河的移居者为人诚实、干活卖力，与他们在万丹和班达的同胞不一样，那些人一般来说都是醉鬼，"完全不适合开拓殖民地"。他们靠自己的劳动换来食品和住所，他们的工作结下累累硕果。这些人"勇敢地开拓"，种下的谷物"差不多有一人高"。不过，他们还是有怨言："如果我们能养猪、牛和其他牲口宰食（我们天天都盼着第一批船能运来），那我们就不会想回荷兰了，因为凡是我们在荷兰那个天堂里想要的东西这儿都有了。"事实上，猪、牛和其他牲口都已经在路上了。根据一项周密的安排，一支救济船队已经起航，这3艘船上载着100多匹马和牛羊，3艘船分别被形象地命名为"马"号（*Horse*）、"牛"号（*Cow*）、"羊"号（*Sheep*）。

对第一批移居者来说，他们很难描绘曼哈顿的景象。那时，这里地形起伏、崎岖不平，靠近现今世贸中心原址的岛南端是一系列低矮多树的丘陵，其中遍布淡水池塘。兴建急需的新阿姆斯特丹堡垒的工作就是在这儿展开的。工程师克莱恩·弗雷德里克斯以及一些建筑人员得到"特别指令"之后，被派去绘制尺寸精确的堡垒草图。这座堡垒以班达群岛的内拉岛上那座坚不可摧的荷兰棱堡为蓝本建造，呈五边形，周长超过 1000 英尺。为了增加安全性，整座建筑由一条宽阔的护城河环绕。今天仍然可以找到这座堡垒的大致轮廓。下曼哈顿的海狸街、宽街、珍珠街和白厅街全都遵循着工程师弗雷德里克斯的原始平面图设计，百老汇、公园街和第四大道也是这样。

新尼德兰的第一任总督彼得·米纽伊特到达该岛时，堡垒正在修建中。他采取的第一个行动就是从土著印第安人手中把曼哈顿买了下来，阿姆斯特丹的商人为这笔交易已经催促了好一段时间了。"万一有任何印第安人住在前述岛屿，或宣称拥有其土地权，"他们写道，"……不得以暴力或威胁的方式将其驱逐，而要好言相劝［请他们允许我们在此定居］，或者以其他方式送点儿东西以安抚他们，或者让他们住在我们中间，同时应起草一项合约，让他们签署。"

米纽伊特遵从安排从土著印第安人手中买下了这座岛，付给了他们价值 60 荷兰盾的小玩意儿。一份寄往海牙的有关该交易的文件记录道："'阿姆斯特丹之臂'号（*Arms of Amsterdam*）昨天抵达这里……据他们报告，我们［在曼哈顿］的人情绪高昂，生活平安。他们的妻子都在那儿生了孩子。他们以 60 荷兰盾的价格从野蛮人那儿买下了'曼哈特斯岛'。该岛面积为 11 000 摩根 ①。5 月中旬时，他们就已播下所有的谷种，到了 8 月中旬就收割了。他们寄回了少量夏季作物的样品，如小麦、黑麦、大麦、燕麦、荞麦、葛缕子籽、豆类和亚麻。"

　　这份文件到达荷兰时，荷兰人在曼哈顿新建立的移民点已经度过了艰难的前几年。尽管移民点的人口开始迅速增长，但公司董事会从来就没有真正认为新阿姆斯特丹是一个殖民地。它就像班达群岛、万丹和东印度群岛其他地方的拓居点一样，不是为了自身的壮大而发展，而是为了增加公司的贸易利润。阿姆斯特丹的商人永远也想象不到，他们从英国人手中把曼哈顿夺过来，其实是为他们自己拿到了一个可以用来讨价还价的巨额筹码。

　　纳撒尼尔·考托普是亨利·米德尔顿爵士一败涂地的 1610 年东印度远征船队幸存下来的少数几个病人之一。当"加仓"号在万丹港搁浅时，他的合同还有 5 年才到期。他很快就会被派到接近腐烂的"爱人"号上，到不大为人所知的香料群岛去寻找潜在的贸易伙伴。在此之前，他和他幸存下来的同伴要在爪哇岛的港口万丹疗养身体。

　　万丹是英国人在东印度群岛的活动中心，也是英国东印度公司大多数船舶首先停靠的港口。尽管该地距离香料群岛尚有约 1000 英里的距离，但船都是从万丹起航，代理商都是从万丹派发，贸易也都是在万丹安排组织的。考托普的命运最终就要决定

---

① 荷兰等国旧时面积单位，1 摩根约合 8000 平方米。

于居住在这个港口的那些人。万丹港有一个不会引起任何人嫉妒的名声——"那个臭烘烘的大杂烩"。它是东印度群岛卫生条件最差的地方，尼古拉斯·唐顿眼看着他手下的大部分人都在城里死去时这样写道。很多人都会同意这个结论："万丹不是病人恢复身体之地，而是让身体健康的人完蛋的地方"。

东印度公司的年鉴记满了有关在万丹发生的瘟疫、各种疾病和死亡的通告信息，但只有一份埃德蒙·斯科特写的日记描述了在这个腐臭不堪、多病多灾的港口生活的全部惨状。斯科特担任由 10 多个英国人组成的小团体的总代理商的职务达两年多；这是一个艰难的时期，其间他亲眼看见他的两位上司先后去世，他手下的人也相继死于伤寒和霍乱。疟疾也大行其道，因为万丹周围渗水的泥滩和潮汐冲刷的沼泽地是大批蚊虫的滋生地。

斯科特手下的人总是害怕受到袭击，几乎每天都有人被偷或被抢。近两年的时间里，他们一直处在警戒状态，他们单薄脆弱的木头仓库周围围着一圈尖桩栅栏，"不断的警报声、男女和小孩儿的悲号声在我们耳中缠绕不休，"斯科特写道，"我们的人在梦中也在追赶爪哇人，有时会突然惊醒跳下床去拿武器。"

这些英国人无法指望从当地统治者获得任何帮助，因为他们的国王不过是一个孩子，真正的权力握在一个无耻的"保护人"手里，他总是对城里的外国贸易商高谈阔论。只有大笔贿赂当地官员，才能做成生意。然而，万丹繁华的商业生活不断吸引着互相竞争的贸易商从四面八方来到这里。在万丹蝇屎斑斑的小巷居住着各色人等，他们互相敌视，带来无穷无尽的麻烦。中国人、印度人、基督徒和穆斯林住在咫尺之遥的地方，他们又都受到爱吵架的爪哇人的厌恶。爪哇人之所以能够忍受这些外国人，是因为要依赖他们的贸易。更令英国人担心的威胁是城里那些肆无忌惮的猎取人头的土著蛮人，他们永远面临着人头不够的境况。"有些爪哇女人会在夜里把老公的脑袋割下来卖给这些人，"斯科特记录道，"她们在我们房屋周围徘徊。如果我们不注意警戒，她们肯定会试图割破我们的喉管，或者砍下我们的头。"城里非常缺乏人头，"他们好几次把刚埋在万丹的人挖出，把头割下来"。

凡是涉及商业事务，英国人与荷兰人之间就要无休止地互相争斗。炎热和无法忍受的潮湿更是火上加油，使得双方的争吵经常达到沸点，演变成暴力。只有在面临来自土著的严重威胁时，这两国的人才能结成统一战线。说实在的，在遭遇冲突的时候，多亏荷兰人的支持，那个英国小商馆才能幸免于难。"尽管我们在贸易上是死敌，"斯科特在两国人和平相处的某一时间如此写道，"在其他方面我们却是朋友，可以生死与共。"但在后来的岁月里，就连这点儿偶然的友善也消失殆尽。"这些荷兰人在这个地区气焰嚣张，"10 年之后一个英国代理商写道，"他们说的假话每天都被人揭露，他们野蛮的举止不受人尊重，而让人害怕。"

万丹的英国人还面临着一个问题，他们的仓库受到频繁失火的威胁。这是小偷最喜欢玩弄的伎俩，他们在英国仓库的上风向点一把火，接着趁火打劫，闯进仓库抢走香料。"'火'这个字啊！"斯科特写道，"只要在我面前说这个字，无论是用英语，还是马来语、爪哇语或汉语，哪怕我睡着了，也会从床上一跃而起。有时候，我的人在警戒时只是小声说了'火'字，我都会有这样的反应，以至于我不得不禁止他们夜里谈论火。"

某天夜里，真的失火了。10点左右，第二个守夜人从第一个人那儿接班时，两人都注意到仓库里冒出一股刺鼻的烟味。他们叫来斯科特，彻底搜查了一遍房屋，却找不到冒烟的地方。"这时，一个人想起箱子后面有一个耗子咬的洞，这个洞穿过天花板，通到布匹仓库里。"他们把箱子从墙边搬开，看见确实就是这个洞在冒烟，下层那个很少用的仓库已经起火了。时间紧迫，因为这个仓库放着两大罐火药，"我们很怕会爆炸"。

这些英国人一次又一次地试图扑灭火焰，但此时火已经烧起来了，浓烟熏得他们不断退向外面。情况危急，楼上房间放着1000多英镑黄金，很快就要损失殆尽。此时已经无计可施，他们只有寻求住在英国仓库旁边"可恶的中国人"的帮助，那些中国人同意帮忙搬走屋内的东西，但要大量黄金作为回报。

"大火扑灭之后，"斯科特写道，"我独自站在那里，认真考虑这场火是怎样烧起来的，心里感到非常痛苦。"令他不安的是火似乎是从地下开始烧起来的，由于烧到了地板下面的托梁，所以火势很快就蔓延开来。他觉得肯定是有人在捣鬼，于是撬开一小段地板，发现下面有一个隧道通向对面房子，他的怀疑得到了证实。斯科特发誓要报仇，他怒气冲冲地走到对面的房子，一把抓住两个人，把他们押回仓库，用铁链拴了起来。

斯科特一心想把所有参与阴谋的人都惩罚一番，凭着明智地使用了一把烙铁，他很快就得到一份所有罪犯的名单。其中一个被当地政府移交过来的人，拒绝承认参与其事，尽管他曾满城公开吹嘘他参与了。斯科特在日记中实事求是地写道："因此我觉得应该让他尝尝被烧的滋味（因为这时我们正在盛怒之下）。"

日记接下来是关于严刑拷打的一篇医疗诊断似的叙述，这场折磨十分野蛮，读来令人痛苦，尽管根据当时英国的司法制度，用严刑拷打逼供是标准程序。

首先，我让人用烧得通红的尖利的烙铁烧他的手指和脚趾，然后把他的指甲和趾甲掀掉。他毫不在乎，我们想可能是他的手脚被绑麻木的缘故。于是我们就烙他的胳膊、肩膀和脖子。接着我们又烙他的双手，差不多快烧穿时，便用铁锉把他的筋肉掏出来。过后，我让人用热得能烫焦东西的烙铁敲他小腿骨的边缘，然后让人把铁螺丝旋进他胳膊的骨头里，再猛地往外一拽。之后又用铁钳敲碎了他所有的指骨和趾骨。然而，他竟然滴泪不流，甚至竟然连头都没转动一下，手和脚也没动弹一下。当我们问他问题时，他就把舌头咬在齿间，用下巴撞膝盖，想把舌头咬断。我们用的极刑徒劳无用，于是我就让人用镣铐把他紧紧拴住。蚂蚁（白蚁，此地很多）钻进了他的伤口，他受此的折磨比我们上的刑还要糟糕。这一点从他的姿势上可以很清楚地看出来。

当地国王派来的官员想让我用枪打死他……这些人纠缠不休，因此，晚上我们把他带到野地里，牢牢地拴在一根柱子上。第一枪打碎了他膀子上的一块骨头，接下来的一枪在靠近肩膀处穿过他的胸膛。他低下头看着枪伤。放第三枪时，我们的一个人把子弹切成三部分，在他胸上打了一个三角形。他倒下去时被桩子绊住了挨不着地。但荷兰人跟我们不同，他们走之前，用枪把他射成了碎片。

权力与野蛮在万丹结成一体，但尽管对纵火犯使用了恐怖至极的酷刑，那些英国人的生活也并未因此而更加轻松。生活的压力在拥挤的空间日积月累，再加上不分昼夜地警戒，让他们缺乏睡眠，这开始影响他们的健康。"由于要长时间值班警戒，并且常常突然从睡梦中惊醒（因为我们经常为性命担忧），我们之中有些人精神失常了。特别是有一个人，他夜里时常会大发脾气，两三个人都没法把他按在床上。"他们不止打过一次打架，只有用脚镣手铐才能让他们清醒过来。

斯科特很快就意识到，他们之所以经常面临暴力威胁，主要原因之一是当地的爪哇人没把他们与荷兰人区别开来。有很多荷兰人住在万丹，他们对当地人敏感的问题几乎不加顾及，这些荷兰人在漫长的酒宴之后，踉踉跄跄地穿过这座虔诚的穆斯林城市的大街回家也毫不在乎。他们的行为导致"当地人和荷兰人之间发生过许多争吵，因为有些水手行为粗野。有很多荷兰人晚上遭人暗算"。有些荷兰人购买香料时如果觉得有利可图，就会假装自己是英国人，这让事情变得更加糟糕。斯科特的部下加布里埃尔·托尔森想出了一条区别两国人的妙计。他想到伊丽莎白一世女王的加冕纪念日就要到了——"当时我们以为伊丽莎白女王还活着"——便建议以最铺张的方式庆祝这个节日。当有人问起为何举行庆典时，就可以向当地人解释说，他们跟那伙荷兰暴民不一样，是在纪念他们的君王。

斯科特听取了托尔森的计划，但起初有些怀疑。"我多次迟疑不决，不知道该不该实行这个计划，"他写道，"我担心如果英格兰方面得知此事，会认为这很荒唐。"最后他还是妥协了，他命令手下的英国人都穿上白色绸布衣服，围上红白两色的塔夫绸围巾，他们做了一面"中间有红十字架的旗子"，掸掉了战鼓上的灰尘。

"这一天到了，我们在房顶竖起了圣乔治十字旗，击鼓鸣枪，在我们驻地游行，因为只有 14 个人，我们就一个接一个地排成排，举枪射击。"这场演出取得了预期的效果。成百上千好奇的当地人，包括城里最重要的一些人物都拥到英国商馆，问他们在庆祝什么。"我们告诉他们，那一天是我们女王加冕 46 周年的日子。无论英国人在什么地方，都要庆祝这一天。他［当地一个要人］对我们大加赞赏，说我们到了这么远的地方还这么尊敬我们的君主。"

有些人则对英国人的行为表示不解，问为什么城里的其他英国人不庆祝女王加冕日。这正是斯科特希望人们问他的问题。于是，他明显带着骄傲的语气"告诉他们，那些人不是英国人，而是荷兰人，他们没有国王，他们的国土是由总督治理的"。有些人听到这种解释时将信将疑，跟他说这些所谓的荷兰人一直都坚称他们是英国人。"但我又告诉他们，他们是靠近英格兰的另一个国家的人，说的是另一种语言，如果现在去跟他们谈谈，就会听出他们是另一个国家的人。"

这一天的演出大获全胜。随着英国商馆不断鸣放的庆祝枪声，一队孩子绕着大街小巷叫着"Oran Enggrees bayck, orak Hollanda jahad"，意思是"英国人好，荷兰人糟"。

斯科特很快就了解到，跟当地爪哇人打交道，形式与内容同样重要。此时距庆祝当地国王割礼的节日不过几周时间了，他准备送上一份大礼，这份礼物虽然比荷兰人的便宜，但保准会让人留下深刻印象。"在其他所有人中，"他写道，"我们要尽我们所能展示最好的。"当地酋长、领主和荷兰商人购买金银珠宝作为礼品的时候，这些英国人"买了一株漂亮的石榴树，上面结着累累果实……石榴树被放在一个用藤条和芦苇编成的框架里，有点像鸟笼子，但里面很宽敞。我们在树的根部培上土，土上又加了一层绿草皮，看上去这棵石榴树就像仍在生长一样。我们在绿草皮上放了3只银制脑袋的小兔子，那是海军中将送给我的。在树顶以及枝叶的周围，我们用线编织了一群不断啼鸣的小鸟。于是，看起来这株树……结满了鲜果，小鸟快乐地在树顶欢叫"。

斯科特的手下人花了几天时间制作这件手工艺品，他对最终的成品感到很满意。他本想带着一队英国少女把礼物送给国王，但是，"我们没有女人。因此我们借来30个最英俊的小伙子"。加布里埃尔·托尔森又一次证明了他的能力。斯科特写道："托尔森船长有个很帅气的小伙子，是个中国人。我们把他打扮得跟国王一样光鲜，让他把礼物送给国王并向国王致辞。"送礼物的队伍由一个号手带领，后面跟着10个火枪手，人人都身着英格兰的红白二色衣装，跟着的是长矛兵，都是中国人，最后才是那个"帅气的小伙子"，他头上还有一个遮阳的华盖。

这个礼物让国王非常高兴，当他得知英国随行人员带来了烟花要让他欣赏时，更是喜不自禁。这一天在马戏表演老虎游行中达到高潮，国王不情愿地接受了割礼。他最喜欢的礼物是"一张铺着漂亮被子的床，床上有12个长枕和丝织枕头"，但他是否马上用上了这张床就无案可查了。

斯科特最后离开万丹时，对他经历这场磨难而幸存下来感到惊讶：他在这个城市的全部岁月中，掩埋了不少他的同胞，也目睹（并参与）了史无前例的野蛮行为。然而，他所受到的严酷待遇丝毫未伤他作为英国人的骄傲，而他捍卫国旗的不屈不挠的决心激励着后来的代理商——如纳撒尼尔·考托普，对他们来说，爱国主义和忠于职守甚至比做生意更重要。

"在此，有件事如果略去是不合适的，"斯科特在他日记的最后几页中写道，"但事情联系起来，有些人会认为我爱慕虚荣，是为自己和跟我一起的人的名誉才这么做……所有的陌生人和其他一些人都提到，我们如何敢于跟那些憎恨我们的人作对，［而］当［万丹］不再有英国人留下时，世界各地的人们就会谈论我们的表现有多么不一样。"

随着时间的推移，他的预言将会实现，但英国在东方的存在还需要 10 多年的经营。尽管亨利·米德尔顿爵士的第二次远征以灾难告终，东印度公司董事们情绪依然高涨，他们正考虑扩展在东方的贸易。考托普 1611 年到达万丹时，他们的代理商已经遍布该地区，为英国货物寻找市场，公司档案里充满了报告不为人知的落后地区贸易可行性的信件。代理商的使命常常归于失败：在望加锡，英国代理商因为荷兰人制造的一场"可怜的惨剧"迫不得已逃走了，荷兰人"不像基督徒，倒像是食人族一样谋杀了国王最爱的侄子"。而在柔佛，轮到英国人留下坏印象了，以致柔佛国王写信给邻近的国王，告诫他远离这些"卑鄙的人、醉鬼和小偷"。甚至中国这个一向被视为最有发展潜力的市场从此也禁止他们进入了。科钦王袭击了一艘英国商船，将其掀翻，"用鱼叉叉鱼似的把英国人、荷兰人和日本人及其随从刺成肉块，杀死在水中"。

伦敦商人对持续不断的坏消息具有难以置信的适应能力，他们下定决心不仅要在"其他地方"寻求贸易，还要委派比过去人数多得多的代理商。然而，尽管他们如此热情，大多数英国商馆不过是临时的基地，其维持的时间要视代理商的身体健康状况而定，通常不超过几个月。如果说万丹的生活总是艰苦难熬，那么考托普将要驻扎的边远离岛情况常常更加糟糕。公司代理商源源不断寄来的信件充满喋喋不休的抱怨和不忿，尽管经常受到疾病的威胁，对大多数人来说难熬的还是想家的心情和极度的孤独。有些人因孤独而神志不清，如平户岛一位代理商威廉·尼尔森写的一封奇怪的信中所显示的那样。这封信满是谜语、双关语和离奇的指涉，开头这样写道："翌日，恶霸；翌日，翌日。为了恢复我的身体健康，我没有忘记，空腹喝一壶炙热的蓝色麦芽酒，外加一块燃烧的吐司，过后［为了娱乐］拿一根带尖头的棍子，和他们一起跳过连起来的凳子。"

其他的人疯倒是没疯，但对雇主给的待遇有很多怨言。"在国内，无所事事的人赢得声名，"一个不满的代理商写道，"在这儿，他们却因诚实的努力而声名狼藉；在国内能得到尊重和回报，在外则无人尊重，让人伤心；在国内薪资看涨，在外薪水仅有国内的三分之一；在国内生活安逸，在外只有难过、烦恼和不快；在国内安全，在外则很不安稳；在国内自由自在，在外少不了被奴役。一句话，在家一切都随心所愿，在这儿则没有一事顺心。"

经常可以听到对拖欠薪水的抱怨，这也是令代理商们很难过的事，因为大多数人都是因为可以赚钱的前景才被吸引到东方来的。更令人恐惧的是始终存在的死神的幽灵，它索取着定居东方的这些人的性命。代理商的平均预期寿命不超过 3 年，这也就难怪许多人都效仿在印度的威廉·霍金斯，他厚脸皮地承认，要利用自己在外的时间中饱私囊。纳撒尼尔·考托普也不例外，根据1613 年冬从万丹发给伦敦的一封信的记录，他和其他几个代理商被指控"偷窃公司货物，欺骗私营商人，表现蛮横，爱慕虚荣，扎着金扣腰带"。此外公司还注意到"这些代理商突然之间积累起巨额财富，每人达五六百英镑之多"，并且"他们对东家背信弃义，表现不公"。考托普受到"巨额财富"被下一次抵达东方的船只没收的威胁，而且他肯定也担心自己会身无分文、前途无望地留在这些偏远岛屿。于是考托普忏悔了自己的不轨行为，并且为自己的错误写了一份"自愿检讨书"。这是一个明智的举动，因为他很快又受重用了，他于 1614 年春受命前往婆罗洲西南海岸的一个港口苏卡达纳，据传在那儿"能买到世界上最好的钻石"。

苏卡达纳此时已经成为公司一个作风比较浮夸的代理商索封尼·科祖克的根据地，他是一名职业水手，绰号"俄国人索封尼"（Sophony the Russe），但更有可能被称作"哈萨克人索封尼亚斯"（Sophonias the Kazak）。他已经在东方唯一拥有丰富钻石矿产的地方建立了一个基地。在考托普的帮助下，两人着力发展这项利润丰厚的贸易，并调查哪些货物的价值最大。

他们在苏卡达纳面临的困难与这类遥远地区的所有代理商面临的困难相似。由于他们完全要依靠英国船只送来食物和钱，因此只要有一艘供应船被吹离航线，商馆就会从繁荣跌入饥荒边缘。当"爱人"号消失了很长一段时间之后，又重新进入苏卡达纳的海港时，船长万分惊讶地发现，商馆"已向荷兰人举债，代理商处于贫穷乞丐的状态，因为从万丹发出的帆船先到了望加锡"。尽管考托普和索封尼身体很好，但他们"完全没钱了，因此他们不得不拒绝了 1000 克拉的钻石交易"。

考托普把苏卡达纳变成了一个兴旺发达的生意场所，他廉价买进钻石，再运到万丹转手卖出，他很想扩展这个贸易。当他得知，婆罗洲富产黄金、钻石和毛粪石——这是一种取自动物胃中的凝结物，据信可用作解毒剂——他就派索封尼去那里考察。他（把指令副本抄送了一份到万丹）要求"俄国人索封尼前去兰达克与这些地方的总督洽谈，讨论英国人在该地建立商馆的安全问题"。除此之外，他还要"私下查访他们是否害怕苏卡达纳人，如果是这样，我觉得我们的人不可能与他们平安相处"。考托普以典型的玩世不恭的语调——这种玩世不恭的态度在班达群岛的漫长时光中显得更突出——结束了他的指令："总之，不要为没有结果的希望感到高兴，但如有可能，他们凡是说了什么或答应了什么，都要带回相应文件［书面确认］。"

索封尼这次使命没有成功，主要是因为"当地人太野蛮……他们故意躺在河里，想把所有能袭击的人的头砍下来"。索封尼和他的两个同伴遭到 1000 多个暴民的袭击，"奇迹般地逃脱了"，他们之所以能幸免于难，是因为他们发现土著"不习惯弹药和枪炮，不得不跑上岸去"。第二次远征武装精良，取得了较大的成功，这在很大程度上要归功于英国人的火枪。索封尼写道："整个国家的力量，都挡不住 9 个人。"

1616 年夏，考托普辞去了他作为苏卡达纳总代理商的寂寞职位，回到了万丹。他花在工作中的精力并未被忽视，公司很遗憾地让他走了。他离开后不过几个月，钻石贸易就"乱成一片"，出现了大量"偷窃和霸占现象"，苏卡达纳成了"一批迟钝而无用的阿谀奉承者的避风港，他们喝酒吃肉花钱，专干坏事"。一些负责任的人都呼吁考托普回来，"因为得有个对这个地方有经验的人来才合适"。

　　这个要求无人理睬，因为考托普需要参与一项更重要的使命。新任总代理商已抵达万丹，名叫约翰·乔丹，他对东印度群岛的生活有着丰富的经验，对前面的任务有着无限的热情。他决心为他的国家争得班达群岛的领土权，而纳撒尼尔·考托普正好适合这个工作。

第九章

君子之争

　　约翰·乔丹于1607年冬前往伦敦，想在东印度公司谋求总代理商的职务。目前尚不清楚他做出这一决定的动机，但当时他加入了多塞特的莱姆里吉斯港一家获利颇丰的船舶公司，并且作为莱姆里吉斯市长之子，他得以参与许多海外商业冒险。也许他来东印度公司是受到了暴富的诱惑，但还有一个令人信服的理由是他跟妻子关系不和，不愿在家里过不幸福的生活，选择了自我流放，到他写遗嘱的时候，他的婚姻已经完全崩溃了，他把妻子从遗产的安排中完全排除，只给她留下很少一笔钱。那位可怜女人的晚年"是在挨家挨户乞讨"，以及给东印度公司没完没了地写信，要他们"按照她的出身和身份给以相应的年金"中度过的。

　　公司董事们对此的回应是偶尔往多塞特寄些礼物——他们至少能为这位寡妇做这一点，毕竟她的丈夫是公司最伟大的代理商。乔丹很早以前就认为，香料贸易的未来在班达群岛，他也尽其所能促进英国在该地区的利益。他在东方待了5年多之后回国，拟写了一份很有说服力的文件，阐述加强与香料群岛这些遥远岛屿贸易关系的重要性。他把这份文件直接寄给了托马斯·斯迈思爵士，后者宣称自己读后印象非常深刻，随即召开了一次特别会议，以介绍"乔丹有关在印度群岛继续推行贸易的意见"。公司委员会讨论了文件内容之后，便召乔丹到公司总部来，细心听取了他的意见，他陈述了英国在该地区的劣势，并且认为至关重要的是要"保护他们在万丹的生意并力图在班达发展贸易"。委员会一些成员抗议说，这肯定会导致与荷兰人发生冲突，乔丹向他们保证："荷兰人不敢打英国人，也不会打。"他没说实话，因为乔丹已经知道，未来在香料群岛的贸易将不可避免地与荷兰人发生冲突，这在他上次的东方之行中得到了充分的证明。1613年冬，他从万丹起航前往安汶岛，该岛盛产丁香，在荷兰人牢牢控制之下。乔丹非常清楚荷兰人在安汶岛上的状况：他在岛北面的一个叫希图的村庄彬彬有礼地向荷兰船长自我介绍后，提出他们与其从土著那儿购买丁香，导致价格抬升，不如以稍高于成本的价格从荷兰人那儿购买。荷兰船长表示对这个提议很有兴趣，但说得征求上司意见。这个回答激怒了乔丹，他"回答说，这个地方不属于荷兰"。

当荷兰船长终于把官方的答复交给他时，乔丹被答复的强硬措辞惊呆了。在这两页"口气戏弄"的信中，荷兰总督表示"非常吃惊，因为他们已经与当地人就岛上生长的所有丁香签订了合同，我们怎敢强行挤进来"，而且他强硬地劝告乔丹"不要跟该地区的人做任何丁香的交易，如果我们敢这么做，他们会尽一切力量阻止我们"。他的威胁很快变成了行动，因为当地土著头领刚把少量香料提供给英国人，荷兰人就发来警告说"他们［荷兰人］要在希图建造一座城堡，然后烧了他们［当地土著］的镇子"。这足以使土著惊慌失措，"他们非常恐惧，不敢接待我们了"。

乔丹终于与荷兰总督见面时，压不住自己的怒气，大骂他专事欺骗、态度傲慢、谎话连篇。乔丹无奈的处境令总督非常开心，他有意用失败刺激乔丹，说他什么香料也没买到，还开了几个残酷的玩笑，调侃"爱人"号尺寸太小。乔丹实在难以忍受，就跟总督讲，荷兰人追随英国人，"就像犹太人追随耶稣一样"，还威胁说他们总有一天会为他们的傲慢"在多佛和加莱之间"遭报应，这个威胁后来成了东印度公司的一段传奇。乔丹带着受侮辱的痛苦出海去往邻近的塞兰岛，大卫·米德尔顿曾在那儿成功地建造了临时基地。

乔丹上岸后发现要面对的是扬·彼得松·库恩，他是荷兰船队中的一位年轻船长，注定要成为东方最冷酷无情的荷兰总督。这两个性情倔强的男人之间第一次见面就很自然地发展成一场争吵，两人互相指责，互相谩骂。库恩"用暴躁的态度"呵斥乔丹，而乔丹使用了多年水手生活积累的粗话。乔丹被要求出示委任状时，"回答说，我不知道他还这么熟悉我的委任情况。既然他如此了解，他的长胡子［他根本没有胡子］就没法教我履行我的职务"。他知道他开的这个玩笑能伤害库恩的自尊心，因为这个没胡子的荷兰人不过 26 岁，对自己的年龄问题非常敏感。他的确也没原谅乔丹的侮辱，他将用 6 年的时间策划他的血腥报复。

库恩不厌其烦地把他跟乔丹的会面记录下来，寄给阿姆斯特丹的上司，其中为了提高自己的地位，不惜赞扬他的对手。他写道："乔丹给我们造成很大麻烦，我跟他发生了很多争执。他是个狡猾的家伙，只要对他的计划有利，他什么都要试一试……我们要尽一切力量挫败他的努力，因为如果他成功，我们就完蛋了。"

不久，乔丹就找到第二次羞辱荷兰人的机会了，当库恩宣称当地土著仇恨英国人时，乔丹召集土著头领开了一次大会，他哄骗库恩也出席，然后要这些土著头领当众宣布愿意跟谁做贸易伙伴。"他们一起站起来回答说：我们唯一的愿望就是跟英国人打交道，但我们每天都受到荷兰人的威胁……因此我们几乎不敢跟你说话，害怕他们近在咫尺的武力威胁。"这次会议使乔丹在道义上取胜了，甚至让他得到了少量香料，土著因他的存在而胆大起来，开始"背着荷兰人"向他出售丁香。当荷兰人持续不断地威胁导致土著放弃贸易时，不再抱幻想的乔丹就前往了万丹。

在万丹，情况简直不可能更糟了。在亨利·米德尔顿爵士远征中幸存的最后一批人都奄奄一息，贸易因互相竞争的代理商之间的仇视事实上已经陷入停顿。乔丹抵岸后，找到值得信任的纳撒尼尔·考托普了解情况，秩序显然已经完全崩溃。万丹的两群商人，即第六次航行和第八次航行的商人都在忙于激烈的内斗，双方对乔丹的抵达都不高兴，米德尔顿去世前不久已任命乔丹为总代理商。乔丹知道，"他们很不喜欢我上岸来，决定不欢迎我做商人领袖"，但乔丹并不知道他的出现会招来多么大的敌意。他因为"不了解任何内斗的情况"，犯了一个错误，他没去看上城的人，就先去拜访了下城的人。上城的那群商人觉得受到了冷遇，公开敌视乔丹。一个名叫罗伯特·拉金的顽固任性的水手，"尽管脚都站不稳"，却自封总代理商，答应如果乔丹当天晚些时候回来，就和他谈判。乔丹同意了，却发现拉金"身上不疼了，也没病了，而是疯子一样狂奔过来，找人要了一把好剑，威胁说如果我不滚出他的房子［这就是他的原话］，就用剑刺死我"。

乔丹以他特有的从容不迫面对了这些威胁。他在日记中写道："看到这个世界发生的变化如此之大，我哈哈大笑起来。"也许这是因为他意识到，权力完全崩溃之时，正是他恢复地位的最佳时机。但他第二天上午回去拿钥匙和账目时，"他们手持枪和剑，站出来反对我，说他们不承认我是总代理商，而且我跟这个生意毫无关系"。乔丹彻底灰心失望了，他告诉这些代理商："我不会在万丹待下去给他们添麻烦，也不想跟他们为伍，我会尽快准备好船只。"他说话算话，不出几天就备好"爱人"号起航出海了。

6周后，一次意外事件又把乔丹带回到万丹。他沿苏门答腊海岸行驶时，看到两艘英国船，他发现船长是托马斯·贝斯特，即东印度公司第十船队的指挥官。贝斯特是个"忘恩负义、贪婪无耻、傲慢不逊"的人，他喜欢闹闹嚷嚷的性格经常受到手下船员的抱怨。他得知"爱人"号装着半船丁香，于是想到了一个绝妙的主意，他想把这船货买下来，这样就不用再麻烦去安汶岛或班达群岛了。乔丹对此很不高兴，提了其他一些解决方案，"但怎么也不能令指挥官贝斯特满意，丁香闻起来很香，他非要我们陪着他回万丹不可。没有其他解决办法，我也只好同意"。其实，贝斯特签了一项协议，要利用他的权力恢复乔丹的总代理商职务，回报是拿到"爱人"号上的丁香。

他们刚到万丹，贝斯特就把计划付诸行动了。他召集全体英国代理商开会，"他说据他所知，第六次航行和第八次航行的代理商之间有些争执和摩擦，从前的其他航行也有此类现象"。见大家都点头，他把矛头指向代理商们，斥责他们"给我们祖国和光荣的公司及老板丢脸，在一个地方盖那么多房子，都是为一个公司干活儿的，质量却参差不齐，互相也不团结，真是丢尽了我们国家的脸"。

贝斯特的这些话一语中的，抓到了问题的核心。尽管万丹的代理商都受雇于东印度公司，但每次航行他们都只为自己牟利，而不为公司总体利益着想。贝斯特在强迫乔丹出售他的丁香时，表现得并不比挨他训的那些人更光明正大，但他至少有先见之明，能够意识到万丹的英国人团体只有在某种能够超越各次航行的个体要求的权威之下，才能生存下来。他的结论是："这地方只能有一个头儿。"谁来做这个头儿，这也许是毋庸置疑的。乔丹很谦虚地写道："在指挥官和他们全体的劝说之下，我满意［尽管违背我的心愿］地接受了这个职位。"终于，万丹有了一个总代理商，而且是一个对东印度群岛贸易的未来有着远见卓识的总代理商。

乔丹坚信，英国人现在应该把活动集中在班达群岛，他捎信给土著头领说，英国商人不久就会大批到达。但尽管乔丹有总代理商的职衔和影响力，他也无权决定到达万丹的船只的最终目的地，船只造访哪座岛屿，要由远征队指挥官来选择，乔丹的权限仅能指挥爪哇港口的几条舢板。一年多来，他连一条船都没能派到班达群岛去，这让他很生气，他写了一封措辞激烈的信给伦敦，抱怨说："［由于］今年没有任何船去，他们［土著］会因此失望。他们今年的确指望着英国，可现在希望落空了，他们只能相信荷兰人的话了，荷兰人跟他们说，他们4年才能看得到一艘英国船，这些船并不能给他们带来好处。"

一艘小型英国船于1614年春停靠过大班达岛。船长理查德·威尔登写信把他的到访告诉了乔丹，催他派一条船来，什么船都行。"因为班达岛上的人十分奇怪，怎么这么久都没有英国船来。他们宣称，如果英国人来的话，他们愿意生死与共，因为现在所有班达岛上的人都与荷兰人公开宣战了，他们已经杀了不少荷兰人。"威尔登补充说，班达岛的贸易比前几年利润更多，他决意要"在下一个风季之初"再去那儿。

威尔登的信来得正是时候，因为乔丹最近手上就有两条船可用。他备好"协和"号（*Concord*）和一条名叫"急速"号（*Speedwell*）的舢板，派了两位代理商乔治·鲍尔和乔治·科凯恩去探索扩大与班达群岛贸易的可能性。鲍尔得到的指示是："与当地人商讨他们贸易的现状。如果据你观察他们愿意贸易……你可以把索封尼·科祖克和理查德·亨特留下来，再留一个英国人和一个愿意服侍他们的黑人。"这是一个重大的进展——第一次有一个有影响的人提出，班达群岛要有英国人长驻。

来自班达群岛的消息并不太好。荷兰总督杰拉尔德·雷恩斯特最近刚抵达该群岛，他带来一支拥有 11 艘船的船队和一支上千士兵的军队，受命要取得对班达群岛不可挑战的控制权。他的船队驶入内拉港时，火山惊人地爆发了，那些迷信的岛民因此深信，某种不祥的事件即将发生。

那两位乔治——鲍尔和科凯恩很快就到了班达群岛，他们直接驶入内拉港并在荷兰堡垒前下锚。荷兰船引起了他们片刻的担忧，但他们还是鸣了几炮向荷兰船只打招呼，然后准备第二天早上去拜访雷恩斯特。他们明智地利用了见雷恩斯特之前的时光。两人划着船前去大班达岛，与土著头领联系，询问建造带防御设施的英国商馆的可能性。那些土著一看见英国人，就大倒苦水，其中一个头领"指着荷兰人的城堡说'这座城堡使我们的老人落泪，不再有孩子出生'，他说上帝把这个地区给了他们，又让荷兰人像瘟疫一样降临到他们头上，跟他们打仗，企图用不公正的手段从他们手中夺走这个地区"。

直至此时为止，英国船只尚未受到荷兰人的干扰，但当英国船员回到船上时，一艘满载士兵的荷兰舢板让他们停下来，命令他们去见总督。双方短暂对峙之后，荷兰士兵便开火了，鲍尔意识到抵抗没有意义，就派科凯恩作为使者上岸去了。

自从看见英国船只驶入海港，雷恩斯特就一直怒气冲冲。此时，就有一个英国人站在他面前，他提出要亲眼看看科凯恩的东印度公司的文件。科凯恩拒绝交出来，把雷恩斯特气得都快中风了。"他接着站起来，把他的文件甩在我脸上，大骂我们是地痞流氓，根本没有伦敦的托马斯·斯迈思的任何证明，更令人讨厌的是他还讽刺我们光荣的公司。"他补充说，詹姆士一世国王最近宣布，荷兰人"对班达的这些地方拥有别人不拥有的唯一的权利"。雷恩斯特又骂了几句，最后说"我们到这儿来的目的就像之前那两个叫基林和米德尔顿的人一样，是想躲着他们再偷航几次"。

很明显，英国人在内拉岛或大班达岛的贸易运气不会太好，于是第二天早晨他们就前往了大班达岛以西5英里的艾岛。雷恩斯特立即命令一队荷兰船只尾随他们，但这些船在一场大风中被甩掉了，科凯恩在无人阻拦的情况下上了岸，艾岛岛民"对我们的到来感到很高兴"。雷恩斯特对这座盛产肉豆蔻的小岛几乎没有施加什么控制，但艾岛的头领们还是担忧内拉岛上驻扎的上千士兵，害怕因为热烈欢迎英国人而受到袭击。他们从基林和米德尔顿的举动中得知，英国人和他们一样憎恨荷兰人。他们听说英国人想在岛上建立一家永久商馆，立刻表示了同意。和岛民签订了协议，设立了商馆后，鲍尔和科凯恩满载着肉豆蔻离开，让索封尼·科祖克和几个人留下来守卫艾岛。其中一个是名叫约翰·斯金纳的贸易商，他对他们坚不可摧的商馆充满信心，写信给一位朋友说："说实话，我赌上我这辈子全部身家，荷兰人绝不可能得到班达群岛，因为班达岛民宁可牺牲生命，也不愿受制于荷兰人。"让他更为欣慰的是，火山此时猛烈喷发，巨石下雨般地落到内拉岛的荷兰城堡上。据斯金纳称，荷兰士兵"已经开始离开城堡"，他相信要不是因为性情暴躁的雷恩斯特，他们也许早就一起从群岛上逃走了。

雷恩斯特很快就把那些摇摆不定的人收拾得服服帖帖，告诉他们说，他们不仅要在这儿待下去，还要对艾岛发起强大攻势。许多人只求赶快逃离火山造成的危险，却并没有意识到，艾岛险峻的地势使进攻行动极为艰险。一位观察家写道："艾岛海岸如此之陡峭，仿佛大自然特意留给自己的，全岛只有一个地方可供船只锚泊，但该地实在险要，谁敢把锚抛下去，就别想再起锚了，而且还会威胁全船人的安全。"这次侵略计划在 1615 年 5 月 14 日开始，雷恩斯特——他对种种困难嗤之以鼻——信心十足，自认为用不了几个小时，这座岛就会落入荷兰人手里。他不敢贸然行动，近 1000 名荷兰士兵和日本士兵与艾岛上的 500 名战斗人员对峙着，荷兰人以火枪和大炮武装到牙齿。但从荷兰士兵发起攻击的那一刻起，他们就被遭遇到的抵抗吓住了。艾岛土著的枪法比他们在内拉岛或大班达岛上碰到的那些人要准得多，而且岛上的堡垒也设计得特别好。这些堡垒从海岸线往山上蜿蜒延伸，因此即使荷兰人攻陷了很长的一段城墙，他们还是会受到山坡更高处防守者的攻击，这让他们很恼火。

艾岛上的英国人花了很多时间和精力准备防御。他们不仅拟订了一项周密的岛屿防御计划，还训练土著如何使用火枪，教他们如何坚守阵地。如果艾岛岛民不是面临压倒性的强大兵力，小岛也许不致失守。但荷兰人一浪接一浪的冲锋使守卫者们逐渐丧失了信心，夜幕降临时分，荷兰军队成功地占领了艾岛大部分地区，只有一个偏远的堡垒还在班达人的控制之中。随着太阳西沉，荷兰人庆祝了他们的胜利，然后就上床睡觉了，他们相信明天整座岛就会属于他们了。

这是一个致命的错误。凌晨时分，班达人从堡垒中钻出来，发起了一场凶狠的反攻。荷兰士兵睡得迷迷糊糊，对周围环境又不熟悉，成了活靶子，当场就有27人被打死了。他们且战且退，回到船边的路上，又有许多人受伤。两个荷兰人以为他们败局已定，就突然调转枪口，向敌人投降。其中一个人爬到树上，一枪便把他以前的两个战友放倒。荷兰人受尽屈辱。随着几艘船艰难地驶回内拉岛，他们彻底失败了。在这一天的战斗中他们损失36名士兵，有200人受伤，两人叛变。雷恩斯特伤心至极、羞愧无比，从此一蹶不振，几个月后便一命呜呼了。

英国人在这场大溃败中所起的作用被扬·库恩记录下来，他写了两封信给阿姆斯特丹的荷兰东印度公司。在第一封信中，他告诉他们说，英国人"想收割我们播下的种子，他们扬言说想干什么都行，因为他们的国王对新尼德兰拥有主权"。在第二封信中，他更直截了当。"我可向你们保证，"他写道，"如果你们不趁早寄来一大笔款项……整个东印度群岛的贸易就很有可能归于失败。"

事实上，荷兰东印度公司正考虑继续攻打艾岛，1616 年春，他们派遣商船队长扬·德克兹·拉姆去班达群岛执行一项简单的命令：带领荷兰人拿下艾岛。艾岛上的土著早已知道，荷兰人会回来惩罚他们，而且同样确信，他们无法抵挡荷兰人的第二次进攻。因此，他们要求索封尼·科祖克用船送他们的一位头领到万丹去，亲自把一封信交给约翰·乔丹。信中说：

> 我们甚至从遥远的国度都听说，英格兰国王与全世界都保持着友爱与和平的关系……而且从未损害我们的宗教，也没有企图推翻我们的法律，从未试图以武力征服任何人的王国，仅以和平与友好的非暴力方式寻求贸易。
>
> 因此，我们都想与英格兰国王达成协议，因为现在荷兰人想尽千方百计，企图征服我们的国家，毁灭我们的宗教。基于这些原因，我们班达群岛的所有人对荷兰人这些婊子养的恨得咬牙切齿，他们极尽所能撒谎作恶，企图以阴谋诡计征服所有人的国家。正因如此，我们才对他们恨之入骨。我们现在一致同意，永远不再与他们贸易，永远视他们为不共戴天的仇敌。因此，大家都认为应该发这封信……愿英格兰国王出于博爱关心我们的国家和宗教，给我们些枪支弹药，以便我们与荷兰人开战重新，夺回内拉城堡。在上帝的护佑下，我们只把岛上生产的所有香料卖给英格兰国王，决不卖

给世界上的任何其他国家。

这份协议只有一个附加条件："如果班达岛民在小事上让英国人不满，或者英国人做出令班达岛民讨厌的事情，双方应像朋友一样互相协商，忍让对方的过错。我们只希望你们不要试图推翻我们的宗教，不要在我们的女人身上犯什么过失，因为这两件事是我们不能忍受的。"

这一番话在乔丹听来就像音乐一样美妙，他早就梦想扩大艾岛的英国商馆了。现在是行动的时候了，于是，1615 年 12 月，他集合了"托马斯"号（*Thomas*）、"协和"号和"急速"号 3 艘船组成了一支船队，命令他们立即驶往班达岛。但他们正要离开万丹时，乔丹接到扬·库恩的一张条子，对方警告他说，从现在起，禁止英国船只进入班达群岛，如有任何船只违令，将会被武力驱逐。"如果造成任何伤亡……他们概不负责。"

塞缪尔·卡斯尔顿率领的两艘英国船的新近到达增强了乔丹的决心。卡斯尔顿一直就想去班达群岛，他无意因为扬·库恩一封傲慢的信就改变他的使命。他建议把所有的舰船集合起来，组成一支小型舰队，于 1616 年 1 月起航，这将成为英国最奇怪的一次前往班达群岛的远征。这主要是因为舰队指挥官的怪癖，他的行为使荷兰人感到莫名其妙。卡斯尔顿在伦敦大吹大擂，谈他如何以非传统的方法保持水手们的健康，曾令公司董事们瞠目结舌。这些方法包括每天要在船上烘烤新鲜面包，手工磨制谷物，他认为这是"有利于保持人们身体健康的一种锻炼方法"，还下令通过一套复杂的蒸馏和火炉系统把淡水与盐分离。如果这套系统有效，他打算让每艘船上都安装一座移动海水淡化装置。不幸的是，这项计划彻底失败了，他的船员还是有死亡的。卡斯尔顿认为，这都是这些人自己的错，因为他们全是十足的酒鬼。

他的舰队到达艾岛外海时，由商船队长拉姆率领的一支新的荷兰舰队已在拿骚堡垒附近锚泊。

拉姆麾下的人比他的前任更多：舰队共有 12 艘船，以及1000 多名士兵，不久又有第二支舰队和增援部队加入。他们监视着英国船只在艾岛和岚屿一带潜伏的情况，过了几天拉姆才意识到，这两座岛正在加固工事，英国人正在岚屿上建造某种城堡。他立刻命令手下人准备对艾岛发起全面进攻，但他们的舰队刚从内拉岛出发，就和英国人交上了火。原来，卡斯尔顿的 5 艘舰船已经进入两岛间那道深深的海峡，堵住了去艾岛的通道。双方放了几枪，正要开战时，一个奇怪的事件使战斗突然中止。卡斯尔顿似乎恰巧得知荷兰指挥官的姓名，便派一条小船划到拉姆的船旁边，向这位指挥官致以问候并解释说，他对拉姆从前对他的帮助深为感激，不忍心继续这场战斗。他又对惊讶的拉姆说，他已命令手下舰船撤退并为可能的冒犯表示歉意。

卡斯尔顿的确有充分理由感谢拉姆。大约 3 年前，他曾在大西洋的圣赫勒拿岛停船加水，但遭到两艘葡萄牙宽体帆船的突袭，迫不得已离港出海，把一半船员留在了岛上。拉姆率领的两艘船此时刚刚离开该岛。卡斯尔顿追上前去请求帮助。拉姆同意了攻击葡萄牙人的请求，最终他们解救了英国水手，但也损失惨重，拉姆在战斗中失去了一艘船。

现在情况不同了，卡斯尔顿希望报答拉姆从前的好意。卡斯尔顿被请到荷兰指挥官的船上，受到拉姆的热烈欢迎，后者十分高兴地与他签订了一项君子协定，规定英国人的舰队撤退并提供艾岛的防御情报，作为回报，一旦荷兰人占领了艾岛，他们就可以与艾岛自由贸易。两人握手言欢。卡斯尔顿也许是因为背叛了艾岛居民而感到一丝愧疚，当拉姆攻取艾岛时，他驶去了塞兰岛。他离开前的最后一项行动是指示艾岛上的驻岛英国代理商理查德·亨特在即将爆发的战斗中严守中立。

艾岛的土著长老们绝望地看着英国船离去。他们召开了一次会议，把最后希望寄托在亨特身上，他们正式表示臣服，把艾岛和岚屿交给了亨特，并在该岛城堡的城垛上升起了圣乔治十字旗以示忠诚。除此以外他们已经没有别的办法，只能等待荷兰人的进攻。

尽管荷兰人占压倒性优势，但进攻艾岛的第二次战役的挑战性并不亚于第一次。一支由荷兰士兵和日本士兵组成的强大部队再次登陆，一路攻克一座座堡垒，他们很惊讶他们的对手班达人竟如此顽强。夜幕降临时分，荷兰人夺取了大部分关键阵地，但还未取得对全岛的控制。他们害怕重复去年的灾难，便整夜坚守阵地，直到清晨一支大的增援部队登陆。但一场暴雨阻挡了荷兰人，战斗又持续了两天，之后他们才最终控制了艾岛。此时，班达人已经弹尽粮绝，大多数人都逃到了岚屿，在那儿继续抵抗荷兰人。

拉姆征服艾岛后，不敢再冒险了。他在靠近海岸处修筑了一座坚固的堡垒，并长期驻军，还给堡垒起了一个很合适的名字，叫“复仇堡”。“这是一座正五边形的堡垒，构筑坚固，配备了各

艾岛上荷兰人所建复仇堡破损的入口。许多英国人曾被关押在要塞地牢中，痛苦地抱怨所受的虐待。一个人写道："他们往我们头上撒尿，……我们从头到脚都溃烂了，就像麻风病人一样。"

种物资和士兵，应当算是荷兰在东印度群岛最坚固的堡垒了。"这个堡垒至今还在，其无人照管的壁垒爬满了常青藤，操练场里有一群山羊。但堡垒上的城垛状况完好，一门生锈的大炮仍然指向岚屿，炮筒上镌刻着"VOC"几个字母，即"Verenigde Oost-Indische Compagnie（荷兰东印度公司）"。拉姆与被征服的班达岛人签订了一项正式协议并借此机会确认了荷兰人对班达群岛大部分岛屿的控制权。大班达岛和内拉岛很不情愿地与处于垄断地位的荷兰人签署了协议。小岛罗斯根很快也照此办理。艾岛受到最严苛的对待，因为拉姆规定这里肉豆蔻的收购价格要比其他岛低 20%。在班达群岛的所有岛屿中，岚屿成了唯一一没有被荷兰军队占领，也未与荷兰东印度公司签署任何协议的岛屿。

理查德·亨特此时逃到了岚屿，"因为荷兰人发誓要绞死他并悬赏了巨额奖金抓他"。他最后还是回到了万丹，但在那儿，他阴谋活动的消息远近皆知，不幸成为荷兰人仇恨英国人的活的象征。据约翰·乔丹说："理查德·亨特经过一条窄街时，迎面碰见了两个荷兰商人并排走来，不给他让路。于是亨特把他们其中一人推到一边，结果双方打了起来。荷兰人因为靠近他们住处的后门，很快就叫来了 20 多个帮手，朝亨特扑过去，把他痛打了一顿，然后揪着他的头发，把他从灰土里一直拖进他们的屋里。"他们发誓要在杀死他前让他受一番罪，于是"把他放在门口大太阳下的船里暴晒"。这一切都是当众做的，就是为了向当地人证明，荷兰人的力量不可小觑。乔丹意识到了这一点，便决定和他们硬碰硬，他威胁说要没收"他们最好的货物"，把他们用脚镣手铐拴起来，在英国人的大门外示众。但他还没有机会来采取威胁的行动，亨特就出人意料地被释放了，一支新的英国船队到达了万丹海湾。船队的司令官是经验丰富的威廉·基林，他敦促人们要克制，尽管他对亨特所受的虐待很恼火，但"他假装没看到，于是这件事就不了了之"。街上仍有个别人在继续打架，甚至互相残杀，但从官方层面上讲，英国人和荷兰人保持了和平。

英国东印度公司和荷兰东印度公司的管理层都意识到，如要继续从香料贸易中获利，就必须维持和平。然而，和平之路一直难行，在遥远的东印度群岛，和平经常会变成一种实际的战争状态。早在 1611 年，英国董事们就觉得有必要控诉某些荷兰指挥官采取的好战立场。他们因不断接到雇员受到暴力袭击的报告而震怒，并且"他们长期以来耐着性子忍受荷兰人骇人听闻的不正当行为和伤害，最终迫不得已打破沉默"。在给英格兰财政大臣的一封长信中，他们详述了种种冤屈，请求他们出面与荷兰沟通。詹姆士国王批准了这一想法，指示他在海牙的大臣开始行动。尽管荷兰人对英国人的大多数控诉都提出了异议，但他们同意于 1613 年会面，"以促进友情，加强友好关系"。

荷兰派出了一支优秀的谈判队伍，由著名法学家胡果·格劳秀斯带领，他上一年出版了著名的《论海洋自由》(*Mare Librum*)。这本书有一个意义巨大的副标题："论荷兰人拥有与东印度贸易权的问题"。就像曼哈顿的荷兰人一样，他也主张，只要一国在一块土地上修筑了一座建筑物，这块土地就自动归该国所有。他补充说，荷兰人与英国人不同，在与东印度群岛的土著作战中花费巨大，有鉴于此，英国人对他们与该群岛的贸易权提出异议是完全不公平的。英国东印度公司不同意这一看法，他们认为是他们第一个抵达这个地区的，因此有权与香料群岛进行贸易。英国董事们雄辩地宣称："你们还不知道这些地区存在时，我们就以条约和协议的方式，得到他们领袖和居民的合法批准，这一点我们可以轻而易举地予以证明。"这次会议结束时没有签署任何正式协议，但还是取得了很有用的结果。会议使双方走到了一起，许多人都认为，如果不把这场对话进行下去，那将是很愚蠢的，因此大家都同意双方两年之内还应再会面一次。

　　第二次会议是在班达群岛发生了许多流血事件的背景下召开的，这次会议后来成为两家公司留下的传奇中比较奇特的一次事件。会议开始时的形势与前一次类似，双方都在老调重弹。但几天之后，英方代表团被邀请与荷兰大议长约翰·范奥尔登巴内费尔特见面，大议长提出了一个惊人的建议，他想让两家公司合并成一家战无不胜的组织。英国首席谈判代表亨利·伍滕爵士立刻给伦敦的董事写信，指出这样做的好处："如果我们和他们联合起来，把西班牙人赶出东印度群岛，我们就可从东印度群岛获利，就像他们从西印度群岛获利一样。"尽管英国董事们仍抱有极大怀疑，他们还是针对合并起草了一项详细提案并拟订了这个巨型公司的财政计划。他们预计合并将会带来巨额利润：每年将从东方运回超过60万英镑的香料，这是西欧每年能够消费的上限。西班牙很快就会被挤出这个地区，土著头领将迫不得已降低万丹的税金，与中国的贸易也会生气勃勃地继续进行，甚至水手间的纪律也会得到改善，因为这两个国家之间再也不会发生对立竞争了。

　　荷兰人急于展示和解的态度，这个建议提出前不久，荷兰东印度公司便写信给鲁莽的扬·库恩，命令他避免与英国人发生任何冲突或"虐待"英国人。库恩见信大怒，立刻写了一封尖刻的回信："如果日日夜夜都有得意的盗贼闯入你的房子，他们还根本不为抢劫或其他罪行感到羞愧，你不施以'虐待'，怎么能保护你的房子不受他们的骚扰呢？英国人在摩鹿加群岛正是这么对你们做的。因此我们接到指令要求不要伤害他们时感到很吃惊。如果英国人取得了这种超出其他所有国家的特权，那做个英国人一定很不错。"

结果海牙的谈判破裂了，英国人提交了他们自己的提案，遭到了荷兰人的拒绝。在经历了所有的情绪起伏和几个月的讨论之后，双方发现他们又回到了起点。到了1615年晚春，英国代表意识到，已无任何可以讨论的余地了，便返回了伦敦。

扬·库恩正是在谈判进行的这些年里开始惊人地爬上高位的。他第一次航行去东方是1607年，他首次接触香料贸易的结果很不幸，因为他驻扎班达群岛期间，范霍夫及其助手惨遭杀害。库恩坚信英国人在伏击计划中起了重大作用，他的仇恨似乎大都源于这一想法。

1612年，他第二次去香料群岛。就在这次担任总代理商期间，他与约翰·乔丹第一次发生争吵。他们两人都有一个共同目标，那就是控制整个班达群岛的香料贸易，但库恩为了达到目的，愿意采取更加血腥的手段。他要攻占岛屿，征服土著人，建立荷兰殖民地，以抗衡英国在当地的存在。尽管荷兰东印度公司已经派出少量拓居者，但他们几乎都不是库恩心里想要的那种人，而是些爱"狂饮滥嫖"的杂牌军。在以后的岁月中，库恩一直坚持

在东印度群岛，10磅肉豆蔻值1便士，但在伦敦可卖50先令。药剂师从他们的香丸中获利丰厚，特别是在黑死病肆虐期间。"我承认，肉豆蔻很贵，"一个人写道，"但廉价药物会要你的命。"

要求派来一批层次更高的拓居者，特别是有手艺的人。他写道："哪怕他们光着身子来，我们还是可以用他们的。"

如今，阿姆斯特丹国立博物馆挂着一幅库恩的画像。它画于万丹，画上的人个子很高、身材笔挺，长着一张长条窄脸，眼睛深陷，嘴唇薄薄的，鼻子似鹰，两颊凹陷苍白。这绝不是一幅讨人喜欢的画像，它揭示出，库恩是一个完全控制自己命运的人。和库恩同时代的对他为数不多的描述完全称不上是赞颂。他的一位同事形容他"充满意大利式的狡猾"，其他人则说他双手骨节粗大，指尖细长。他绰号"De Schraale"，意即"瘦弱的"，也指他冷酷的性格。

库恩的众多信件更清楚地显示了他的性格。他是个矜持的人，一心扑在他认为属于他的职责上，没法耐着性子与蠢人相处。他会毫不迟疑地说出心里的想法，经常顶撞上司，认为他们愚蠢短视。他讲求实际，很有数学头脑，作为一个严格的加尔文派教徒，他绝无半点浮浪习气。至于幽默感，他是绝对没有的。

库恩升迁很快，他证明自己是个成功的总代理商一年之后，就被提拔到总簿记官的要职，又过了 12 个月，他就成了很有影响的印度群岛理事会会员。当时杰拉尔德·雷恩斯特对艾岛袭击未果，不久就身亡了，库恩很可能曾经有希望被擢升到总督的职位。结果，阿姆斯特丹的荷兰东印度公司挑选了一位衰老的贵族劳伦斯·雷尔，这人似乎把许多时间都花在他的衣着上。库恩无法忍受此人也是意料之中的，他强烈反对雷尔与英国人打交道的策略。雷尔的反应则是取消了库恩禁止英国人驶向班达群岛的指令，命令库恩"不得采取任何粗暴方式，以武力驱赶英国人，以免在本地区引起战争，延及欧洲"。

库恩故意无视这些指令，继续袭击英国舰船。"如果我做错了，"他在一封致阿姆斯特丹的信中写道，"［但我不相信我做错了］请给我指出，我会照办的。英国人威胁说要把我的塑像挂在英格兰最高的绞刑架上泄愤，用盐腌我的心……雷尔不敢下决心坚决地对付英国人，要求进一步的命令。我希望你们最新的命令会让他满意并改变他的态度。"

荷兰东印度公司最初对他们在东方的这位好战的雇员表示了忧虑，但随着他的详细信件、文件和资产负债表倾泻般地进入阿姆斯特丹的总部，他们终于坚信，与他们打交道的这个人有着惊人的天赋。尽管资金不足，他还是不断地运回大量香料。董事们暗示总有一天他将被视为最高职位的合适人选，给他加了工资并许诺如果他继续好好干，还会不断加薪。但董事们从他们这位勤劳的雇员那儿一句感谢的话都没听到。"我还以为我的工作要比你们给的报酬更有价值呢。"他以他特有的嘲弄方式写道，指出其他人得到的报酬远比他多，而"成效甚少"。这一句讽刺的话是针对雷尔说的，后者也对给他加薪深为不满。雷尔决计逼使董事会重新考虑他们给的报酬，他决定赌一把，于是辞去总督的位子，接着就强烈暗示，如果他的工资涨到令人满意的程度，他就很愿意重回岗位。"改变主意是人的特性……"他写道，"如果情况合适，特别是比较好的工资保障的话，我可能会被诱使待得更久。"雷尔辞职时严重地错误估计了他的老板。荷兰东印度公司董事会早就在考虑撤他的职了，而现在雷尔给了他们一个绝妙的机会。他们写了一封客气的信，接受了他的辞呈，便立刻把刚刚31岁的扬·库恩安排在他的位置上。

和平的时光已经过去：在给库恩的一封信中，公司指示他："必须针对敌人采取大规模行动；必须征服班达岛民，杀死他们的领袖或将其逐出该岛。如有必要，可斩草除根，把该地变为焦土。"

库恩巴不得赶快执行这个命令。考托普则决心阻止他。

第十章

血色旗招展

1616 年 10 月，纳撒尼尔·考托普被约翰·乔丹任命为"天鹅"号和"防御"号（*Defence*）的指挥官。乔丹早就赏识考托普的才能，现在要派他的这位朋友去完成一项极为重要的使命。他要求考托普驶往马卡萨购买大米和补给品，然后直接前往岚屿，希望当地土著"期待他的到来，并准备好欢迎他"。他必须成功控制岚屿，这至关重要，因为在班达群岛的 6 座主岛中，只有岚屿还在荷兰人的控制之外。如果荷兰人像夺取艾岛一样夺取这座岛，就可以控制全世界的所有肉豆蔻供应，也会彻底控制香料群岛，英国人将没有一座能够用来发动进攻的基地。

乔丹非常清楚失败的后果，他向考托普提供了这次使命的详细说明，乔丹要求考托普召集岚屿和艾岛的头领，确认他们是否依然承认从前曾向艾岛代理商理查德·亨特臣服，当时他们宣布效忠詹姆士一世国王。如果他们还承认，考托普必须以书面方式予以确认；如果他们不承认了，那就要逼使他们妥协。乔丹补充道，如果荷兰人"想来硬的，他就必须拼尽全力，甚至不惜牺牲生命和财物守住岚屿"。他根本想不到考托普会多么彻底地执行他最后这条命令。

"天鹅"号和"防御"号在 10 月的最后一天起航，乘着清新的和风，于 1616 年 12 月 23 日到达岚屿。一向谨慎的乔丹曾提醒考托普要当心部分土著的背叛。"你到岚屿时，"他说，"要表现得礼貌和气，因为这些人脾气暴躁、反复无常、缺乏自信，经常背信弃义，喜欢为一点儿小事动气，激动起来比黄蜂还要麻烦。"考托普担心受到不友善的对待，就把船停泊在海湾，"派我的小艇上岸，去打探一下岛民的情况"。情况很快就搞清楚了，当地土著根本没有要背叛的意思，他们看见英国船来了喜出望外，因为跟荷兰人的不断斗争使他们疲倦不堪，许多从艾岛逃到岚屿的人都处于很可怜的状态。自那时以来，岚屿实际处于被封锁的状态，许多岛民几乎到了饿死的边缘。

考托普极为认真地记录了岚屿的正式臣服，这很有先见之明，后来正是他的这一文件被用作无可争辩的证据，证明英格兰对岚屿拥有主权。他邀请头领们来到"天鹅"号，问他们"是否与荷兰人签订了任何合同，并向他们投降了。头领们都回答说没有，而且永远也不会这样做，他们把荷兰人看作不共戴天的仇敌"。岚屿的头领的确全都极力表白自己对英格兰的忠诚，反复向考托普保证，他们从前的臣服依然有效。

当被要求以书面方式记录他们的臣服时，头领们都很配合，他们拟定了一份协议，把岚屿"永远"献给英国国王。"詹姆士国王蒙上帝恩慈，既是英格兰、苏格兰、法兰西和爱尔兰的国王，现在得上帝恩赐，也成为普罗威［艾岛］和普罗林［岚屿］的国王。"詹姆士国王后来将会有充分的理由珍视这个头衔。读到这几行字时，考托普手下一个人讽刺说，从这两座岛获得的利润肯定会大大超过苏格兰。

这份文件接下来写道："而且，我们全都同意，前述两岛之商品，即肉豆蔻干皮和肉豆蔻，我们不能，也不会卖给其他任何国家，只卖给英格兰国王之臣民……鉴于前述岛上的所有头领都签署了这项协议，可以确信，这份协议并非在疯狂或草率的情况下起草的，而是产生自他们心中的决定，他们不可能再推翻或背弃此协议。"

这项协议附有一个条件："我们请国王陛下不要做一些有违我们宗教的事情，如侮辱我们的妇女、在我国养猪、凭借武力抢夺男人财物、虐待我们的男人，以及诸如此类的事情……这些事不符合我们的风俗习惯。"文件由岛上11个头领正式签署，双方互相握了手。还有最后一项仪式需要举行，以证明头领们说话算话。一株用该地区独特土壤包裹的肉豆蔻幼苗作为忠诚的表示，被亲手交给考托普，这一举动不仅仅是一种象征，因为它表明头领们完全信任考托普的领导。接下来头领们和考托普怀着极大的诚意共同举行了一个丰富多彩的小型典礼，给整个活动带来了狂欢节的气氛。英国人鸣响所有大炮，庆祝岚屿被"俘获"，村里的长老也还之以礼，升起了圣乔治十字旗，接下去的两天在友好的庆祝活动中度过。

很遗憾，关于当地头领如何看待考托普这个衣着怪异的英国人没有留下记载，也没留下考托普任何肖像画，但英国东印度公司档案中的信件证明了他令人钦佩的地位，他似乎立刻得到了手下人和土著班达人的尊敬。他诚实、说话直率、严守公正，他的正义感和严格的道德感与岚屿岛民鄙视的荷兰指挥官形成鲜明

在伊丽莎白时代，肉豆蔻树仅生长在班达群岛。据信其果实可以治疗"盗汗病"（黑死病），此病在"传染病流行的瘟疫时代一直存在"。

对照。

"船长"主持的庆祝活动在圣诞节这一天突然中止，因为有人发现一艘荷兰船正从西边而来。在紧急召开的会议上大家一致同意，应火速加固岚屿的防御。为此他们把3门大炮搬上岸，抬到岚屿最高的悬崖顶上一座临时平台上。结果证明此举十分明智，因为3天后，那艘荷兰船就派舢舨驶入海湾，"进入了我们堡垒的射程"。接下来是紧张的对峙，直到荷兰船升起血色旗帜宣战，而后匆忙驶去内拉岛才结束。这一行为结束了考托普逐渐变得渺茫的希望，他觉得不可能在岚屿上久留了。荷兰人显然根本不打算让英国人待在岛上，并准备使用武力驱逐他们。

然而，考托普对荷兰人侵略的威胁并不过分担忧，他知道岚屿的天然防御令任何人都极难攻占。岚屿南面海岸线是一长串陡峭的悬崖，没有绳索根本不可能爬上去。这儿的海面波涛汹涌，湍急的海流卷起波浪，向黑色的岩壁猛力砸去。任何想要在此登陆的船只，几乎肯定会被岩石撞得稀烂或被水面以下的暗礁粉碎。"天鹅"号和"防御"号停泊的北面海岸对考托普来说却比较麻烦。从东、西两个方向而来的船只都可进入北面海岸的小港。荷兰人的船只要停泊在海湾，就几乎可以毫无困难地瞄准岚屿唯一的居民区。但这里的地势也对考托普有利。有一道高高的悬崖俯瞰港口西端，从这里观察海湾的视野极佳，英国人只要在这道岩壁设防，就可有效地阻止爪哇来的敌船进入威胁村庄的射程。

港口东边入口是岚屿最难防守的地方——一道长长的珊瑚礁把岚屿与小岛奈拉卡连在一起，奈拉卡岛是由粉末状沙滩和棕榈树组成的低矮环礁。这座小岛对岛民极为重要，因为它周围的浅水为捕鱼者提供了丰富的资源。在被包围的情况下，奈拉卡岛必须控制在手里。考托普研究这座小岛时意识到，如果他把大炮指向东面，就可以在内拉岛来船还未进入威胁岚屿海港的射程之前，就对其发起进攻。他只要设置第二组指向西面的炮群，实际上就可以控制万丹驶来的所有船只。

圣诞节一过，考托普的手下就开始修筑防御工事了。一座堡垒被命名为防御堡，另一座则被命名为天鹅堡。两座堡垒都分别配有三门重炮。大炮刚刚到位，一支小型荷兰舰队就乘着一阵强劲的东风，趁英国人不备，从内拉岛驶来。考托普还没来得及装填大炮，这支舰队就驶入了岚屿港，停泊在"天鹅"号和"防御"

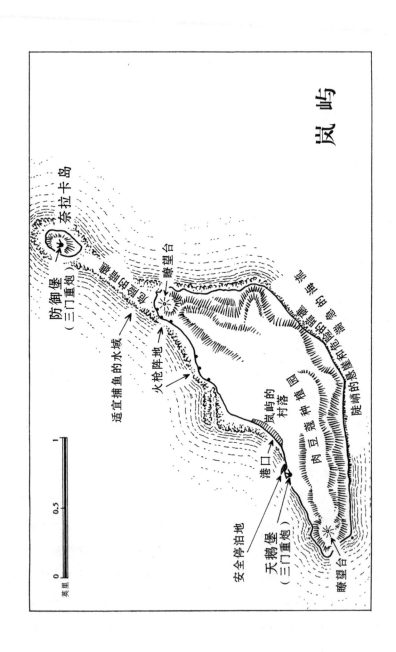

岚屿

奈拉卡岛

防御堡
（三门重炮）

瞭望台

适宜捕鱼的水域

火枪阵地

岚屿的村落

港口

安全停泊地

天鹅堡
（三门重炮）

肉豆蔻种植园

瞭望台

英里　　0　　　0.5　　　1

号旁边，切断了从岸上援救两艘船的可能。

考托普的当务之急是通知荷兰人，岚屿已臣服英格兰。因此他派信使到荷兰旗舰，警告他们的指挥官科内利斯·德代尔，岚屿现在已属英国，他应在"6只沙漏流干前离开，否则岛民……会从岸上向他们开火"。德代尔对这一消息很感兴趣，为拖延时间，他要求在"天鹅"号上与考托普见面。考托普同意了，并"让他看了岚屿的投降书，向他宣示了英格兰国王陛下对此地的占有权，我们将尽我们所能维护这一权利"。德代尔似乎对这份文件印象深刻，据英方对这次事件的描述，他把文件拿在手里，"仔细阅读之后说：'这是一份真正的降书'"。

但德代尔拒绝离开港口。尽管"大船舱中的沙漏仍在流"，他还想更多地了解这位英国指挥官并打探他手上掌握的兵力情况。考托普反复提醒德代尔，他已经用暗藏的大炮瞄准了荷兰的船，一旦第六只沙漏流完，土著居民就要开火了。德代尔掂量了自己的人手，最后相信了考托普的威胁，在兵力不足、炮火不足的情况下，憋着气撤回了内拉岛。英国人后来得知，德代尔是带着攻击岚屿的指令来的，但他没料到考托普已在岸边排列了炮阵。

不到一周之后，有人发现一艘荷兰舢板在奈拉卡岛一带探测水的深度。这引起了考托普的密切关注，他命令手下人鸣枪示警，逼使那艘舢板匆忙驶入海中。这一事件后来被荷兰人作为英国人首先开火的证据。

尽管岚屿的防御工事至少在短期内阻止了荷兰人发起进攻，但考托普意识到，岚屿极易遭到海上封锁，更糟糕的是，他登陆岚屿时几乎未带给养。他的两艘船只装了几只鸡和少量大米及棕

一条狭窄的海峡把班达群岛居中的一组岛屿分开，为英国和荷兰船提供了安全的锚泊地。尽管英国人被禁止在此锚泊，但大多数船长都对荷兰人的这一威胁嗤之以鼻。

桐酒，其中大部分都在来岚屿的途中消耗掉了。这些英国人在路上无法补充给养，到达后才发现，岚屿能提供的食物极少。尽管岛上生长有大量肉豆蔻，但土著岛民没有足够的鲜果和蔬菜可供食用，除肉豆蔻外，唯一茂盛生长的植物是西米棕榈，其多树脂的树干可以煮出一种黏稠的粥样淀粉。岚屿的居民一向都依赖周围临近岛屿提供给养，但现在这些岛屿都已处在荷兰人的严密控制之下。他们要补充给养只能指望那些偶然进入群岛天然港口的帆船或商船。

　　更为严重的是缺水问题。岚屿没有淡水资源，岛民传统上是用"水罐和蓄水池"收集雨季的雨水，然后在旱季节约用水生存的。但考托普的人来了以后对水的需求大增，淡水很快就开始枯竭了。他们中的一伙人提出要乘船到内拉岛或大班达岛去补充给养，但考托普认为这样做过于危险，便命令他们要靠减少配给生存。考托普对这伙反叛精神从来不强的人的权威，此时却因为同行各船之间的意见不合削弱了。许多职业海员对要在这个偏远荒岛上度过数月的前景十分恐惧，他们在"天鹅"号船长约翰·戴维斯的带领下，宣布他们打算去塞兰岛装满水桶。戴维斯与那个更有名的同名人并无亲戚关系，他是一个经验丰富的水手，参与过不下 5 次往返东印度的航行，可他的领导才能不那么明显。他爱吵架的性格惹恼了他手下的很多船员，而且经常因为酗酒而影响判断力。

　　考托普"很不高兴"，恳求他重新考虑，但戴维斯已经厌倦了岚屿，拒绝待在岛上，"执拗地对抗我的命令"。戴维斯正要起航时，从大班达岛来的一条当地小船，带来了一条惊人的消息。大班达岛一座村庄的长老们听说岚屿的情况后，召开了一个会议，决定向"国王陛下"臣服。他们东面 4 英里的罗斯根岛也要求获得英国保护。

　　既然戴维斯坚持出海，考托普便命他先去大班达岛，然后再去罗斯根岛，以便正式接受岛民的归顺。他还建议让索封尼·科祖克及其他 3 位代理商人在罗斯根岛上升起圣乔治十字旗，并在那儿建立一座商馆。戴维斯执行了这些指令，但没能说服科祖克登上罗斯根岛。村里的长老们向英国国王献出该岛之后，他们就起航前去塞兰岛海岸边一处水源地了。

　　他们很快装满了水桶，于是戴维斯计划返回岚屿，但他刚出海，"天鹅"号就遇到了麻烦。狡猾的荷兰指挥官科内利斯·德代尔一直在他的"晨星"号（*Morgensterre*）上暗中监视着这些英国人，此时他决定发起进攻。"天鹅"号大小与荷兰人的船相似，曾经是一艘"战斗力很强"的船，但它的船员身体很差，又在忍饥挨饿，而且船上的大部分枪炮都搬到岚屿上去了。戴维斯感到自己处于弱势，就想驾船甩开"晨星"号，"但我还没来得及这样做，他们就朝我开了两枪，尽管他们追赶我时，我已在海上走了8里格了"。在劲风的协助下，德代尔设法把他的船与"天鹅"号摆成平行，他手下的人得以把铁钩抛到英国船的甲板上。接着荷兰人上了船，双方拔刀相见，开始了血淋淋的肉搏战。"我们贴身战斗了近一个半小时，"戴维斯回忆道，"结果他们杀死了5个人，另有3人残废，8人受伤。战斗开始时，我们有30个人什么也做不了，风向也不利。"那些躲在船里的人被火枪的射击赶了出来。甲板上的人则被刀剑砍倒。死者之一是大胆的索封尼·科祖克。他被"一发炮弹打得血肉横飞"。那些"残废者"也不大可能幸存，"他们缺胳膊断腿，就算还没死，也已经失去了任何生的希望"。

"天鹅"号被抢劫一空，船舱被砸得稀烂，所有箱子都被扔进了海里，然后"天鹅"号被荷兰人得意扬扬地拖回到内拉岛。荷兰人"对他们的胜利非常骄傲，向班达人炫耀着战果，他们使英国人遭受了奇耻大辱……还说英格兰国王不可能与伟大的荷兰国王相比，1艘荷兰船可抵10艘英国船，圣乔治（指英格兰）现在已经成了小孩子"。直到3周之后，考托普才得知"天鹅"号被俘获的确切消息——当地一个商人把这个消息带给了他，这位商人描述了"天鹅"号是如何被内拉岛城堡的炮火打瘫痪的。考托普最信任的人之一，罗伯特·海斯受命打着停战旗前往内拉岛，要求归还"天鹅"号和全体船员。不出意外，荷兰人拒绝了，还吹嘘说要不了几周他们也会俘获"防御"号。他们还警告考托普，除非他在开战前投降，否则"就要大开杀戒"。

对于留在岚屿的英国人来说，"天鹅"号的被俘是一次重大打击，因为无论补充给养还是紧急情况下逃生，他们都要完全依赖他们的船。尽管"防御"号还能在海上航行，但考托普迫切需要用它的大炮来强化岛上堡垒的防御。可拆除船上的武装，船就没用了，他唯一的选择就是把船拖到海滩上，"防御"号在那里可以得到岸上火枪阵地的保护。但这样考托普就会被困在岚屿，无法补充给养了，形势将岌岌可危。

没过多久，考托普又遭遇了一次不幸：他还来不及把"防御"号上的武器搬上岸，这艘船就神秘地漂离锚泊地，漂到了大海上。考托普最初以为这可能是不小心造成的，但他很快就明白了，原来这是"一帮无赖的诡计"，他们受不了在岚屿漫长的时间，故意砍断了缆绳。"防御"号船员驾船航行到了内拉岛，在那儿投降了荷兰人，并且把岚屿和奈拉卡岛防御工事的详细设计图交给了荷兰人。对考托普更忠诚的一个同伴说，他们是"一伙背信弃义的恶棍，不应该领工资，而应该被绞死"。

这次不幸事件之后不久，荷兰总督劳伦斯·雷尔来到了班达群岛，接手处理这次危机。他了解了考托普绝望的处境后，决定采取谈判而非武力的方式，让英国人离开岚屿，于是他邀请考托普到内拉岛会谈。尽管雷尔占优势地位，但他的处境依然很尴尬，因为他几乎难以忽视考托普的条约，也无法宣称对岚屿拥有任何权利。他采取了另外的说法：岚屿岛民在 1609 年谋杀范霍夫之后，已保证把香料卖给荷兰人，这种说法不是真的，但雷尔主张这项承诺依然有效。

考托普同意会见雷尔，只要对方把合适的人质送回岚屿以示诚意就行。这些人质如期抵达，并且带来了约翰·戴维斯的一封信，他此时正在内拉岛的一座监狱里苦苦煎熬。"如果我因你的傲慢而损失更多的手下，"他警告考托普，"我在这儿已因疾病损失了很多人，他们的生命和鲜血都要算在你头上……我将用垂死的手记录下来。"考托普没有理睬这封信，划船去了内拉岛的荷兰城堡，讨论班达群岛的未来。雷尔率先提出条件，他提出归还扣押的船只和人员，赔偿抢走的一切并奉送满舱肉豆蔻，协助英国人离开岚屿。作为回报，他要求英国人签署文件，永远放弃对岚屿的所有权利。考托普断然拒绝了这些条件，他回答说："除非背叛我的国王和国家，否则我不能放弃这个我有能力守住的权利。我也不能背叛这个地区的人民，因为他们把土地献给了我们的国王陛下。"

雷尔估计到考托普会做出这种回答，但他天真地断定，他的提议肯定会被接受，因此考托普的蔑视态度使他大为光火，他"把帽子扔在地上，气得直拉胡须"。此时，考托普给出了他的筹码，他告诉雷尔，如果荷兰人同意在万丹或欧洲解决主权问题，他就立刻离开岚屿。这一回轮到雷尔拒绝了。两人分手时岚屿的命运仍然悬而未决。显然这一问题只能以战争的方式来解决。荷兰总督毫不客气地告诉考托普，3 天内他"要用全部兵力拿下我们"。

雷尔的兵力不可小觑。除了他在内拉岛、大班达岛和艾岛上的基地之外，雷尔还有 12 艘船可供调遣，以及 1000 名士兵。他完全控制了海面，这使考托普没有任何选择，只能耐心观望，他知道雷尔可以阻挡任何补给船只抵达岚屿。

考托普拒绝接受雷尔的条件冒了极大风险，但他始终相信荷兰人不可能对岚屿发起正面进攻，哪怕他们兵力占压倒性优势。奈拉卡岛上的炮群几乎坚不可摧，考托普还拥有一张由当地人组成的勇敢且能干的情报网，他们划船往返于岚屿和其他岛屿之间，使他得以掌握所有最新情况。

1617 年春，考托普赌了一把，他派了 6 个人租了一条土著人的小舟前去万丹，紧急请求救援。负责这次危险行程的是托马斯·斯帕威，他是考托普最信任的副手之一。经历重重险阻之后，他抵达了万丹，请求援助考托普，但他沮丧地发现，约翰·乔丹几个月前就已去了英格兰，跟自己打交道的是乔治·鲍尔，他去年曾到访过岚屿，应该是了解考托普朝不保夕的处境的。但鲍尔被擢升冲昏了头脑，把大部分时间都花在自己规模庞大且获利颇丰的私人冒险生意上。此人非常自傲虚荣，有一支由 50 名黑奴组成的私人卫队，成天忙着跟其他代理商没完没了地吵架，基本不管公司的事情。事实上，整整一年没有一艘船运货返回英格兰，尽管万丹港有 6 艘船，钱库里钱也很多。无论斯帕威怎样恳求，鲍尔就是不肯派船前去搭救考托普。

雷尔也回到了万丹，他决心把班达群岛令人厌烦的事情画一个圆满的句号。他写信给鲍尔，命令英国人立即撤出岚屿，并宣布将击沉在班达群岛或摩鹿加群岛任何地方发现的一切船只。"如果你拒绝，"他严词警告说，"我们就要采取时间和机会给予我们的一切手段，相信我们在上帝和世人面前是问心无愧的。"鲍尔对这一威胁不屑一顾，这让扬·库恩暴跳如雷，他在荷兰驻地大门上贴出了宣战书，"威胁说要把刀剑架在英国人的脖子上"。英荷之间的关系如此紧张，就连当地的统治者也恐慌起来。当他要求看一看荷兰人的宣战书时，英国人跑回到荷兰人的驻地，"却没法把那张纸扯下来，于是干脆卸下大门，（连门带宣战书）一起抬到了他那儿"。

鲍尔决定是时候行动了。他在给雷尔的信中写道："我对你的种种威胁毫不在意。令我感到欣慰的是，上帝和正义的理由在我这边，而你干的则是龌龊、恐怖、耻辱的事……到目前为止，我还不愿意流血，但如果必须流血，那错就不在我，因为我是合理地自卫。"

荷兰人对鲍尔没有发生流血事件的说法提出了强烈质疑。15个荷兰人最近在马卡萨被杀，他们认为这一暴行是英国代理商阴谋策划的。更糟糕的是，有一些西班牙和葡萄牙俘虏从万丹港的一艘荷兰船上逃了出来，英国人立刻收留了他们。这件事成了使天平倾斜的最后一个砝码，憎恨演变为战争，万丹的大街上每天都有小规模冲突发生，对立双方的水手用刀和短剑互相袭击。英国东印度公司的档案记录里充满了对荷兰人暴行的谴责。例如，据一个名叫威廉·克拉克的服务员称，他在市场闲逛时，突遭一伙荷兰水手袭击，他们扒光了他的衣服，用鞭子抽打他赤裸的脊背。他们"残忍地割下了他的肉，然后把盐和醋浇到他身上，又用铁链把他拴了起来"。

万丹一带的海面也变得危险起来。1617 年 11 月，英国舢版
"急速"号遇到 3 艘从万丹前往雅加达的荷兰船，船上载有一名
荷兰高官。英国舢板被命令降下旗帜，接受荷兰军队的搜查，但
（据英方报告）"急速"号还没来得及服从，就"被炮火打穿，最
后荷兰人登船洗劫，造成 1 人受伤，1 人身亡"。船员被戴上手铐，
"急速"号则被得意扬扬地拖往万丹。"当时还真以为他们［英国
人与荷兰人］会在航路上打起来呢，因为荷兰指挥官已经召集 14
艘大船准备一战，而英国人有 9 艘船，已做好防御准备。但他们
没有打起来，因为万丹统治者禁止他们在这条航路上打仗，并威
胁说如果哪一方违反他的命令开战，他就要割断他领土上所有那
方人的脖子。"

英国人本来就为"天鹅"号和"防御"号被俘怒气冲冲，现
在又发生了"急速"号的事情，怨气更深了。他们尽一切办法想
把被俘的几条船夺回来，正如库恩在致阿姆斯特丹的一封幸灾乐
祸的信中所说。"此事使他们受了很大刺激，"他写道，"他们今天
威胁说要强行驶往班达报仇，明天又说他们要在海上袭击我们的
船只。他们期望在英吉利海峡报复我们，想砸碎我们的脑袋。他
们天天都提出新的威胁，这明显说明他们已经乱了方寸。"

双方在万丹吵得不可开交时，考托普一直顽强地坚守岚屿。
尽管他和手下人一直饱受缺乏给养之苦，但偶尔会有舢板突破荷
兰人的封锁，给岛上运来大米和棕榈酒，这会让大家都大大地松
一口气。许多人都因为饮食平淡乏味以及饮用腐败和被污染的水
患了营养不良和痢疾。但挨过了 15 个月的艰辛之后，考托普从一
艘过路的商船上得知，救援就在路上。1618 年春，3 艘英国船受

命前往岚屿搭救考托普，并发展与其他岛屿的贸易。船员们个个摩拳擦掌，准备一战，自信他们有足够的兵力把前来拦截他们的荷兰船只赶走。

其中一艘船"所罗门"号（Solomon）接近班达群岛时，岚屿上被围困的那一小群英国人欢呼起来。这是一个非常令人兴奋的时刻，他们为了更清楚地瞧见来船，纷纷爬上了岚屿的悬崖。"那艘船离普罗林［岚屿］约有 5 里格，"考托普在日记中写道，"在最后一阵西风的吹送下从西边而来。"这是一条大船，装载着沉甸甸的数百吨大米和鱼，以及"600 罐棕榈酒"。他们信心十足地预测，在强劲的西风吹拂下，不出 1 个小时，"所罗门"号就能进港。

在此之前，荷兰人从内拉岛派遣了 4 艘船来监视"所罗门"号的动向，但由于风向原因，它们没法抵达岚屿，这让考托普手下的人非常开心。但他们的嘲弄戛然而止，因为风向突然改变，荷兰船的船帆"被东风鼓满"。他们此时可以追击了，岛上的英国人惊恐地看着兵力不对等的双方准备开战。

"这场战斗就在普罗林［岚屿］看得见的地方展开，"紧张的考托普记录道，"离岚屿只有大约 3 里格远。"他身陷这座监狱式的岛屿，只能希望"所罗门"号能尽快取胜，把荷兰船打回到内拉岛去。但从一开始，英国人就处于极其劣势的地位，因为"所罗门"号装有重重的给养，无法使用下层的大炮，这大大降低了它的战斗力。全体船员英勇应战，"整个下午一炮接一炮地还击，但我们的弹药不行，打不准"。与此同时，荷兰人"对着我们的船开炮，打死 3 人，打伤了十三四人"。

战斗打了差不多7个小时，双方像撒胡椒一样互相射击，直到他们"几乎船靠着船"，双方士兵进行了肉搏战。英国船长卡萨利安·戴维很快就发现他与荷兰指挥官的距离已经非常之近，后者命令他收起旗帜、降下船帆，到船上来谈判。卡萨利安见情况对自己不利，就同意了，随后他前往荷兰指挥官的船舱里谈判。几小时过去，卡萨利安还没回来，他的船员估计他可能已经被俘了。

在战斗这段平静的间歇，一队好战的班达人划船来到"所罗门"号船边。对他们来说，投降是羞耻而且不可想象的事。英国人害怕如果让这些斗士知道他们的船长正在就停战问题谈判，他

图为从临近的奈拉卡岛远眺岚屿。纳撒尼尔·考托普在这座低矮的珊瑚礁上修筑了一座工事，后来成了岚屿防御的关键所在。当荷兰指挥官命令他放弃固守阵地投降时，他誓言要战斗到最后一个人。"如果他们夺下了岚屿，"他写道，"上帝保佑，我定要狠狠地让他们付出血的代价。"

们可能会大开杀戒，不管对方是哪国人。于是这些英国人支支吾吾地说着停火的事，同时解除了班达人的武装，特别小心地拿掉了他们致命的克利斯匕首。这是一个很明智的预防措施，因为当荷兰人最后来占领该船时，8个把匕首藏起来的班达人朝荷兰入侵者猛扑过去。"他们打得好极了，"一个船员写道，"他们很快就强行把那些荷兰人赶下了船；这些班达人有的跑到侧支索边，有的往这边跑，有的往那边跑，把甲板上的对手一网打尽。我想，要是班达人在地面上作战，他们会把荷兰人全部用剑砍死的。"这些班达人在重创荷兰人之后，终因寡不敌众被制伏，除7人外全部丧生。

考托普在岚屿的悬崖上气愤地目睹了这一切。他在给伦敦董事会的一封信中告诉他们，他绝不会像"所罗门"号船长那样可耻地投降，而"宁肯投海而死"。这是他典型的不屈服的态度，毫无疑问，考托普说话算话。他对自己接连遭受的厄运感到极为失望，在信中谈到了"今年来我们驶往岚屿的船只所遭受的厄运"，他很责怪万丹的英国机构不该在离季风季如此近的时候派船过来，结果没有一艘能走到岚屿的视野范围内。

> 我十分惊讶你们今年竟只派遣了如此薄弱的兵力。你们已经看到了，他们在尽一切力量阻止我们在这一地区开展贸易……因此，如果你们想让公司在这些岛屿或摩鹿加群岛开展贸易，就不能再拖了，要趁下一个西风季派强大的兵力过来，否则将尽失一切，以后也别想在这里开展任何贸易了。
>
> 今年，我在没有任何救援的情况下，非常艰难地保住了

岚屿没被他们占领，……你们甚至都没写一封信来告诉我你们打算怎么处理这件事。我只有38个人与他们的军队和暴行对抗，要与这样暴虐的军队对抗，我们的力量非常薄弱。我们物资匮乏，既无食品，也无饮水，只有大米和海水。要不是上帝派来了四五条舢板，送来大米救急，我肯定早就放弃维护国王和公司的利益了，而这也是杯水车薪。因此，请你们好好考虑一下这些事情，不要让我们在迫不得已的情况下投降，屈服于暴君之手……我有决心在下一个西风季之前守住这里，大家已经下定决心，不顾一切，拼死防卫本岛。目前，他们在这儿有8艘船和2艘单层甲板大帆船，并且据我所知，这些船都已做好准备要来袭击我们。因此我每天每小时都在警戒，如果他们夺下了岚屿，上帝保佑，我定要狠狠地让他们付出血的代价。

考托普的境况从未如此危急。他的这支小小的军队受疾病困扰，给养几近枯竭。仓库里只剩下几袋大米，他们此时在被包围的堡垒里，迫不得已靠着令人作呕的西米粥度日，偶尔用在奈拉卡岛周围海水里捕到的鱼充饥。"要不是有四五艘爪哇的帆船进来，"他在日记中写道，"我们会因没有粮食而放弃的。我们仍然只能依靠大米和一点鱼过活，但天气不好的时候就捉不到鱼了。"更糟糕的是，他们"每天都预感会遭到荷兰人的袭击"，因此不得不一直在堡垒上的城垛警戒。虽然实际上几乎没有受到过袭击，但对袭击的担忧使已经遭受长期艰苦和饥饿折磨的士兵们疲倦不堪，然而考托普依然对他的手下人和当地岛民施加着巨大影响。

"所罗门"号被俘获之后几周,当荷兰人试图在岚屿登陆时,一群班达武士粉碎了入侵的军队。

考托普好不容易才与来自"天鹅"号、"防御"号,以及"所罗门"号幸存的英国俘虏保持着紧密联系。在夜幕的掩护下,他的班达人部队屡次出海,给在艾岛和内拉岛关押的英国人偷偷传递信件。他收到的第一封回信来自卡萨利安·戴维,此人因决定投降,受到了荷兰人的优待。他不顾考托普对他投降的愤怒,写信给考托普,得意忘形地说:"我自己和一个照顾我的英国男仆待在普罗威〔艾岛〕,荷兰指挥官和他的委员会也住在那里。我在他们那儿很受重视,每天都受到款待。"

同样的情况却没有发生在其他英国俘虏身上。他们大部分人都被关押在艾岛的复仇堡,不可能从那里的地牢逃脱。他们的脖子被铁链拴在一起,丝毫不能动弹,情况很快就变得难以忍受。荷兰人侮辱俘虏是家常便饭,生活因此更难忍受。"他们往我们头上撒尿,"巴塞洛缪·丘奇曼写道,"我们就那样躺着,到最后,我们从头到脚都溃烂了,就像麻风病人一样。没什么吃的,只有脏兮兮的米饭和臭烘烘的雨水。"他写道,他们之所以能够活下来,是因为一个荷兰妇人,"她名叫凯恩小姐,还有几个可怜的黑人,他们给我们送来了一点儿水果"。

其他人也有着类似的抱怨。"他们对我们冷酷无情、惨无人道,"一个人写道,"他们白天用脚镣手铐把我们拴起来,夜里把我们紧紧地关在一起。"另一个人记录说:"他们用铁链把我们很多人牢牢地拴在一起,关押在令人作呕、又黑又臭的地牢里,不给我们食物,只给一点儿脏米饭吃……很多人都死了,然后就被从地牢里抬了出去，像狗一样草草掩埋，而不像基督徒。"那些胆敢抱怨的人则受到更残酷的虐待。丘奇曼被"铁链拴起来，［放］在夜里的大雨和寒冷的风中，白天让毒日头晒他烤他，一点儿遮蔽都没有"。丘奇曼之所以吃这些苦头，是因为他斥责一个荷兰人不该侮辱詹姆士一世国王的妻子。其他人也都被罚站在太阳地里，暴晒到皮肤起泡，然后被用铁链拴起来，关在下水道下面，"整夜闻着下水道的臭气，屎尿都落在身上"。

考托普更加惊恐地得悉，这些英国俘虏在荷兰总督玩弄的令人作呕的宣传游戏中成了人质。"劳伦斯·雷尔……让人在船上装了格栅和囚笼，把我们戴上镣铐关在里面，从东印度群岛的一个港口运到另一个港口，并以鄙视和嘲弄的口气对东印度人说：'看呀，这就是那个国家的人，你们不是那么喜欢他们的国王吗？'"

这样被虐待了很长时间后，英国俘虏无法忍受下去了，便写了一封信给荷兰总督，请求宽恕。但令他们沮丧的是，一个更无情的人接替了雷尔的位置。他们只知道此人名叫约翰·彼得·萨空，但他的真名是扬·彼得松·库恩。他们乞求他"考虑我们生存必需品的极度匮乏和遭受的苦难，让我们过得好一点儿"。不幸的是，没有比库恩更糟糕的恳求对象了。库恩"恶语相向，叫我们滚蛋，再也不要找他的麻烦。如果再找他的话，他就要立刻把我们全部吊死"。考托普频繁地给俘虏们写信，激励他们坚韧地忍受这场磨炼。"毫无疑问，今年大家就会被全部释放……荷兰人对大家的极端行为，"他告诉他们，"都会以相应的方式遭报应。他们到目前为止采用火与剑的方式折磨你们，到时候火与剑会落到他们自己胸膛上。"英国俘虏始终没有忘记他们遭受的种种苦难，尤其仇恨库恩，岚屿的长篇传奇结束之后很久，幸存者们还一直不断地在抱怨他们吃的苦头，要求荷兰政府给以赔偿。

考托普此时已不再掰着指头算过去了多少时间了。他每天就只感到厌倦和恐惧，中间穿插着在城垛上长时间地值班警戒，以及无休无止地与饥饿作战。考托普设法从一条路过的帆船那儿弄来的小船几乎没什么用。这条船只到塞兰岛去了一次，回来时载着更多的西米，"但到处都在漏水……我们不得不把这条船拖上岸，发现它的船板腐烂不堪，只好把能用的留下来，其他的一把火烧掉了"。1618 年秋天，雨季并未出现，岛上淡水储备接近枯竭，到了朝不保夕的程度，水里面很快滋生了热带寄生虫和昆虫，大家不得不咬着牙齿喝水，用牙缝来过滤这些虫子。有一次，他们中有一伙人再也忍受不了这种苦难，威胁考托普说要哗变。局势一度十分危急，但考托普"温和的态度和诚恳的话语"赢回了他们的心，这些人最后还是幡然悔悟。

直到 1619 年 1 月，即他们抵达岚屿的两年多之后，这些英国人才隐约收到了一点儿好消息。一条当地的帆船在无人觉察的情况下驶入海港，带来一封来自万丹的信，这封信出自托马斯·戴尔爵士之手，他已从英格兰带来一支强大的舰队。"考托普船长，"托马斯勋爵在信的开头写道，"作为一个素不相识的人，我向你致以爱的问候，感谢你为我国荣誉和我们尊敬的雇主的利益所做的令人钦佩的贡献。"他的任务是把荷兰人逐出爪哇。任务完成之后，他打算全速东航，解救考托普及其手下那批勇敢的人。这封信还附有约翰·乔丹的一张便条，他已经随戴尔的舰队重返东印度群岛，担任"英国主管"的新职，留在东方。乔丹允诺说，一打败荷兰人，"我们就去班达……相信上帝，我们会灭了他们的嚣张气焰的"。

考托普听说英国舰队由托马斯·戴尔爵士率领非常高兴。戴尔很有经验，是一头"勇敢的雄狮"，他在几个不同的职位上都有极为出色的表现。他受雇于东印度公司之前，曾被伦敦弗吉尼亚公司选任为该公司在美国新开拓的殖民地的总督，这是"他承担过得最艰难的一项工作"，但他沉着冷静地完成了任务，离开时，那片殖民地"一片繁荣祥和"。他于1616年回到英格兰，同时带回了著名的印第安公主波卡洪塔斯。回来不久，戴尔就被东印度公司召见，并被委以总指挥的职务，负责一次关键的东航远征。他接受了该职，统领5艘舰船，年薪为480英镑。

他的这次航行并非一帆风顺。在好望角，戴尔和乔丹乘的小船翻了，他们差点儿淹死。几周后，年长且肥胖的舰队副指挥帕克船长突然身亡。在爪哇发生的一次事件更严重，戴尔宏伟的旗舰"太阳"号（Sun）在恩加诺岛遇难。财务损失比人员的惨重损失更让戴尔难过。他在给伦敦的一封信中哀叹："'太阳'号遭难，我损失了在那条船上的一切，一件衬衣都没剩下。"他后来又回到失事地点，尝试找回他的物品，但失望地发现没有任何有价值的东西。尽管遇难船上有数人游到了岸上，但没有一个人活下来，他们存在过的唯一证据是海滩上堆成一堆的18个颅骨。为了报复这种赤裸裸的吃人行为，戴尔射杀了两个土著，烧掉了他们的房子，砍光了他们所有的树。这种反应是这位好斗的指挥官特有性格的表现，他报仇时决不留情。戴尔在公务上一丝不苟，一般不肯表扬他人，因此手下人怕他多于爱他。一位部下写道："他总是说'我要求这事儿一定要这样做、那件事必须那样做'，结果是我们都必须按照他说的办。"他经常让情绪影响了他的判断力，结果证明，在与冷静的扬·库恩交手时，这一缺点十分危险。

损失了"太阳"号更坚定了戴尔向荷兰人报复的决心。在驶往爪哇海岸途中，他发现一艘满载货物，名叫"黑狮"号（*Black Lion*）的荷兰船正穿过海峡。他立刻向它扑了过去，很快俘房了这艘船。继续向万丹驶去时，他高兴地发现了一大批停泊着的英国船，这使他的舰队船只总数超过了15艘——"海湾都不够装下所有这些船了。"

荷兰人着实很惊慌，库恩立刻给戴尔写了一封抗议信，要求释放"黑狮"号。这封信交到戴尔手里时，他"只是咒骂着用脚把信踩在地上，骂骂咧咧地问，为什么用荷兰语写信，而不用法语、西班牙语或任何其他语言"。他打发那个信使回去，"咒骂着要夺回一切"。

戴尔一心想要复仇，正如他在写给考托普的信中承认的："我［在万丹］逗留，就是要报复他们［荷兰人］对我的侮辱，现在机会来了，他们和雅加达国王之间发生了争执。"雅加达是万丹东部50英里开外的一座小港，这里对荷兰人来说越来越重要，因为库恩发现万丹的生活越来越难熬，就请求雅加达国王允许他在雅加达修建一座堡垒，打算把这里作为荷兰未来的活动中心。几周后，他得知英国人也许是为了防止荷兰人占了上风，也正在建造一个有防御工事的商馆。在接下来猫捉老鼠的游戏中，荷兰人为报复英国俘获"黑狮"号，烧毁了这家商馆。戴尔没有认真考虑过是否要摧毁万丹的荷兰商馆，但很快他就想出了一个更具毁灭性的计划。他手上有一支强大的舰队，而荷兰人正要迁往雅加达，因此他与土著统治者达成协议，发誓要把他们全部消灭。库恩惊慌失措，他写道："我在此如坐笼中，周围环绕着各种堡垒和炮阵。河道被木桩封锁，英国人驻地还有一个很强大的炮阵。"他意识到英国人很快就会进攻，到时肯定要输，于是召开了一次紧急会议，长时间讨论之后，他决定把大部分人撤回到船上，在海上一决雌雄。

1618年12月30日上午，英国舰船在雅加达视线范围内集结。戴尔手上有11艘船，另有4艘留下来保护万丹。库恩只有7艘

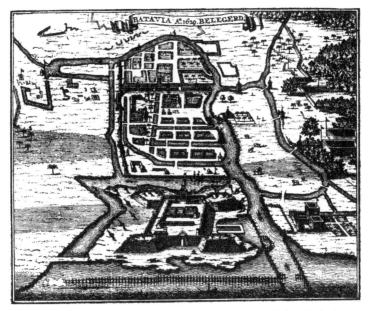

扬·库恩在爪哇巴达维亚（现今的雅加达）修筑了他的新首府。在"一场血腥的战斗之后"，英国人差点儿于1619年攻下这座城市，但最后功败垂成。

船，其中许多状况堪忧。他在舰船数量和炮火力量上都不如对手，而且全部战斗兵力仅 70 人。但戴尔似乎并不急于开战，而是花了一天时间来回巡航，希望他这支庞大舰队的声势会瓦解荷兰人的决心。下午，他派了一个信使去见库恩，要求他的舰队全部投降。库恩当场拒绝，然后信使告诉他，英国指挥官打算把他们的每艘船都击沉。面对这一威胁，库恩只是耸了耸肩，这场仗已经非打不可了。当晚，即新年前夜，双方都处于紧张激动的状态，又经过一天的对峙，战斗在 1 月 2 日才正式打响。两支舰队打了一整天。那是"一场血腥的战斗"，据托马斯爵士说，"两支舰队互射了 3000 多发炮弹，造成了许多伤亡，但他们（据我们所知）死伤人数是我们的 4 倍"。英国人本来可以打败荷兰人，但他们显得犹豫不决，采取防御姿态，这个不幸的结果是因为戴尔的舰队由 3 艘独立的船组成，每艘船都有自己的领导，他们都不愿为了共同的利益拿自己的船来冒险。夜幕降临时，战斗依然未分胜负。

库恩召开了一次战时会议决定该怎么办。荷兰人此时形势危急，因为他们弹药即将用尽，伤者不计其数，船只几乎不能再航行了。有些人主张撤退，另一些人则想继续战斗，"但大家都沮丧地面面相觑，拿不出一个答案"。

最后是英国人下定了决心。晨曦初露时分，又有 3 艘从万丹来的船加入戴尔的舰队，他准备重新开战。库恩立刻命令手下人升起风帆驶向班达群岛。战无不胜的荷兰人现在撤退了。

正是在这个时候，戴尔犯了一个巨大的错误。他本应以占绝对优势的兵力追击库恩，彻底赢得战斗的胜利，却选择在原地待了下来，他认为库恩的逃跑有助于他攻陷荷兰人的总部。但一封致伦敦的信反映出，他对这个策略心怀疑虑并认为自己可能做出了错误决定。"他们的舰队向东［航行］去了班达，"他写道，"……因此我们就这样让他们溜了，这很让我不安。"

库恩也写了一封信，谴责荷兰东印度公司董事会不给他支持，也不听他的警告。"看看现在发生什么了"，他告诉他们，公司现在面临"千难万险……哪怕有全能的上帝保佑。"他在信的最后提出了一个严重警告："如果诸位大人不想每年给我送来大量舰船、人员和其他必需品，那我再一次恳求尽快让我辞去此职，因为得不到这样的支持，我无法满足你们的愿望。"

结果，戴尔的犹豫不决救了荷兰人。如果他当时在海上打败库恩，他本可驶往雅加达，攻占他们的总部，然后前往班达群岛，解救考托普及其手下人。但他眼看着荷兰舰队全部逃走了，甚至把突袭荷兰堡垒的事搞砸了，结果功败垂成。戴尔此时完全失去了信心。他本可以大获全胜的，到头来却失败了，这让他悔恨不已，他命令舰队驶往印度的科罗曼德尔海岸。这是一次无聊的航程，手下军官几乎要哗变，80多船员死在了海上。抵达默苏利珀德姆之后不久，戴尔就身患重病，在接下去的20天里，他一直与疾病搏斗，云淡风轻地谈论死亡，试图证明自己是一个虔诚的基督徒。1619年7月19日，他"安详地结束了此生"，他的遗体被"安放在几近完工的墓冢中"。

库恩听说戴尔之死非常高兴，很快他又得知了更好的消息。他的老对手约翰·乔丹现在掌管着两艘船，并且因为担心他的朋友纳撒尼尔·考托普，起航前往东方了。乔丹刚抵达马来半岛的一个避风港，就发现有3艘荷兰船尾随而来。它们堵住了港口入口，趁乔丹的船停泊在那里时发起了攻击。乔丹勇猛还击，但在约50名士兵战死后，他打出了停战旗，准备和谈。"乔丹出现在'桑普逊'号（Sampson）主桅杆前……荷兰人在那儿窥视着他，非常阴险地朝他开了枪，有一枪击中了靠近心脏的地方，之后不到半个小时他就死于这处枪伤。"乔丹的死亡引起了众怒，特别是所有被问到的人都能证实，他当时正在谈判投降的事情。"我们高贵的船长在与亨利·约翰逊［荷兰指挥官］谈判时被杀。"一个船员写道。"主管提出和谈，并且正与亨利·约翰逊谈话时，却遭致命枪击。"另一个船员记录道。据其他人称，是库恩本人命令杀死乔丹的。"约翰·彼得·萨空［库恩］把一根价值1400荷兰盾的金项链送给亨利克·扬森，亲自戴在他脖子上，还送了100里亚尔给亲手开枪杀死了船长的那个人。"

荷兰东印度公司董事会被这件事搞得很狼狈，他们采取了非同寻常的程序，发布了一个正式文告陈述这一事件：

> 你们的船长和我们的指挥官来到舱口上面，开始协商［当时两船并排相靠］。因为时间来不及，我们的其他船只无法得知上述谈判。"晨星"号不知道双方舰队指挥官之间发生了什么，所以开了火。一枪击中了你们船长的腹部，但这一枪不是专门瞄准他的，这个不幸也可能发生在我们自己的指挥官身上，因为一发子弹［来自"晨星"号］打中了他自己的船。

无论事实是否如此，库恩的地位因戴尔和乔丹之死变得稳固了。他现在只有一个眼中钉，那就是纳撒尼尔·考托普，考托普守住岚屿堡垒的决心一如从前一样坚定。

有关托马斯·戴尔爵士舰队失败的消息很久才传到岚屿。1619年2月13日，那次海战后的一个多月，考托普发现有3艘荷兰船驶向内拉岛，"其中一艘的船头撞角被炸掉了，船身被射了40个洞"。他的情报员告诉他，库恩正在安汶岛忙着组织一支庞大的舰队，准备对雅加达发起全面进攻。不久，考托普沮丧地得知，戴尔的舰队已经驶往印度。"这令我不安，"他在日记中写道，"因为他们既不知道方向，又无储备。"很快，更糟的消息来了。考托普的老朋友乔治·马斯卡姆来信告知了乔丹的死讯，乔治本人也处在死亡边缘。"我失去了右腿（被炮弹炸断），又没有药物可敷，正忍受痛苦的折磨……我也不太看重我的生命了，支持我活下去的安慰和勇气一天天减少。"他在信的结尾说，考托普反抗的事迹远近皆知："毫无疑问，我们那些尊敬的东家都会重视你的贡献。"他们确实是这么做的：随着颂扬考托普坚持抵抗的报告传到伦敦，董事会投票决定，每年奖励他100英镑，以表彰他对国王和公司的贡献。

当考托普得知他和手下人已经被抛弃的命运时，他最识时务的做法就是向荷兰人投降。他英雄般的抵抗早已超过了职责范围，即使现在放弃，他的荣誉也丝毫不会受损。但经历了3年多苦难，现在却要屈服，这不是考托普的个性。他要选择一条更光荣的道路，发誓要为守卫岚屿的堡垒战斗到底。他已身无分文，到了要用手下人剩下的随身物品换取基本需求品的地步，但大家的食物总是不够吃，开始有病人死去，这些病人很多是死于喝污水染上的痢疾。考托普记录了他们的惨状："我们已经瘦得皮包骨头了。"考托普每天都把营养不良的部下召集在一起，激励他们面对野蛮的荷兰人要立场坚定。每天，大家都发誓要支持"船长"（考托普），对他的话报以大声的欢呼。他们加强防守，把大炮装满火药，等待荷兰人即将开始的进攻。

1620 年 10 月 18 日，考托普得到了一个振奋人心的好消息。大班达岛土著居民举行起义，反抗荷兰人，那里陷入了混乱。据传，他们现在想加入考托普的队伍，对讨厌的荷兰人发起一次全面进攻。对于考托普来说，这条消息来得正是时候。他立刻决定造访大班达岛，向土著灌输他曾向手下的英国人灌输的那种坚决抵抗的思想。但他手下的人习惯了长期依赖考托普，很不愿意让他去大班达岛，哪怕在夜幕掩护下也不行，大家都求他三思而后行。"我求他别走，"他的副手罗伯特·海斯说，"但他拒绝了。"

"于是，那天夜里，考托普和他的侍从威廉带着步枪和武器一起出发了，他们答应 5 天内回来。"但大家都不知道，岚屿潜伏着一个伪装成落单逃兵的荷兰人，他把考托普的动向报告给了内拉岛的荷兰总督。总督几乎不敢相信他有这样的好运，立刻采取了行动，配备好一条武装精良的小船，并令其出海执行一项简单的命令：杀死这个麻烦的英国人。袭击者要做到万无一失，他们精心考虑袭击考托普的地方，最后选择了海峡一段变化莫测的水域，那儿的海流和潮水会让考托普没有回旋的余地。

这些荷兰士兵在夜幕降临时出海，在离艾岛海岸线约两海里处埋伏下来。几个小时过去了，他们除了艾岛模糊的剪影之外什么都看不见，但"凌晨两三点时"，一盏灯进入了视线——是考托普的船。他们在一片漆黑中等待着，直到考托普的船几乎撞上他们，进入了陷阱和包围圈中，他们才突然开枪。考托普立刻还击，他带着的武器就是为这样的袭击准备的。但从一开始，这就不是一场势均力敌的战斗。尽管考托普短暂地压制住了荷兰人的火力，但他注意到还有一艘船在接近，带着"40多条短枪"。他毫不畏惧，一枪枪地还击，直到他的"枪管堵塞"，无法继续开火。他把枪扔进水里，成了瓮中之鳖——一个没有武器、没有防卫的活靶子，面对的是50多名荷兰士兵。他很快等来了自己命运的结局。"他胸部中了一枪，坐了下来……接着就跳进了海里，身上还穿着衣服。"这是他生前的最后一幕。

考托普已经"被荷兰人所杀"的消息慢慢传遍班达群岛，直到他死后一周的1620年10月27日，留在岚屿上的英国人才得知这个导致他们船长丧生的阴谋。噩耗传来，他们痛不欲生。整整4年，他们在能力卓越的考托普的领导下，忍受着极大的苦难，抵抗着比他们强大几百倍的兵力。现在考托普死了，他们前途一片暗淡。大家从最初的震撼中清醒过来之后，考托普的副手罗伯特·海斯召开了一次会议，问大家愿不愿意接受他当领导。大家没有丝毫犹豫，发出一声巨大的怒吼，"大家都说，从前船长领导他们，而现在他们都愿意让海斯领导他们"。

大家表现得十分勇敢，但考托普死后，他们已不再有那种坚持抵抗的精神，他们在岚屿上的英勇表现已近悲壮惨烈的尾声。由于很多人死于疾病，漫长的通宵守夜使这些吃不饱的幸存者情绪低落，尤其现在已经没有"船长"来激励他们了。他们的结局很快到来了。荷兰总督派了25艘船和一支大军来到岚屿，打算大规模正面进攻。"这时，土著来找海斯，问他是否愿意保卫他们，并告诉他，如果他愿意，他们就将战斗到最后一个人。但海斯回答说，他不可能也没有能力保卫他们。"

于是，荷兰人"在没有遭遇抵抗的情况下登陆"，向"岛上那些可怜巴巴的人"高谈阔论了一通。荷兰人知道这一小批英国人完蛋了，就把愤怒转移到土著身上。"他们强迫这些人拆毁大岛上两座英国堡垒的大炮，扔到下面的岩石上去。有4门大炮已经坏了，其他的都陷在沙里，完全不能用了。"接着，他们命令土著"亲手拆除岛上的防御工事……还没到晚上，就拆得一块石头都不剩了。然后他们走遍全岛，拆掉大大小小的墙壁，甚至包括土墙，连死人的墓碑也不放过"。完工后，荷兰人把所有的头领都监禁起来，逼着他们每人向荷兰人投降一次，以此当众羞辱他们，"按照本地习俗，荷兰人要求他们敬献一株盆栽的肉豆蔻树"。他们起航之前做的最后一件事，是把仍旧在村庄上空飘扬的圣乔治十字旗扯下来，换成荷兰旗，这标志着岚屿持续了1540天的围困正式结束。

英国人同样受到羞辱。他们被逼着观看拆除岛上的堡垒，然后被召集到荷兰指挥官面前，后者轻蔑地告诉他们，他们可以保留连接岚屿的沙质环礁奈拉卡岛。这个岛上没有肉豆蔻树，因此对荷兰人毫无用处。岚屿上的大炮就瞄准着这座岛，所以对英国人来说也毫无用处。海斯和手下人只在奈拉卡岛上待到看见一条过路的船，就逃到安汶岛去了。

"普罗林（岚屿）就这样丢了，"新抵达的英国舰队船长汉弗莱·菲茨赫伯特爵士写道，"在考托普的时代，由于他的决心，只用那么一点儿人就守住了这座小岛不被他们（荷兰人）占领。后来却因海斯的胆怯和犹疑不定丢了。"这段话对海斯不公平，与菲茨赫伯特船长自己的行动也不尽相符。当他带领全副武装的船只来到这里时，他仅有的几次开火是一阵短促的礼炮，庆祝了荷兰人的胜利。

考托普的抵抗最终将带来可观的回报，他的惨死却悄悄湮灭在了英国的历史中。我们徒劳地寻找着这位真正的英国英雄的坟墓或纪念碑，就连他最终的长眠地也始终是一个谜。"我不知道他后来的情况，"海斯当时这样写道，"但那些黑皮肤的人说，他受了伤还穿着一身衣服，肯定淹死了。"

然而，据他后来从一个荷兰人那儿得到的信息表明，当时荷兰人曾为这位英国船长举行了隆重的葬礼，并建立了一座与他英雄事迹相符的墓碑。"纳撒尼尔·考托普战死于船首，"这个荷兰人说，"上帝知道，我对此非常遗憾。我们以配得上他这样一个人的方式，尽可能庄严和真诚地为他举行了葬礼。"

第十一章

水火考验

纳撒尼尔·考托普被谋杀使库恩树立了一种似乎战无不胜的形象。在近 4 年的时间里，这个顽强的英国人一直是他的眼中钉，不断挫败他想统治整个香料群岛的野心。现在他死了，荷兰人没有遇到抵抗就控制了班达群岛。

在漫长的围困时期，库恩一直把注意力集中在东印度群岛的其他地区。他从托马斯·戴尔爵士那儿逃走之后，就立刻重新集结兵力。他去了安汶岛，对手下人进行战斗训练，然后带他们回到雅加达，发誓要摧毁那里的每座建筑物。他抵达不到两天就带领上千兵力发起进攻。尽管当地人口是荷兰人的 3 倍多，但他们很快丧失了斗志，防线也崩溃了。库恩说话算话，他把塔楼和防御工事悉数摧毁，一把火把城里其他地方烧成了平地。那天结束之时，雅加达已不存在。当它从灰烬中再次崛起时，是按照库恩定下的，与荷属东印度群岛的"首府"相符的规格重建的。它被取了新的名字巴达维亚，以纪念在荷兰定居的第一批部落。

库恩立刻把他的胜利告知了阿姆斯特丹。"这场胜利以及英国人的逃跑肯定会轰动整个印度群岛，"他写道，"这将加强荷兰的威望和名声。现在，人人都想做我们的朋友。"

扬·彼得松·库恩，约绘于 1626 年，这是他担任荷兰东印度公司总督时的样子。他打击对手时绝不留情，把大部分班达人都变为奴隶。"这些人十分懒惰，"他写道，"不可能指望他们有什么好的作为。"

库恩抵达爪哇一周内，就打破了势力均衡。他的下一个计划是全部歼灭散布在广大的海域之内的英国船只。但他刚刚下达击沉阿拉伯半岛东面的所有舰船的命令，就有一个信使来到巴达维亚，带来了一个完全出乎意料的消息。库恩得知，1619 年 7 月，荷兰东印度公司和英国东印度公司签署了一份协议，规定立即停止两家公司之间的交战，这让他非常吃惊。这份文件被称为《防御条约》，是第三次英荷协商的成果，这次会议是为讨论东方恶化的局势而召开的。多番争论之后，双方决定应"原谅并忘却"一切积怨，归还俘获的船只，释放俘虏，至于船主们，"无论其职位高低，从今往后都应像互相信任的朋友一样生活和交流"。此条约最重要的条款是，英国人应拥有香料群岛全部贸易的三分之一。作为回报，英国人同意采取积极行动，保卫该地区不受西班牙和葡萄牙人的侵袭。

库恩得知这一条款后目瞪口呆。"英国人欠你们的情，"他写信给老板说，"因为他们现在已经被逐出印度群岛，你们却又让他们回来……让英国人拥有三分之一的丁香、肉豆蔻和肉豆蔻干皮，这是完全不可理喻的，因为他们连摩鹿加群岛、安汶岛和班达群岛的一粒沙都无权拥有。"公司大笔一挥，他所有的辛劳便化为乌有。

如果荷兰董事们知道东印度群岛的真实情况，他们是否会签署协议就不一定了。但他们的名字已正式签在上面，库恩只有两个选择：要么遵守条款，要么毁约。鉴于他对英国人的仇恨，他选择后者也就不足为奇了，他使用了典型的灵活手腕。

该条约要求成立一支联合防御舰队，英方提供三分之一的人员、钱款和船只，荷方提供其余部分。这支舰队要把西班牙人和葡萄牙人完全逐出东印度群岛，摧毁他们在马来半岛、中国和菲律宾的残余基地，并作为一支海军巡逻力量保卫对香料的垄断。库恩十分清楚，英国人手上能用的船只很少，考虑到这一点，他提议在广大海域进行漫长而耗时的探险。不出几个月，英国人就将感到他们难以满足条约的条件。

库恩此时发现了机会。他一直信誓旦旦要打垮班达群岛，但近几个月来一直犹豫不决，因为要进行任何军事远征，都得有英国舰船参与。库恩得知英国船只目前都在海上，因此此时提议进行一次大规模远征，英国人争辩说他们缺乏资源，库恩就谴责他们不按条约办事并傲慢地告诉英国人，没有他们参与他也要单独行动。1621 年春，他的舰队抵达了内拉岛，在拿骚要塞的射程内下锚。他在这儿聚集兵力，组织了一支有 13 艘大船、36 只驳船和 3 只送信船的舰队，以及一支有 1600 名士兵和 80 名日本雇佣军的军队，其中大多数人都是打仗的专家。这是到过班达群岛最大的一支军队，还有一群被解放的奴隶、荷兰市民，以及拿骚要塞 250 名驻军作后盾。

尽管岚屿耻辱地投降了，但尚有少量英国人住在班达群岛。1 个英国商人、2 个助手和 8 个中国守卫定居在大班达岛。还有几个人在奈拉卡这座小珊瑚礁上继续象征性地抵抗荷兰人。库恩给这些艰难幸存下来的人送去信件，邀请他们参加将要开始的对大班达岛的入侵。他们全部谢绝了邀请，这个反应并不让库恩感到意外，因为已经有人告诉他，另有很多英国人正在秘密训练班达士兵。

即将进行的入侵使英国商人罗伯特·兰德尔有点儿为难。村庄的许多长老都坚持原来对英国国王的归顺，认为大班达岛从法律上说是英国领土，因此他们提醒兰德尔，任何对大班达岛的进攻实际上都是对国王陛下的进攻。兰德尔孤注一掷，想要拖延这场入侵，便给库恩写了一封措辞激烈的信，告诫他"不要使用暴力"。库恩接到这样一封信自然很不高兴，"他大发雷霆地把信扔掉，几乎都没读完一遍，并让人把信使赶出门去"。当这个可怜的人从灰土里爬起身来时，库恩警告他，趁能走的时候赶快逃，"因为他［在班达岛］无论看到谁，都会将其认作自己不共戴天的仇敌，他们的日子绝不会比当地居民更好过"。

进攻之前，库恩派他的快船"赫特"号（Hert）沿着大班达岛海岸线绕了一圈。结果该船遭到持续且非常精确的火枪射击，致两人丧命，10人受伤。据"赫特"号指挥官报告，他发现靠近海岸处有不下12座堡垒，而且该岛的所有山脊都修筑了强大工事，而且他亲眼看见了许多英国枪手。

大班达岛长期以来像磁石一样吸引了成千上万心怀不满的班达岛人，他们来到此地的荒野和难行的山岭间寻求庇护。据一个英国到访者说，这里是"班达群岛所有岛屿之中最大、也最富饶的一座岛，易守难攻，像一座城堡"。该岛北面海岸的伦霍尔村几乎是一座坚不可摧的要塞，它"位于一座尖尖的山头，用梯子爬上去都很难"。它共有3道防御工事，每道防御工事都配有大炮和火枪，可以有效摧毁过往船只。库恩的手下知道进攻这座岛会有什么风险，因此战斗还没打响就失去了信心。库恩为了鼓舞士气，进行了一场充满激情的演讲，大谈光荣和命运，激励手下人为荣誉和勇气而战。接着，为了迷惑敌人，他让士兵在大班达岛的几个不同地点登陆。荷兰人打起仗来相当勇猛，他们爬上海边的悬崖，沿着山脊匍匐前进，想攻占关键阵地。这场战斗中的双方力量对比不均等，侵略者多次被击退，因为这里只要有一个人守卫就能挡住20人进攻。但到第一天结束时，荷兰人还是控制了大部分低地。他们得到了叛变的班达人的帮助。在战略要地拉科伊，一个土著为了得到250枚里亚尔的回报，带领入侵者穿过了一条后方暗道。而在奥兰塔塔，凡是愿意背叛同伴战士的班达人都可获得一小袋黄金的奖赏。通过贿赂、背叛和蛮勇的手段，大班达岛最终被荷兰人控制，伦霍尔的强大防御工事在第二天夜里一场艰苦战斗之后，也落入荷兰人之手。荷兰人在这次袭击中共损失6人，另有27人受伤。

领头的几个土著首领此时登船拜访库恩，献上黄金和铜币，要求讲和。库恩的条件很苛刻，要求他们必须摧毁所有防御工事，交出所有武器，发誓永不抵抗荷兰人，并把他们的儿子交出来作为人质，还要求他们只能把货物卖给荷兰东印度公司并承认荷兰的统治权。最后这一项条款意味着将来如有任何起义，将不会被视为战争行为，而是叛国行为，按荷兰法律，叛国罪可处以死刑。头领们正式签署了协议——他们没有别的选择——但库恩毫不怀疑他们会背信弃义。如果他们真这么干，他一定会予以坚决镇压。

罗伯特·兰德尔在整个入侵过程中明智地保持了低调。他与同事们把自己锁在英国仓库，"足不出户"，直到全岛失陷。但他的中立立场未能讨好荷兰士兵，他们"把我们的房子洗劫一空，抢走了我们所有的货物，杀了我们的 3 个中国仆人，把其余人的手脚都捆了起来（英国人和中国人都一样），威胁说要割断我们的喉咙"。日本雇佣兵特别喜欢折磨俘虏：他们砍下中国人的头之后，就把砍下的头在英国俘虏脚边滚来滚去，对着惊慌的英国人哈哈大笑。接着，"他们拿出武器，把绳索套在总代理商的脖子上，拉着他的头让他的脖子伸长，准备处死他"。但他们并没有杀兰德尔。"他们手脚都被捆着（如前所述），像狗一样被人从岩石上推了下去，他们的脖子好像被摔断了，然后他们被捆着带到船上，用铁链锁了起来。"兰德尔坚信荷兰人已经下令处决他，但日本人没听懂这项命令。

库恩认为班达人无意信守条约，他这么想是对的。班达人缴上来的武器都生锈了，毫无用处，他们拆除的工事很快又修了新的城垛。更糟糕的是，大部分土著人都逃到大班达岛腹地的崇山峻岭中去了，在那儿对迷路的荷兰军队展开了游击战。有一次他们伏击了一大队士兵，杀了 9 个人，重伤 25 人。

库恩的船上还有 45 名土著头领，此时便将他们提来审讯。荷兰人动用了烙铁之后，他们才承认班达人从来都不打算接受投降条款，他们计划在几周内对荷兰人发起一场反攻。荷兰人听说后，决定把所有人质处死，行刑过程至少让一个荷兰目击者感到毛骨悚然且恶心厌恶：

44 名俘虏［其中一个自杀］被带到城堡中，8 个地位最高的头领被单独分开，据说他们就是要带头造反的人，其他人则像羊群一样被赶到一起。在城堡外用竹子围了一个围栏，把俘虏都赶了进去，他们被五花大绑，周围有守卫包围。然后宣读了对他们的判决，罪名是密谋暗算总督，破坏和平条款。宣读判决前，除他们的父母外禁止任何人进入围栏，违者处以死刑。被判死刑的这些人被带进了围栏，6名日本士兵也被命令进入围栏，他们用利剑把8位土著头领斩首并大卸八块，其余36人也遭到同样对待。这场行刑看起来很可怕。这些土著头领死去时一声不响，只有一个人用荷兰语说："先生们，难道你们没有仁慈之心吗？"但这也于事无补。

发生的这一切如此恐怖，我们都惊呆了。这些被处死的人的头和尸块被人用竹尖挑起来示众。这样的事情的确发生了：上帝才知道谁对谁错。

我们大家都是基督徒，对此事的结束方式充满失望，没感到什么乐趣。库恩丝毫没有因为这么多班达人的死而良心不安。

"这些人十分懒惰，"他写道，"不可能指望他们有什么好的作为。"但阿姆斯特丹的董事会认为他的野蛮行径令人厌恶。他们写道："我们曾希望能用更温和的方式处理此事。"库恩有理由对这种批评表示愤怒，因为正是这些董事们最初建议"应以强力制伏班达人，剿灭并驱逐其头领，重新迁入人口定居该地"。

长期以来，库恩一直在考虑重新迁入人口一事。现在他想到一个办法，就是把整个班达人群体集中起来，运到巴达维亚当奴隶卖掉。从班达群岛运走的人口总数至今仍不清楚，但其中一艘船的登记记录显示，这艘船运载了近900人，其中四分之一死于途中。

对班达群岛的征服几乎全部完成了。剩下的土著全都任由库恩摆布，他们的领袖已死，防御工事被拆除了。英国人也不再是威胁。岚屿被围困之后的幸存者不是被囚禁在艾岛，就是用铁链拴在这艘或那艘荷兰船上，再闹事的可能性已经很小了，因此库恩此时起航回巴达维亚和荷兰去了。途中他特意在安汶岛停留，提醒总督赫尔曼·范斯皮尤特要当心任何可疑的活动。他坚信英国人肯定会报复荷兰人，不是在安汶岛，就是在班达群岛，他告诉范斯皮尤特要把任何阴谋消灭于萌芽状态。"我们愿意按照你的命令办事，"范斯皮尤特答道，"如果我们听说任何阴谋……我们将按你的指示毫不迟疑地公正处理他们。"

范斯皮尤特一丝不苟地执行了库恩的命令，他雇用了一个大型间谍网络，向他报告城里的任何可疑活动。接下来发生的事件全欧闻名，被称为安汶岛大屠杀，它摧毁了英国人想收复香料群岛失地的任何希望，也使英荷走到了战争边缘。

安汶岛对荷兰人非常重要，它既是战略要地，又是香料产地。兼具战略和香料出产的重要性。它不但是驶往班达群岛的船舶停靠的主要港口，而且丁香产量丰富，其280多平方英里的土地都用于种植丁香。汉弗雷·菲茨赫伯特船长在他的《班达群岛和摩鹿加主岛简述》(*Pithy Description of the Chiefe Ilands of Banda and Moluccas*) 一书中写道："安汶岛就像班达群岛和摩鹿加群岛之间的一个女王，几家商馆的努力工作使这里变得很漂亮，荷兰人显然很喜欢这个地方。"库恩选择安汶岛的城镇作为他在香料群岛的总部并下令建造一座"极为坚固的城堡"，使他可以在城堡里监视驶向班达群岛的所有船只。

安汶城堡的一边紧贴海边，一条9米多宽的护城河把城堡的其余部分和城镇隔开，河里灌满海水。城堡的墙上都有坚固防御，各角都有塔楼，每座塔楼都安装了"6门大炮"。城堡驻军由200名荷兰士兵和一队自由民组成。除此之外还有400名"mardikers"，即自由土著。他们可以招之即来，保卫城堡。海港中有8艘荷兰战舰停泊，作为纵深的防线。

英国人不大可能持续对抗荷兰人。库恩起航去阿姆斯特丹时，居住在东印度群岛的一小帮英国人正勉强维持生计。他们从伦敦得到的支持很少，他们守卫的商馆大多破败不堪，处于半废弃状态。所有商馆都濒临破产，实际上已放弃了香料贸易。1622年冬就曾讨论过关闭商馆的问题。只是因为大家认为需要听取伦敦的意见，才推迟了最后的决定。

安汶岛的英国小商馆地处其主要的城镇，该城镇也叫安汶。商馆里有十几个人。在同一座岛上的希图和拉利卡两个村庄，还住着少数几个代理商，因此英国人总数共有18人，从事各种各样的职业，有商人、水手、一个裁缝，还有一个兼做外科大夫的理发师。这些人的所有武器集合在一起，不过三把剑、两杆枪。总代理商是加布里埃尔·托尔森，就是那位娶了威廉·霍金斯的遗孀、亚美尼亚王室小姐为妻的商人，他经商经验丰富，选择在东方定居。他是个了不起的幸存者，寿命超过了他所有的同时代人很多年。从他的信件中可以看出，他能很快适应不熟悉的环境，精明地掌握了东方习俗。他比较懒惰，但很可靠，喜欢讲排场，却又特别讲求实际。他驻扎印度艾哈迈达巴德时，新任英国大使托马斯·罗爵士曾抱怨说，托尔森"来这儿时带了很多仆人、一把小号，比我还张扬"，这清楚表明，托尔森知道怎样引起莫卧儿宫廷的注意。他很不信任荷兰人，这一点毋庸置疑，但是他对安汶的荷兰总督赫尔曼·范斯皮尤特并无恶意，因为后者曾帮助他为英国代理商安排住所。事实上，正当范斯皮尤特怀疑他在搞阴谋时，托尔森却给万丹的上司写信，要他们给这位荷兰总督写一封感谢信，"并赠送一些啤酒或一箱烈酒，他会接受的"。托尔森和他的手下是荷兰城堡的常客，他们几乎可以随意出入，来去自由。托尔森本人经常与荷兰总督共同宴饮，总是带着对荷兰总督"礼貌"和"关爱"的迷恋离开。

很快，托尔森就会知道这些彬彬有礼的行为多么空洞。1623

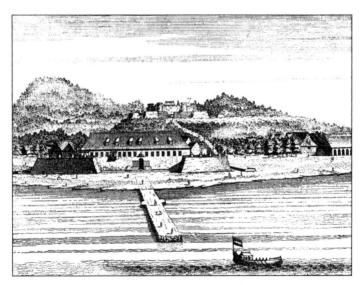

安汶岛维多利亚堡垒。该岛所有英国人受折磨和被处死的地方。据荷兰人称，英国人曾想攻占城堡，但这种说法不足为凭。

年2月10日夜晚，一个在城堡墙根巡逻的荷兰哨兵撞上了一个日本雇佣兵，城堡的荷兰管理机构按期雇用日本人，约有30名日本人为城堡服役，但正规守备部队不信任他们，因此他们被安排住在城里的一幢房子里。这个日本人问了一连串的问题，引起了哨兵的怀疑，在守夜结束时，这个哨兵便告诉他的同事，城堡里有暗探潜伏。这条消息很快就传到了总督耳朵里，他逮捕了那个日本人并更加仔细地进行了讯问。那个日本人承认，他是问过有关城堡防御力量的问题，但他说，这只不过是出于好奇而已，"没有任何邪恶企图"。他说了解巡查情况是士兵们的通行做法，"这是为了知道他们自己要站多长时间岗"。

这个回答本可让大多数人满意，但范斯皮尤特完全不相信，他下令给这个人上刑。据一份荷兰官方报告记录，他"忍了相当长的时间"，但酷刑最终达到了预期效果，那个可怜的家伙终于"招认"说，日本人已经在密谋武力攻占城堡。这种密谋让人难以相信，简直可以说荒唐可笑，但荷兰人听说后十分惊恐，竟把其他的日本人全部抓了起来，也都施以类似的酷刑。在此期间，"往来城堡处理自己事情的英国人看见了这些囚徒，听说了他们受折磨的事以及他们被指控的罪行"。56个小时之后，荷兰审讯者得到了他们一直想要得到的回答。遍体鳞伤的日本人承认英国人是共谋，是托尔森和他的手下唆使他们阴谋攻占城堡的。

当时有位名叫埃布尔·普赖斯的英国外科大夫被单独关在城堡的地牢里。普赖斯是一个酒鬼，他因鬼混了一个晚上之后威胁说要放火把一个荷兰人的房子烧掉，给自己惹上了麻烦。现在荷兰人决定对普赖斯用刑，看他知不知道这场阴谋。黎明时分，他被带去见荷兰执法官员，当时他喝醉了，脑子还是晕乎乎的。荷兰审讯官跟普赖斯讲了日本人的供述并让他看了他们的伤势，几乎没有动刑，普赖斯就"无论问什么都招了"。事实上，他们都没问他什么问题，只要求他承认他们关于事件的说法就行。据荷兰人的记录，普赖斯很配合地招认了，他说："在新年这天，托尔森船长把那些英国商人和其他官员叫到一起，先让他们手按《圣经》宣誓保密和忠诚。然后托尔森对他们说，荷兰人很讨厌我们，对我们既不公正也不尊重，因此，他想亲自报仇。如果他们愿意效忠他并帮助他，他知道怎样夺下城堡，但有些人反对说他们力量太小了。听到这种说法，托尔森船长回答说，他已经说服日本人和其他一些人，他们都愿给以协助。（据他说）他不会缺少人手，因为大家都愿意参与。"

普赖斯接着详细描述了进攻的计划。他说，首先由日本人进入城堡，杀死哨兵和总督。他们得手后，其他人就攻破大门，杀死所有不肯投降的荷兰人，得胜后分享钱财和货物。

"我听说这个阴谋之后非常震惊"，范斯皮尤特得知他的供认之后说。他当然应当感到震惊，因为英国人根本无法攻陷这样一座重兵把守的城堡。即使他们在整个安汶岛挑起叛乱，这项计划仅凭三把剑和两把枪也注定要失败，而发起这样的进攻却不在近海安排一艘船预备逃跑，简直可以说是自杀行为。但库恩告诫范斯皮尤特要提防的就是这种阴谋。因此，总督决定，他有义务更仔细地调查这件事。

他借口要讨论一些重要商务，传话到英国人的住所，要他们立即到城堡来。大家都响应了召唤，只留下一个人看守房子。他们刚被带到范斯皮尤特面前，就被指控阴谋造反，并被告知他们将被关押起来，等待"进一步通知"。托尔森被关在英国商馆内，由一队荷兰士兵把守，而埃马努埃尔·汤姆森则被扣押在城堡内。其他人如约翰·贝奥蒙特、爱德华·柯林斯、威廉·韦伯、埃弗莱姆·兰姆塞、提摩西·约翰逊、约翰·法多和罗伯特·布朗等都被拴上铁链，扔到一艘停泊着的荷兰船上。过后，住在希图的塞缪尔·柯尔逊、约翰·克拉克和乔治·夏洛克斯，以及住在拉利卡的威廉·格里格斯和约翰·塞德勒也都被带到了安汶。最后，卡姆贝罗的约翰·珀尔，约翰·威德罗和托马斯·拉德布鲁克也被逮捕并囚禁起来。然后荷兰人把英国人的房屋洗劫一空，没收了所有商品，包括箱柜、书籍和信件等。

这些英国人仍然不知道他们被指控的罪名，因此很坦然地面对监禁。他们与范斯皮尤特一向保持着良好的关系，相信误会很快就会澄清，然后放他们出去。但他们错了，因为就在卡姆贝罗的最后一批囚犯到达之前，最初的酷刑已经开始了。

1624 年出版的一本小册子叙述了整个过程，标题是《关于安汶岛的英国人如何被不公正对待以及残酷和野蛮虐待的真相》(*A True Relation of the Unjust, Cruel and Barbarous Proceedings against the English at Amboyna*)。尽管为后人描述了所有酷刑的细节，这册令人毛骨悚然的报道还是成了英格兰的畅销书，共出了十几版，该事件过去 40 年后还有再版。这本书对英国公众的影响非常大，许多人都争相要求对荷开战。这册报道甚至在荷兰也引起了轰动，荷兰国会承认其细节恐怖。

约翰·贝奥蒙特和提摩西·约翰逊是第一批被叫到荷兰执法

官员面前的人。约翰逊被带进行刑室，浑身发抖的贝奥蒙特则被留在外面，由士兵看守。这种改进过的用刑方法使他能够在自己被扔进行刑室前听到他朋友受折磨的声音。他没等多久，那位官员就开始对约翰逊用刑。贝奥蒙特听见他"可怜地喊叫，然后静了一会儿，接着叫喊声又大了起来"。荷兰人让约翰逊"尝了一下受刑的滋味"后，就暂时放过了他，之后用车把埃布尔·普赖斯推了进来，逼着约翰逊指认他。"但约翰逊还是没有承认任何事情，"报告中写道，"很快又把普赖斯带了出去，再次给约翰逊上刑，贝奥蒙特听见他有时大声叫喊，然后安静下来，接着又大叫起来。第二次审讯持续一小时后，约翰逊终于被带了出来，他哭泣呻吟着，全身湿透，身体各处都有烧伤。"他被扔到一个角落，"由一个士兵看守，不让他跟任何人说话"。

接下来进入行刑室的是埃马努埃尔·汤姆森。他51岁，已经是个老人，但年老体弱并没有让他免于可怕的审讯。他忍受住了一个半小时的折磨，尽管人们听见他"多次凄惨地号叫"。

最后，执法官叫来一直在行刑室外不住发抖的贝奥蒙特，他被反复讯问，"但他对一切都死不承认"。然而他拒绝承认也无济于事，他被人用布条勒住脖子，吊在墙上，向他展示血淋淋的刑具。但还没来得及使用，总督就突然停止对贝奥蒙特用刑，宣布说"因为他年纪较大，可以宽限一两天"。

次日是星期日。范斯皮尤特用了比平时更多的时间参加城堡小教堂的礼拜仪式，跟着那些审讯员便继续用刑。第一个进入行刑室的是罗伯特·布朗，他是一个裁缝。执法官还没来得及对他用刑，他就吃不住招供了。接下来的柯林斯则给他们造成更多麻烦。当被告知对他的数项指控时，他"发毒誓并破口大骂"，拒不承认一切指控。这让执法官很生气，他让手下人"把他手脚紧紧捆在岩石上并用布条捆住他脖子"。当柯林斯发现要受刑时，就乞求把他放下来，答应招认一切。但他刚被放下来，就再次否认知晓任何阴谋，他说既然他们非要用刑"屈打成招，哪怕说假话也无所谓，那就帮帮忙，干脆直接告诉他想让他招认什么，这样他照说了就能避免受刑"。

"执法官说：'什么？你在戏弄我们吗？下令再给他用刑。'于是他们对他施以水刑，他忍受不住就再次乞求把他放下来，让他招供。这回他自己想出了一个花招，跟他们说，在大约两个半月前，汤姆森、约翰逊、布朗和法多当着他的面策划借助日本人偷袭城堡。这时，执法官打断他的话，问他托尔森是否参与了密谋。他回答说：'没有。'"

"'你撒谎，'检察官说，'他难道没有把你叫到面前，跟你讲荷兰人每天的虐待逼他想出了这个计划，要你同意并帮助他吗？'"

"'是呀，'坐在旁边一个名叫约翰·朱斯特的荷兰商人插嘴说，'你难道没有手按《圣经》起誓，严守机密吗？'"

"柯林斯发誓说他根本不知道有这样的事，于是他们又把他捆起来。他马上说刚才他们讲的一切都是真的。执法官问他其他英国代理商是否同意这项密谋。他回答说：'没有。'检察官又问他雅加达的英国总督或班达的威尔顿是否也曾密谋策划或知道其事。他又回答说：'不知道。'"

此时，执法官问柯林斯日本人计划如何偷袭城堡，可怜的柯林斯"支支吾吾地想要虚构一些可信的故事",但最后还是转向执法官,一言不发地摇了摇头。执法官很愿意帮忙,给他提供了他想听到的故事:"日本人是不是要占领城堡的每个重要位置,然后再派几个人到总督门口去,等到外面乱成一片,总督出来看怎么回事时,日本人就把他杀掉,对吗?"

那些行刑者听见执法官引导柯林斯说这些话,都大吃一惊。站在近旁的一个人对执法官说:"别跟他讲应该说什么,要他自己说。"又拷打一番之后,柯林斯问什么就承认了什么,随后就被拴着铁链带走了,"他很高兴不用再受刑了,也肯定他会因认罪而被处死"。

接下来是塞缪尔·柯尔逊,希图的代理商。他见到柯林斯时悲痛欲绝,"眼珠子都快爆出来了",他选择承认一切,"所以就被放了出来,他一路哭着、哀号着,抗议说自己是无罪的"。

约翰·克拉克也来自希图,他是所有人中最能抗的,一项罪名都不承认。"他们用水与火折磨"了他长达两个小时,他依然坚持自己无罪。他跟其他人一样,也被施以令人毛骨悚然的"水刑",受此刑后身体会发生古怪的变形。"他们先用绳子把他双手捆起来,吊在一扇大门上,然后用两根铁钉把他固定在两边柱子的顶端,尽量拉开两手距离,双脚也被用力拉开,离地两英尺。"之后,他们用一块厚帆布蒙住他的脸和脖颈,只在头顶留一个开口。接着,"他们慢慢从他头上灌水,直到帆布里装满水,淹到嘴和鼻子,比鼻孔稍高,这样他就透不过气来,必须把水吸干才行"。

水刑一直持续了几个小时,直到"他鼻子、耳朵和眼睛都冒出水来，经常被水呛得透不过气来，最后因一口气出不来而晕厥过去"。这时，行刑者就得迅速采取行动。他们把帆布从他的头和脖颈上取下，"让他把水吐出来"，等到他缓过气来，"他们又把他套住"。

克拉克连续忍受了 4 次这种可怕的折磨，"直到他的身体肿得有原来的两三个大，双颊鼓得像两个大气袋，眼珠瞪着像要爆出来一样"。但他仍然拒绝认罪。这时，执法官和用刑者担心起来，他们"说他是个魔鬼，不是人，或者肯定是个巫师，他至少会点儿魔法，要不就是被施了魔法，不然怎么这么能忍。于是他们把他头发剪短，以为他头发里面藏着什么巫术"。之后他们简短地讨论了一番，是否要继续拷问。大家都认为很有必要，于是，"他们又像之前那样把他吊起来，然后用燃烧的蜡烛烫他的脚底，直到脚上滴下的油把烛焰浇灭了，然后他们又重新点燃蜡烛烫他的脚，还烫了他的肘部、掌心，以及腋窝，直到他皮开肉绽"。

最后，他被放了下来，"由于被折磨得疲倦不堪，无法忍受，问他什么他都承认"。他们把他的供述写在纸上，"把这个可怜的人狠狠折磨了一番之后，就让 4 个黑人把他抬进地牢里，他在那儿躺了五六天，没有医生为他包扎伤口（他的肌肤已经腐烂），直到恶心的蛆虫从他身上爬出来"。用刑者们在这场暴行之后精疲力竭，"就这样结束了他们安息日的工作"。

接下去的一周里，其他的英国人被一个个带进刑室，大家都忍受了不同程度的肉体摧残，然后身上带着烧伤、流着血，伤口处腐烂化脓被扔进城堡的地牢里。格里格斯一开始就认罪了，因此免于被烧。法多是忍受了水刑之后才崩溃的，然后贝奥蒙特这个老弱病残者被第二次抬了进去。他的几个已经受过折磨的同事被带进来指认他，但贝奥蒙特"以非常认真的态度发誓"，不承认任何指控。执法官很快就厌烦了，不想再等他供认，就把这个执拗的俘虏"吊起来灌水，直灌得他的五脏六腑都要炸裂了"。忍受了一两小时后，"他承认了执法官的一切指控"，"他的腿被一个铁栓用两道铁链拴住，然后被人抬进了监狱"。

乔治·夏洛克斯急于躲过折磨，便编起了故事。他坐在水桶下，周围围满了蜡烛，被告知如果拒不承认，就会被残忍折磨，然后"头朝地脚朝天地在绞刑架上吊死"。这对这个可怜的人来说难以忍受，他开始漫无边际地讲起他们如何策划反对荷兰人的故事来。由于禁止俘虏互相交谈，他的故事跟其他人讲给执法官听的几无相似之处。夏洛克斯不断否认托尔森曾就此话题跟他谈过，并说他因为住在岛的北面，在所谓的阴谋策划之前，已经有 4 个月没见过他的同胞了。尽管他做了这些辩解，但他的供词已经拟好了，荷兰人向他宣读了一遍，问他是否属实。"不"，夏洛克斯回答。执法官说："那你为什么承认呢？"夏洛克斯回答说"因为害怕受刑"。听到他这样说，"执法官和其他人大发雷霆，骂他撒谎，既然他嘴里已经承认，那就是真的，因此就应该认罪"。

最后，加布里埃尔·托尔森被带进审讯室，他"坚称自己无罪"。执法官告诉他，所有的人都指控他要谋反，跟着就命令带 3 个人进房间，当着托尔森的面重申他们指控他的罪行。柯尔逊是第一个被带进来的：他面色苍白，浑身发抖，一声不响地站着，羞愧地低垂着头。最后他被告知，如果他不开口，就会再折磨他。这时，柯尔逊"冷冰冰地确认了"他的供词。接下来被带进来的是格里格斯和法多，他们站在托尔森面前，然后出现了一个戏剧性的场面。托尔森"严肃地训斥了他们，告诫他们将面临上帝的最后审判，所以他们只能讲真话，而不能有半句虚言。这两人立刻在他面前跪下来，请他看在上帝的分上原谅他们，并当着大家的面公开说，他们以前的供认多不属实，只是为了避免折磨才那样说的"。听到这儿，执法官大发脾气，威胁说要再用刑。"他们因为无法忍受，便承认以前的供认属实。"

托尔森一声不响地低下了头，意识到自己已经没有指望了。格里格斯和法多都没法忍受再被用刑，已同意签署有罪声明。格里格斯签署认罪书时，问执法官："惩罚会落在谁的头上，是落在被迫承认假话的他的头上，还是落在强迫者头上？"这时，执法官离开房间与范斯皮尤特商议，回来后命令托尔森签字。"好吧，"他说，"你让我指控自己和别人，那是假的，上帝知道：因为上帝是我的见证，我就像新生的孩子一样无辜。"

别的人在认罪书上签名之后，荷兰人对托尔森做了什么，至今仍不清楚。毫无疑问，他肯定受到了最野蛮的虐待，但他忍受住了折磨一直到最后一刻。据两名幸存者后来记录，范斯皮尤特的手下使用了更为残忍的手段，如"劈开脚指头，刺穿胸脯，在里面放进火药，然后点燃，把他的身体烧得残缺不全，根本不管他是否有罪"。据说被烧灼后的肌肉刺鼻难闻，在城堡的地牢里，"没人能够忍受那股气味"。

这场折磨之后荷兰人休息了两天，然后所有囚徒被召集到城堡大厅中听候发落。有几个人相信他们受的折磨可能会引来同情，他们肯定会被流放，而不会被杀害。但范斯皮尤特不是一个以宽恕著称的人。他坐在一张大桌子边，两边站着军官，严肃地"陈述了对他们的指控"。所有人都认了罪，除了托尔森，他不断抗议自己无罪，执法官勃然大怒。大家等着宣读判决书时，托尔森又一次"被带进审讯室，身后跟着两罐水"。在接下去的几个小时里他受了什么样的折磨永远也不可能知道了，因为再看见面容憔悴惨白的他就是在绞刑架前。

执法官宣读判决之前，"他们向上帝祷告，祈愿上帝能够在这令人沮丧的时刻掌握他们［审判委员会］的心并用公正和正义唤醒他们"。祷告结束，执法官宣布了判决。托尔森被判处斩首分尸并在柱子上悬首示众。其余的人与日本同谋犯一起免于被分尸，被判砍头。正当这些人心惊胆战地听着，荷兰军官中发出了一阵低语声。他们意识到，处决所有的人，他们就得自己承担处理英国商馆后事的重任。为此，他们决定开释两人，令其料理公司事务。贝奥蒙特是被开释的其中一个。他很幸运地有一个荷兰商人朋友力主释放他。荷兰人选择第二个人时决定让柯尔逊、汤姆森和柯林斯三人抓阄。他们跪在冰冷的石板路上，双手合十，一同祷告。祷告完毕，他们把手伸进抽签盒里。柯林斯抓到了正确的阄，被正式释放了，其余两人则听天由命，只求一死了。

这些俘虏被领回到囚室中，度过行刑前的最后一夜。荷兰牧师来看他们，"告诉他们在世的时间已经不多了，告诫他们要真诚地忏悔，因为在这样的时刻伪装是危险且无望的"。英国人继续抗议说他们是无罪的并"对牧师说，大家都会领到圣餐，从而盖上罪行得到宽恕的印章，以此确认他们最后的清白"。这让牧师完全无法忍受，回答说绝对不可能。

　　柯尔逊此时向牧师乞求是否能问一个问题。"你说现在如果伪装是很危险的，"他说，"但请告诉我，如果我们清白无罪，而且又真正地信仰耶稣基督，我们将得到什么回报呢？"

　　对此，牧师早已准备好了回答："你讲得有多清楚，你所得到的拯救程度就有多大。"这篇叙述继续写道：

　　　　听到这话，柯尔逊站起身来，抱住牧师，把塞满钱的钱包交给他说："愿上帝赐福与你。请告诉总督，我完全原谅你。我求你劝他为给我们这些可怜无辜的人造成的惨剧忏悔。"

　　　　此时，所有的英国人都表示同意这番话。

　　　　接着，法多当着牧师的面对其他人说道："我的同胞和兄弟们都在这儿跟我一起被判死刑。我要告诫你们，你们在上帝最后审判时都要回答这个问题，你们是否犯下了我们被指控的罪名，以便良心清白，说出真相，让世人满意。"这时，塞缪尔·柯尔逊大声说："我是清白的，并未犯罪，上帝啊，请原谅我的一切罪行，如果我多少有罪，那就让我永远不能享受天堂的欢乐。"听到这话，其他的人都喊着："阿门，阿门，大慈大悲的上帝！"讲完话后，由于每个人心里都知道自己诬告的是谁，于是他们都一个接一个地请求宽恕他们的诬告，这是折磨的痛苦和对折磨的恐惧所致。他们都宽宏大量地互相原谅，因为人人都被诬告，又都诬告了对方。

　　荷兰牧师们看到这些死刑犯表明清白的场面深受感动，其

安汶大屠杀深深地震撼了全英国。东印度公司的商人忍受了水与火的酷刑，被炸药炸断肢体。在忍受了一个星期的野蛮虐待后，他们被荷兰指挥官处决。

中一个人主动提出送他们一桶红葡萄酒，以便他们能够"借酒浇愁"。但他们不愿意以醉酒来打发临终的时刻，坚辞不受，而是向牧师要来墨水，坐下来安安静静地写下他们临终的无罪誓言。其中一篇有塞缪尔·柯尔逊的签名，写在他的一本《大卫王诗篇》（*The Psalms of Daviol*）上，最后被带回到了欧洲。誓言写于1623年3月5日，当时他"被铁链锁在'鹿特丹'号上"，开头是这样写的：

> 我，塞缪尔·柯尔逊，是希图村的前代理商，因涉嫌谋反而被捕。不管怎样，我是死了。我没有别的办法让人了解我的清白，只能写在此书中，但愿某位好心的英国人能够读到。我在此向上帝宣誓，我完全没有参与任何谋反，也希望耶稣的受难能让我的罪孽得到救赎：我知道这里的所有英国人和这个世上的人都是无罪的。我讲的是真话，愿上帝保佑。——塞缪尔·柯尔逊

威廉·格里格斯也在临终之夜潦草地写下了几行字："我们因为受刑而违心地说了假话，其实我们从来不打算这样，从来没这么想过。在我们临终并将得到拯救时，那样做只是因为我们受了水深火热的极刑，身体难以忍受……再见吧。写于黑暗中。"

托尔森如何度过了他最后一夜已经无从得知，因为他当时依然被单独关押，无法与他的同胞们交流。他所写的一切都被没收销毁，除了几行字以外，那是他写在公司欠账单上的。账单偷偷转手，直到落入班达群岛一个英国代理商手中："我心坚定，加布

里埃尔·托尔森，此时被赐一死，但绝未犯我被指控的任何罪行。愿上帝宽宥他们的罪行，显我以怜悯。阿门。"

托尔森受的苦至少与其他人一样多，这从被开释的贝奥蒙特的叙述中能清楚地体现。他在行刑的早上去看托尔森，"发现他孤单单地坐在一个房间，情况极为凄惨，他受刑后的伤口已经包扎好"。他无力地抓住贝奥蒙特的手，向他祈求说，如果他回到英格兰，麻烦去找他弟弟比林斯利，向其证明他是清白无辜的。他说："这你最清楚不过了。"

晨曦初露时分，响彻城镇的击鼓声和士兵的沉重脚步声提醒着犯人他们即将被处决。击鼓是为了召集想观看即将开始的屠杀的观众。处决犯人在安汶岛算是一种有趣的活动，到处张灯结彩、旗帜飘飘，有乐队在演奏，还有大批人群"拥上前来，想一睹荷兰人征服英国人的盛况"。与此同时，犯人在大礼堂最后一次集合，门口站着那两个"被赦免开释者"，这两个人已经依据总督命令被释放。死刑犯向他们最后一次告别并庄严地要他们"向英格兰的朋友们作证……他们不是作为叛国者被处死，而是惨遭荷兰人杀害的无辜的人。他们向上帝祈祷，愿上帝原谅他们的血腥罪恶，对他们的灵魂怜悯以待"。

他们在大厅度过最后的时刻时，日本犯人被带了进来，靠着对面的墙沿墙根排成一行。这一景象让英国人和日本人都很生气，因为各方都以为是对方造成了他们目前的这种惨剧。一个日本人绝望地说："你们这些英国人，我们此生在什么地方和你们一同吃过饭，一起交谈过，[谁曾记得]看见过你们？"英国人回答说："那你们为什么告我们呢？"直到这时，大家才意识到他们被荷兰人欺骗到了何种程度。"这些可怜的犯人意识到他们为并未发生的事而错怪了对方,便把受刑的伤处给对方看,如果把石头像这样烧,也会烧变形呀。我们身上还剩下多少血肉哟。"

于是,这些犯人互相拥抱在一起,随后他们被带进院子里,在那儿一个站在走廊中的军官宣读了他们的判决书。他们在院子里与托尔森重逢,后者身上的伤口化脓溃烂,几乎连路都走不动。接着,他们在5队士兵的押解下,被排成一行带到了行刑场地,这是一列长长的阴郁的赴死行列,他们在欢呼的观众群里穿行而过,最后来到行刑场。

大家站好面对行刑官时,塞缪尔·柯尔逊从他兜里掏出一张简短的祷文,最后是一段不服判决的无罪誓词。念完后,他就把纸扔向空中,看着它在空中高高飞扬,直到被一个士兵抓在手里,立刻送到总督那儿。

犯人一个个来到断头台前。行刑官开始其血腥工作之前,每个人都以清楚的声音宣称,他们是清白无辜的,并未犯任何被指控的罪行。"就这样,他们一个个十分开心地接受了那致命的一刀。"

只有托尔森被单挑出来享受特别待遇。作为这一小队英国人的领导,他被赐以特别荣誉——他被砍头之前,荷兰人在断头台上铺了一小块天鹅绒。英国东印度公司后来收到一张费用清单,还把这块天鹅绒的账也算进去了,理由是它浸透了血,不能再用了。

如果范斯皮尤特对他的不公判决还有任何不安的话,那就是害怕遭到天谴。"就在行刑的那一瞬间,天突然暗了下来,刮起了一阵狂风,把港湾中的两艘荷兰船从泊位上吹走了。"更糟的还在后头。犯人处决后两周不到，"安汶岛大疾肆虐，前所未见，人们大叫说这是上帝因为英国人流了冤枉的血而降大灾了"。疫病过后，超过四分之一的岛民丧生。幸存下来的英国人被这一系列事件宽慰，因为他们回忆起埃马努埃尔·汤姆森临终前说的话："他绝不怀疑上帝会证明他们是清白无辜的。"

巴达维亚那几个英国人对这些事件毫无所知，直到他们遇到刚从海港船上下来的两个面色苍白的英国人。当被要求解释一下他们可怜的遭遇时，他们讲述了安汶岛大屠杀的情况。英国人听到后大为震惊，立刻向新任荷兰总督彼得·德卡彭铁尔提出抗议，谴责范斯皮尤特"独断专行、监禁以及折磨并血腥处决英国国王的臣民"，他还"直接违反条约，没收他们的财物，使英国国王蒙受羞辱并激起英国人民的公愤"。

德卡彭铁尔以冷静超然的态度对待他们的抗议，但他写给荷兰的信件表明，他已意识到，这是一次极为严肃的事件。尽管他相信，托尔森和其他人的确参与了谋反，他还是以极为强烈的措辞谴责了执法官采用的方法。他写道："他自称是个律师，也作为律师而被公司录用，但他对待此事本应拿出更好的判断力来。我们认为，严酷的司法本可以荷兰式的仁慈来加以调剂〔并考虑到这个国家是我们的邻国〕，特别是执法时本可不伤及国家和司法的尊严，我们认为这本来是可以做到的。"

大屠杀的消息传到伦敦后，群情激愤。詹姆士国王起先不敢相信，说这太邪恶了，可当幸存者亲口告诉他这个故事时，他被深深地震惊了，尽管他不习惯流露感情，但据说他当时因托尔森和同伴的遭遇而流泪了。枢密院的议员得知他们所受的折磨之后全都掉泪了，而英国东印度公司的商人们吃惊得说不出话来。英国公众的反应更强烈，他们沉浸于举国哀痛之中。到处都出现了小册子和大幅印刷品，详细描述了用刑的情况。在各村镇，人们激烈地讨论着这令人毛骨悚然的事件。罗斯伯里的荷兰小教堂外聚集了一群暴民，他们在荷兰信众进入教堂时对他们发出嘲弄声。"伪君子！杀人犯！"他们叫道，"安汶岛的屠杀将使你们进不了天堂。"50多年后，诗人约翰·德莱登利用大屠杀这一素材激起了反荷情绪，发表了他的悲剧《安汶岛或荷兰人对英国商人所施酷刑》(*Amboyna, or The Cruelties of the Dutch to the English Merchants*)。

整个冬天，公众的愤怒不断增长。东印度公司的董事们并不畏避挑起公众的怒火。他们委托艺术家理查德·格林伯雷绘制了一幅大型油画，描绘托尔森及其同伴所受的痛苦，以及范斯皮尤特和执法官取得血腥胜利之后的得意之态。格林伯雷显然干得十分出色，他描绘了一幅令人不适的画面，"生动、大规模而艺术性地"表现了用刑场面。这件作品本来要在公司总部展出，"作为荷兰人残酷和欺诈的永久纪念"，并邀请公众来参观。但画作有效地激起了人们对荷兰人的憎恨，结果董事会接到政府命令，必须到忏悔日之后才能挂出这幅画，因为他们害怕公众会针对伦敦的大批荷兰人闹事。

格林伯雷本人对人们的反应很高兴，要求董事会给他100英镑的报酬，但他没有如愿以偿，因为他们告诉他："有人愿索价30英镑制作一尊铜像，而制作铜像的费用和技艺要比在画布上作画高得多。"最后，格林伯雷只拿到40英镑。

随着伦敦反荷抗议之声扩大，人们感到必须采取某种行动了。"我认为，"一位知名人士给海牙的英国大使达德里·卡尔顿写信说，"我们应该拦截第一艘往我们方向开来的印度船，把参与此次事件的有罪者或肇事者全部在多佛海岸的悬崖上吊死，先斩后奏，之后再去和荷兰人理论：因为对这种既不考虑法律和正义，也不尊重公平和人性的人，没有别的办法对付，只能让他们直接去见上帝。"

荷兰国会对安汶大屠杀之后的风波极为关注，而且对荷兰东印度公司董事会编写的官方报告很不满意。该报告并不否认范斯皮尤特用了酷刑，却试图证明他使用的方法是合理的，报告认为"水刑比其他用刑方式更为文明，因为水刑造成的痛苦不过是气息和呼吸管道受压迫及引起焦虑而已"。这份报告漏洞百出，拿不出任何对英国人不利的证据来。荷兰国会对其内容进行了仔细讨论之后，把范斯皮尤特召回荷兰，要他承担野蛮行径的责任，但他还没到达阿姆斯特丹就死了。其他人回到了荷兰，为调查此案组成的特别法庭争论数月后宣布说，他们之所以这么做，是因为他们认为这是为了本国的最大利益，因此没有理由惩罚他们。

英国东印度公司董事会提出抗议，他们告诉英国国王，荷兰人应该被驱逐出香料群岛，除非"荷兰人真正地赔偿损失，将那些如此粗暴而残忍地折磨残杀英国人的人绳之以法，并为将来提供安全保证"。英国国王按照他们的提议采取了行动，指定了一个由英国最杰出的官员所组成的委员会，对所有证据进行检审。该委员会认为，这次屠杀与谋反无关，而是因为荷兰人企图把英国人从香料群岛永久驱逐出去。他们建议海军事务大臣派一支舰队在英吉利海峡入口处巡逻，凡有荷兰东印度船只进出，一律扣押在英格兰，直到荷兰给以合适赔偿为止。赔偿的形式是毋庸置疑的，荷兰人只有一种方式可以为安汶岛大屠杀做出赔偿，那就是归还岚屿。

第十二章

和 谈

安汶岛大屠杀过去15年后，一个叛逃的荷兰人抵达伦敦，带来了一则令人不安的消息。他告诉英国东印度公司董事会他最近造访了岚屿，吃惊地发现岛上所有的肉豆蔻树都被砍倒了。从前岚屿起伏的山脊覆盖着郁郁葱葱的森林，而今只剩光秃秃的土壤。

这个消息对英国想收复失地，在该地区重新站稳脚跟的渺茫希望又是一次打击。伦敦的商人们只消随便看一眼地图，就能了解悲惨的局面。班达群岛现在已完全处于荷兰人的控制之下：岛上城堡星罗棋布，有常驻部队把守，英国也许永远失去了这片群岛。安汶岛也牢牢控制在荷兰人手里。他们把这里选作在该地区的活动中心，其陡峭的海岸线建有一连串宏伟的要塞。北面的特尔纳特和蒂多雷这两座岛的情况也是一样，它们已经一步步落入荷兰人的势力范围。

对在库恩的"新都城"巴达维亚苟延残喘的少数几个英国人来说，悲观的情绪有更实在的理由。每个月他们都能看见越来越多的代理商从被抛弃的贸易点而来，这些人形容憔悴、穷困潦倒，一直挣扎着把生意做下去，直到破产或荷兰人的阴谋诡计逼使他们逃离为止。就连在遥远的暹罗、马来半岛上的北大年和日本的费兰多的定居点——对该地曾抱有很高期望——也都一事无成。这些地方的贸易商一个个被迫抛弃驻地，把毁弃的仓库和玷污的名声丢在身后。只有分散在印度沿海的商馆还在努力维持各种贸易，但就连这些地方也在一次毁灭性的并且完全出乎意料的饥荒中陷于崩溃。

安汶事件的恐怖消息在仍居住在巴达维亚的英国人小团体中引起了一阵恐慌。他们遭到荷兰人和当地人的鄙视，只能仰仗着新总督皮埃特·德卡彭铁尔的宽容在城中生活，新总督对他们的生活安宁与否毫不关心，也无兴趣。他对他们关于安汶大屠杀的抗议不屑一顾，使得这些英国人人心涣散，觉得自己处在极易受到伤害的境地，他们被敌人包围，明显没有脱逃之路。就算德卡彭铁尔选择模仿安汶岛的屠夫，他们也无法抵抗。

代理商们开会后做出了决定：立刻派侦察员出海，寻找合适的岛屿，建立新的英国大本营。公司总代理商准备写信给伦敦，央求董事会"把我们从荷兰不堪忍受的压迫下解救出来"。尽管他的信没有得到任何回音，但侦察员们很快就带回了好消息。他们在苏门答腊南海岸线一带航行之后，偶然发现了拉滚迪这座低矮的小岛，他们很有信心地宣称，这座岛非常适合他们的需要。

他们为什么对这个荒凉的地方感到兴奋，至今依然不清楚，因为那里气候极为恶劣，也没有淡水水源。但在 1624 年 10 月，巴达维亚剩下的几个英国人却大大地松了一口气，他们逃离了"那些背信弃义的人"，直接驾船去了拉滚迪。他们在那里竖起了旗帜，运来了给养，把拉滚迪改名为查尔斯王子岛。

他们刚刚在岛上安家，运气就再一次抛弃了他们。许多人死于热带的发热疾病和痢疾，剩下的几个可怜人花在掘墓上的时间与花在建造仓库上的时间一样多。几个月后这些人又开了一次会，幸存者们都选择重返巴达维亚，尽管做出这个决定十分困难。他们人少得不足以驾驶一条船，只好乞求一个荷兰船长带他们回港。迎接他们的是粗鲁的起哄声和"在公共市场被无情地鞭打作为惩罚"。

在这段麻烦不断的时期，来自伦敦的消息几乎难以使人感到乐观。尽管詹姆士国王一心想为安汶岛的滔天罪行报仇，但3年多之后他们才在英吉利海峡抓获了一支开往印度的荷兰舰队并把该舰队拖进了朴次茅斯港。这时，詹姆士国王已经去世，索赔一事就留给了他的继任查理一世国王。董事会终于看到了一个获得赔偿的机会，但他们刚刚拟定了一份冤情报告，就得知查理一世莫名其妙地放走了那支舰队。国王解释说他这种奇怪的做法是合理的，因为荷兰人答应派一个谈判代表团到英格兰来，但很少有人相信这种解释，有关查理一世收受贿赂的流言更让人们相信，国王已经和他们达成了一项秘密交易。据一份报告称，荷兰船长亲手交给查理一世30 000英镑；另有人说，有人送了他3吨黄金。荷兰人更是火上浇油地吹嘘说，他们从当铺那儿赎回了查理一世的珠宝首饰。

英国东印度公司就要进入最黑暗的时期了。驶往东方的船只数量减少了三分之二，贸易实际上已经停止，股价下跌了百分之二十以上。年景好时，股东们每年可慷慨地认购20万英镑，而现在，公司差役能筹措到这个数目的四分之一就算运气好了。更令人担忧的是公司债务螺旋上升，失去了控制：审计员1629年春检查他们的账目时惊恐地发现，赤字已经超过了30万英镑。

公司举行了一系列会议讨论财务的危险状况，很不情愿地决定削减日常管理费和杂费。18名伦敦雇员是第一批感受到这次削减的人。他们的工资和经费被列在一张清单上，同时提出了节约用钱的建议。有几位会被解雇、工作效率低的人要相应扣工资，其他人则减薪留职。清单上的第一位是管账的泰恩先生，他的工资从100英镑降到"从前的比率"，即80英镑。董事会成员对此很抱歉，但解释说，从印度群岛回来的船太少，他没有太多的账要管。审计员汉森先生是第二个牺牲品，但当他听说裁减的斧头就要劈下来时，他选择了有尊严的辞职，风度翩翩地从他的岗位上离开了，为公司每年节约了100英镑。木材测量员杜希先生运气同样不佳：他每年50英镑的薪资被取消，从今往后只能按日付酬了。其他人发现，他们已经成了多余的人：理查德·芒特尼被告知，由于不再需要他的服务，他的工资已被"收回"。

这类小动作不过是装装样子，对挽救公司的颓势毫无作用。放弃了造船业务之后，是又一轮削减工资，到了1643年，公司迫不得已卖掉了德特福德的船坞。董事会写信给那些长期忍受磨难的代理商们说："但愿我们能够在这些地区［指东方］维护我国的声誉，把事办好……［但是］我们必须勇敢承担重担，耐心静待，到时我们可能会发现，现在这难熬的日子会对我们自己和我们的事业有益。"

在整个"难熬的日子"期间，董事们都紧抱一个希望不放，他们希望岚屿终有一天会重新回到他们手中。1632年和1633年，他们寄信给万丹的商人，命令他们重新占领岚屿，在接下去的一

年中又派遣了一艘船去班达群岛，但因季风来得不是时候，那艘
船被迫返回了万丹。1636 年，一个精力充沛的英国商人单枪匹马
驾船去了内拉岛，要求归还岚屿。幸灾乐祸的荷兰指挥官欢迎了
他，并告诉他，如果他划船去看看岚屿，就不会这么急吼吼地要
求归还了。荷兰人越来越重视英国人对岚屿的持续兴趣，采取了
"一切措施，尽量降低甚至彻底消灭该岛的价值"。一个旁观者惊
讶地看着荷兰人"摧毁岛上的建筑物，移走肉豆蔻树，把它们连
根拔起，移栽到他们自己的内拉岛和普罗威［艾岛］上……最后
他们还想方设法减少岚屿的人口，从而使英国人无法利用该岛"。

　　把消息带到英国的这个荷兰人曾被荷兰东印度公司解职，因
此一心只想报仇。他提出追索英国国王损失的赔偿，只要一点儿
费用作为报酬即可，为此他被派往荷兰，配合英国大使的工作。
他们两人提供了有关荷兰人酷刑的大量证据，其中包括一份冗长
的调查报告，揭露了"班达总督的野蛮行径，包括烧杀折磨当地
居民、抢劫他们的金银财宝和货物并摧毁肉豆蔻树和其他香料"。
他们还有许多文件列举了过去 20 年中惨遭杀害的 150 名英国人，
以及一份 800 人被卖为奴隶的清单。

　　英国东印度公司的记录完整记下了随后的谈判——冗长的控
诉、抱怨和激烈的讨价还价。英国谈判团队在讨论索赔事宜上被
赋予很大灵活性，但底线是岚屿应该重新栽种肉豆蔻树并归还给
英国。除此之外，董事会要求一次性赔偿人财两方面的损失 20 万
英镑。接下去几个月，这个数目逐渐下降，但荷方拒绝赔偿哪怕
一个荷兰盾。

　　由于很不幸的巧合，在漫长的谈判期间，班达群岛进入了产

量最高的时期，产出的肉豆蔻和肉豆蔻干皮达到了连做梦都不敢想的程度。我们现在仍能看到1633年到1638年的5年间的记录，出口到荷兰的肉豆蔻和肉豆蔻干皮总量超过了400万磅。当然，这只是官方的数量。班达群岛的许多荷兰定居者通过暗地把肉豆蔻卖给土著商人和贸易商聚集起了个人财富。尽管荷兰当局严禁这种行为，但班达群岛险峻的海岸线使其很难受到监管，因此定居者要为香料找到买主是毫不费力的。

肉豆蔻种植园的成功在很大程度上要归因于库恩赶走了群岛土著居民，代之以荷兰人的策略。他离开东印度群岛之前就宣布，荷兰东印度公司邀请人们申请班达群岛的土地。作为申请人免受外人进犯，雇用奴隶在种植园工作的条件，他们必须同意永久定居该地，并且只为公司生产香料。许多生活在巴达维亚的"自由民"——即合同结束后仍然留在东方的人——非常愿意接受库恩的提议，因此申请很快就潮水般地涌来。班达群岛被划分成数个小的区域，由68人负责耕种，幸存下来的班达岛民则被迫教他们如何种植肉豆蔻树。

成功和财富冲昏了大多数定居者的头脑，他们获得耕植土地必要的奴隶之后，就堕入放荡的酗酒生活之中。库恩本人曾抱怨说，大多数定居者"完全不适合开垦殖民地，有些比动物还糟"。在这一点上他没说错：这些人一般来说都很懒惰，不守规矩，需要采取严厉措施才能管住他们。一位公司雇员的日记写道，在一段为期5年的时间内，他目睹了下列惩罚：2人被活活烧死，1人被车压死，9人被吊死，9人被斩首，3人被处勒死，1人被枪打成碎片，这是荷兰人惯用的一种惩罚。

荷兰人此时已经完全掌控了班达群岛，英国董事们对收复岚屿开始感到绝望，特别是英国内战的爆发终结了立刻派遣一支舰队去东方的任何希望。"值此多事之秋，我们担心能够做到何种地步，"他们写道，"本王国的所有贸易和商业由于国内不幸的分裂而降至最低点。"断断续续的战斗、联络的中断、苛捐杂税以及海上不断增大的风险造成贸易尽失，董事们哀叹道："正如这里贸易不佳，收入很少一样，整个欧洲的情况也很不妙，处于混乱之中。"

到了1656年冬，英国东印度公司已经难以维持了。40多年来，该公司的商人一直在努力与荷兰人竞争，派遣越来越不中用的船只前去香料群岛，紧紧抓住贸易的最后一丝机会不放。现在就连这也化为泡影：一度在泰晤士河上浩浩荡荡驶过的大型船队如今已成遥远的记忆。德特福德船坞已经被卖掉，仓库里空无一物，雇员加入了领救济食品的队伍，只有偶尔有某艘船艰难地从印度群岛驶回时才能拿到一点儿钱。

公司在海外的残余资产所值很少。仍然生活在万丹的代理商们几乎停止了贸易活动，在这个阴暗的时期，他们唯一的成功——获得了一船不错的胡椒——立刻就被荷兰人缴获并被他们得意扬扬地拖往了巴达维亚。在印度的西北海岸线，苏拉特的贸易站一度曾为公司获得丰厚利润。但它受到海盗的严重侵袭，当1630年的大饥荒扫荡了该城人口时，这个贸易站遭受了更为惨重的打击。"这片土地几乎一人不存，"当时还生活在苏拉特的一个代理商写道，"大多数人跑掉了，其余的则死掉了。"他关于这场危机的生动描述使伦敦的董事们毫不怀疑，他们在苏拉特的贸易得花很多年才能重振雄风。"同样凄惨的是看到那些可怜人在粪堆里找食吃，哎呀，那真是野兽拉的屎呀……我们的鼻子时刻能嗅到尸体的臭味，因为他们把赤裸的尸体拖出来，什么年龄都有，男女都有，一直拖到城门外面，然后尸体就被扔在那儿，几乎把路都堵住了。"苏拉特从此成了一个鬼城，当代理商终于走出他们住地时，"我们几乎看不到一个人影，而从前这儿有成千上万的人……可以看见女人把自己的孩子烤着吃，而行路的男人被抓住吃掉。"印度的商馆也因饥荒难以为继。公司在马德拉斯新开辟的殖民地曾一度带来了一线希望：圣乔治堡垒的城垛刚刚在海岸线上升起，当地手艺人受到编织印花布和擦光印花布印制的吸引，就成百上千地拥来。经过14年的相对繁荣之后，饥荒几乎消灭了当地人口，而且造成那一小支英国要塞卫戍部队大量减员。只有10名士兵和两位代理商活了下来，但就连他们公司也养不起了。董事们公开宣布，不久将派3艘船去东方，以结束公司的业务。

摊牌的时刻终于在1657年的1月14日这一天到来。英国东印度公司总督威廉·科凯恩召集所有仍在公司有投资的冒险商人开会。他当着面色阴沉的听众解释说，公司金库已空，没有复兴的希望。已经试过了所有方法，但所有希望均已破灭。虽已向护国公奥利弗·克伦威尔寻求帮助，但他多次借口"公务繁多"拒绝为公司提供帮助。随着科凯恩详述这次危机的严重程度，商人们逐渐意识到，这项事业真的要完了。公司已入不敷出，无法生存下去了。在那个冬日黄昏太阳落山之际，冒险商人们决定放弃，公司终于宣布破产清算。

"兹决定卖掉该岛［岚屿］、印度群岛的海关、房屋及其他权

利。"具有历史意义的最后一次会议的记录写道。建议售价仅为
14 000英镑，售价如此之低的原因是，上述大部分都是纸面资产。
买主一旦购买，就有权拥有岚屿，以及万丹、苏拉特和马德拉斯
的数家商馆，以及波斯的一个遥远的海关站点。既然业务已告结
束，商人们便命令一个差役到股票交易市场张贴告示，为即将的
出售做广告。

随着大门在那个阴沉的黄昏关上，冒险商人感受到一种深
深的震动。这就是一家曾开辟了一条通向东方的辉煌之路的公司
的最终结局。东印度公司早期曾被寄予厚望。远征的先驱詹姆
士·兰开斯特爵士、百折不挠的米德尔顿三兄弟、勇猛顽强的威
廉·霍金斯……他们都曾冒着生命危险，驶往东印度群岛，有些
人带回了连做梦都想不到的大量香料。泰晤士河边的码头曾一度
飘溢着肉豆蔻的芬芳，泰晤士河口挤满了从印度群岛返回的船只。
英国国王本人曾亲自派遣远征船队上路，而欢呼的人群则欢迎他
们回家。

现在，半个多世纪之后，到了该计算失败代价的时候了。在
这场声势浩大的香料竞赛中，无数船舶沉入海底，有成百上千，
也许是成千上万的人丧失了生命。安汶岛的受害者白白落得悲惨
的下场。纳撒尼尔·考托普英勇地保卫岚屿，结果却白白牺牲了
自己的生命。就是这座岛，在经历了这样一番斗争之后被夺走了，
现在的售价比一艘小船还低。对这种结局谁都不会感到骄傲。

这应该就是故事的结局了，一个公司和一场美梦最终灭亡前
的挣扎。但伦敦的冒险商人并不知道，谁都不可能有机会出价收
购东方剩余的资产，因为出售的消息刚刚发布，克伦威尔的上院

便召集他们开会，这是一次讨论英国东印度公司未来的会议。

　　奥利弗·克伦威尔和他的国务委员会听到来自股票交易所的消息后着实吃了一惊。他们有太长的时间没有听取公司提出的主张了——东印度群岛的贸易注定失败，除非组织一家可有效管理的股份合作公司，只有这种制度的公司才能防止私掠船破坏贸易。国务委员会听说公司的困境之后，就邀请商人们谈了他们的意见，然后宣布散会以考虑其裁决。

　　翌晨，国务委员会重新开会，很快宣布他们同意公司的主张，12天后这个决定得到了克伦威尔批准，公司从而得以逃脱灭亡的命运。国会拟了一份新的章程，并于1657年10月1日盖上了大印。英国东印度公司变为一家现代的永久性股份合作公司。当天，喜气洋洋的董事会成员们召开了一次会议，在股票交易所登出了新的认股通知。伦敦的商人报之以无限的热情，不出几个月，就筹措到了786 000英镑，英国东印度公司又可以与东方开展贸易了。

　　但商人们派遣的船只并没有驶往香料群岛。在艰难又绝望的岁月里，公司能够维持下去，全靠印度次大陆，公司仰赖的是苏拉特和波斯之间中等规模的生意，以及印度和伦敦之间更小规模的生意。尽管公司继续进口"长胡椒、白胡椒、白糖粉、腌肉豆蔻和'myrabolum'（一种像梅子的水果）、毛粪石和各种各样的药物"，但香料已经不再是主要贸易品了。取而代之的是丝绸和硝石，后者是火药不可或缺的要素，在印度不用花钱就可以弄到。

　　随着香料群岛商馆的衰落，新的商馆在印度沿海如雨后春笋般崛起。当苏拉特正式取代万丹，成为英国东印度公司在东方的大本营时，大家都十分清楚，公司的未来已经永远地发生了改变。托马斯·曼爵士1667年写道："看看外贸真实的样子和真正价值吧，它是国王的一大笔收入；是王国的荣耀；是商人的崇高职业；是艺术的学校；是穷人就业的机会，土地得到改善，海员生活有了保障；它是王国的壁垒；是巨大财富的源泉；是让我们的敌人闻风丧胆的战争资源。"

他的这番豪情壮志与之前的悲叹哀号形成强烈反差，而且随着公司财运旺盛，这份豪情也越来越高涨了。在查理二世国王的仁政下，董事会获批了更广泛的权利：包括获得领土、宣战、统领军队、行使民事和刑事司法权。董事会于1689年通过一项有关印度地方政府的决议，公司显然已在不可避免地发生改变。董事会认为，好的政府可以促进利润增长，"因此，我们必须在印度建立我们的国家"。凭这句话，英国东印度公司的故事实际上已成为英属印度的故事了。

英国东印度公司的时来运转是一件令人惊异的事情，然而，这个故事还有一个更为奇特的曲折之处。在英国东印度公司发黄的档案中，有少量文件不为人注意，也无人阅读。这批文件表明，纳撒尼尔·考托普曾英勇保卫的岚屿，将要带来大大超出任何人想象的红利。

伦敦商人从未放弃过收复岚屿的梦想，那是他们"古老且正当的遗产"，他们定期举行会议讨论如何达到这个目的。但到了公司进入破产结算时，他们才在地平线上看到了一线希望。

1654年4月，英荷战争以缔结了一项和平条约而告终，即

《威斯敏斯特条约》，该条约规定，所有对损失的赔偿——一直延伸到几十年前的赔偿——必须最终加以解决。双方有 3 个月的时间解决这个问题。英国人自然是要求立刻归还岚屿，但也相应大幅提高了价码，他们还要求得到大班达岛。除此之外，他们提出高达 2 695 990 英镑的天价赔偿，要求偿还损失的收益和几十年来的累计利息。如果他们以为这样就能让他们处于谈判的强势地位，那他们会大吃一惊。因为荷兰人说，他们的贸易也受到英国人的严重破坏，因此同样索要 300 万英镑的赔偿。

负责处理索赔事宜的代表十分明智地选择不理睬他们，而是把时间花在了筛选证据上。调查的结果简单明确，而且对英方有利：荷兰必须立即将岚屿归还英国，赔偿英国损失 85 000 英镑，并再向安汶岛惨案受害者支付 4000 英镑。令大家吃惊的是，双方都同意了这个交易，于是他们正式签署了《威斯敏斯特条约》。近 50 年的仇恨、流血和互相敌视至少在纸面上"被一笔勾销，沉入遗忘之中了"。

在伦敦，英国东印度公司囊中羞涩的董事们勉强对条约的消息表示了热情。公司财务危险的状况，以及与荷方持续不断的法律纠纷使得立刻采取行动的希望不得不暂时搁置一边，直到克伦威尔出乎意料地为公司解围，也就是条约签署之后的 3 年多以后，伦敦的商人们才能考虑派遣一支远征队去岚屿。

公司的一位雇员杰瑞米·山姆布鲁克的一封信把大家的情绪调动了起来。山姆布鲁克最近去过岚屿，他向上司保证说，只要英国人"在普罗林〔岚屿〕定居下来，就会发现〔和〕附近群岛的居民很愿意到这里定居，耕种土地并与他们做生意"。他补充说：当地土著"对本国感情很好，肯定会做布匹等方面的生意并恢复肉豆蔻种植，直到岚屿像从前一样安宁"。山姆布鲁克还报告说，岚屿的肉豆蔻林重又茂盛起来，公司可望每年收获 30 多万磅香料。董事会听说后，立刻成立了一个岚屿特别委员会，委员会第一次会议"决定派出各种职业的 60 人去该岛定居，可以是英格兰人、苏格兰人或爱尔兰人"。其中要有"7 个造房的木匠、7 个泥瓦匠和石匠、6 个园丁、4 个铁匠和武器制造师、4 个制桶工和 2 个管道工"，以及"20 个 14 岁以上的年轻人和 10 个年轻农民"。岚屿将成为英格兰在东方的一个辉煌的殖民地。1658 年冬，约翰·达顿船长被推选为岚屿首任总督，这个职位每年为他带来 200 英镑进项，外加费用补助 100 英镑，并有权带爱妻同行。他收到的命令是用"敲锣打鼓"的方式宣布英国占领岚屿。他在途中受邀在大西洋的圣赫勒拿岛停留，顺带宣布了公司对该岛的占领。不幸的是，岚屿定居者的遴选时间过长，等到达顿出海时，英荷又滑向了战争边缘。他因担忧船只的安危，决定留在圣赫勒拿岛，听候进一步的命令。因此，1659 年 5 月，这个具有战略意义的岛屿才接收了第一批居民，一个名叫詹姆士敦的小小定居点在岛的北海岸建了起来。

过了一整年，英国东印度公司才认为可以安全地派遣另一支船队去岚屿了。这一次，他们准备了 4 艘供应船，由约翰·亨特带队并为该岛又遴选了 13 名殖民者，他们每年薪水都是 12 英镑，除了人如其名的乔治·斯摩尔伍德（有"小木头"之意），"由于他个子很矮"，薪水只有 10 英镑。

这次航行目的明确："国王以英格兰的名义授权船长和公司，

以及他们指定之人，接收、占领、垦殖并保卫岚屿。"该岛要永久有人定居，殖民者有义务"守住这座岛屿"。

这批船只首先驶往圣赫勒拿岛去接等得很不耐烦的船长和达顿夫人，随后便直接驶去巴达维亚。达顿夫妇在此求见荷兰总督。总督开始很欢迎他们，主动告诉达顿，阿姆斯特丹的上司"命令并告诫"他，要他按照《威斯敏斯特条约》交还岚屿。但在批准他们航行之前，有一件很小的公务需要解决。他要求出示一封"出自大不列颠国王陛下"的信，证明达顿是英国东印度公司的真实雇员。船长对这一要求没有提防：他手里没有这种信，他向总督解释后，总督回之以冷冰冰的目光并开始痛骂达顿，说英国又给荷兰人制造麻烦，这让他非常生气，"你们又揭开老疮疤，又提那些早已埋在地下的旧议题"。简言之，他不打算批准英国人前往岚屿。

达顿为他态度的变化感到吃惊，誓要立刻出发去班达群岛。他希望能说服当地总督让他们在岚屿定居，如果不行，就考虑用武力占领。但结果令他大失所望。荷兰总督对他到达内拉岛非常愤怒，"顽固地拒绝交出岚屿"，并补充说，任何人若敢于试图登上岚屿，将以枪炮予以还击。

达顿并不惊讶，他早就怀疑英国可能被骗了，荷兰公司扣留"该岛多年之后，也许从来就无意把它交出来"，因为这座小岛是他们贸易血管中获利最多的一滴血。他有两个选择方案，要么回到巴达维亚，与荷方交涉，要么突袭岚屿。尽管有关他这次使命的记录已经丢失，但他似乎采取了第二种方式，但他发现，他的下属约翰·亨特坚决反对参与这项计划。既然已经失信于他的属下，达顿别无他法，只好写信给伦敦的董事会，告诉他们自己目前的窘态。这封信引来董事会对亨特的痛斥，他们认为他的懦夫行为难以与考托普40多年前英勇地保卫岚屿相比。"我们只能得出这样的结论，"他们写道，"如果我们的代理［亨特］有男子汉的脑袋和心脏，他……就会做出符合英国人英名的行为，而不是如此羞耻地临阵逃脱，让我们蒙受惨重损失，给全国人丢脸。"董事会对收复他们钟爱的小岛感到绝望，于是再次提高上次谈判未果时的要价，按他们现在的计算，赔偿已经"超过400万"。

在经历了所有这些烦扰和恐吓之后，颇具讽刺意味的是，当岚屿终于回到英国人手中时，伦敦和阿姆斯特丹甚至都没有注意到。1665年3月23日，两艘英国船开进了岚屿的小海港，与一小帮荷兰贸易商接触，要求岚屿投降。接着他们签订了一项协定，荷兰人卷起了铺盖，两天后就驶往了内拉岛，留下英国人在那儿卸下他们的给养。"有关这一切，"一份备忘录中写道，"公司一无所知，因为他们的信件全在内战中丢失了。"

岚屿的解放是短暂的。英荷之间开战的消息刚刚抵达东印度群岛，荷方立即派了一艘船重新占领了岚屿。为了阻止英国人重新夺回该岛，他们在"岛上大肆破坏"，再次砍掉肉豆蔻树并把植被烧到只剩根部。岚屿成了一块光秃秃的、不能住人的岩体。

尽管荷兰人的高压手段没有激怒脾气温和的查理二世国王，却激怒了他的弟弟，脾气火暴的约克公爵詹姆士。得知东印度群岛传回的消息后，他立刻采取行动，作为强大的皇家非洲公司负责人，他决心复仇，雪洗前冤。"世界的贸易太小，容不得我们两家，"他傲气十足地宣布，"因此，我们必须见个你死我活。"1663

年，詹姆士已经派出 4 艘船沿非洲海岸线航行并夺取了位于黄金海岸科索角的荷兰贸易站。大获成功之后，他命令船队越过大西洋，占领荷兰人霸占的新荷兰领土。这次悍然入侵是对 40 年前荷兰人在安汶岛犯下的"非人暴行"的回应。皇家委员会宣称"现在是灭一灭他们气焰，令其不敢再胡作非为的时候了"。

詹姆士选择攻击曼哈顿的地点时，挑了一个比较容易下手的目标。曼哈顿的主要防御点阿姆斯特丹堡垒是一座破败的堡垒，四壁崩塌严重。岛上的军营和教堂属易燃的木质结构，外墙周围均是木房。曼哈顿总督彼得·施托伊弗桑特还缺乏武器。阿姆斯特丹堡垒的 24 门大炮都生锈了，毫无用处，能用的火药已经太过陈旧，而且是潮湿的。"如果我中午［发射炮弹］，"主炮手说，"到下午就会全部用完。"

英国人还有一个优势，他们的舰队要比从前威武得多。施托伊弗桑特从阿姆斯特丹堡垒眺望哈德逊河时，可以看见 4 艘船，共有上百门大炮。但只有一艘船"几内亚"号（Guinea）是战舰。其他几艘不过是船身腐烂的商船，是从朴次茅斯起航前匆匆忙忙改装出来的。船上的人数也被夸大了。施托伊弗桑特被告知，这几艘船的船员总数为 800 名。事实上，人数还不足一半。

不过，这位荷兰总督不顾一切，誓要战斗到底。但他的手下人听说了好战的英国士兵的故事后军心涣散，而新阿姆斯特丹已经没人能战斗了。当英国人提出让他们体面投降时，施托伊弗桑特很不情愿地接受了。1664 年 9 月 8 日星期一，他把荷兰对曼哈顿岛的控制权交了出来，两小时后，他的一小队士兵"手持武器，击鼓扬旗"，离开了他们的堡垒。

查理二世国王听说英国占领了曼哈顿的消息非常高兴。"你可能已经听说我们占领了新阿姆斯特丹，"他写信给他在法国的妹妹说，"这是一个战略要地……我们已经占了上风，那里现已改名为纽约。"荷兰人并不欣赏查理二世的热情，他们提出了最强烈的抗议，认为英国人"在这个世界上绝无任何权利"占领曼哈顿。查理国王耸耸肩，对其抗议不予理会。毕竟荷兰人占领岚屿时也采取了同样的侵略方式，而他们对岚屿的正当权利比对曼哈顿岛更少。

和平解决问题无望，英荷两国再度卷入战争之中，他们在公海上一决雌雄，一打就是两年多，谁也占不了上风。英国人小有收获，他们俘获了两艘满载肉豆蔻、肉豆蔻干皮以及其他宝贵物品的东印度船只。船上载的货物价值巨大，塞缪尔·珀切斯为了一睹战利品，亲自到泰晤士河口去了一趟。"旷世难见的财富堆积如麻，"他写道，"每道缝隙都散落着胡椒，一踩就是。我在丁香和肉豆蔻上膝行。所有的舱房都满满当当，一卷卷的丝绸，一箱箱的铜板，我看见其中一个箱子被打开……那景象是我一生从未见过的。"

战争没有结果地拖延下去，最后双方于1667年3月同意在荷兰布雷达举行会议，讨论双方的诉求。英方的要求果不出意料，那就是要荷方对当年的暴行做出赔偿并立即归还岚屿。荷方也提出了相应要求，他们要英方为海盗行为做出赔偿并归还新阿姆斯特丹。尽管英国谈判小组在处理谈判时有很大的灵活性，但在岚屿问题上一点儿余地也没留，国王要求他们"向大使表明，扣押岚屿是荷兰在东印度群岛牟取暴利，获得优势的最坚固的基石之一，但严重损害了英国的利益"。对此，荷兰人的回应是熟悉的咆哮："必须交还新尼德兰！"随着谈判陷入僵局并最终破裂，和平委员会介入进来，提出了唯一的解决方案：荷兰人保留岚屿，英国人保留曼哈顿。

英国人犹豫不决，害怕一签字就把最宝贵的财富给了别人。他们讨论了数日，却决定不下来，因此写信给伦敦询问意见。1667 年 4 月 18 日晨，从伦敦来了一封信，上面只有一句简短的指令："我们予以默认。"于是协议最终达成了。

谈判的结果是双方签订了《布雷达条约》，这是一个灵活的解决方案，它巧妙地对导致血流成河的两座岛屿避而不谈，但大家都知道交换内容包含整个新荷兰，就写在第三条中。"从此，双方将以绝对的主权、财产权和拥有权保管并拥有他们以武力或任何其他方式从对方夺得并扣留的所有土地、岛屿、城市、堡垒、地区和殖民地……"

条约上的墨水逐渐凝固，但很少有人会意识到，他们签署的是历史上意义最重大的文件之一。英荷双方以东印度群岛一座小岛与美国东海岸上一座大得多的岛互相交换，决定了纽约的命运。直到 1667 年，曼哈顿还是一个很小的贸易中心，人口不超过1000 人，而现在，这里已准备进入其历史上一个崭新而又繁荣的时期，并且将一直繁荣下去，直到纽约市的名字传奇般地传遍全球。到了独立战争时期，纽约已经成为北美第一大都市，成了美国新都的自然首选。

英荷之间居然做成了一笔交易，这在很大程度上要归功于纳撒尼尔·考托普这个朴素的贸易商。47 年前，他的英勇不屈像火星一样点燃了一连串不可阻挡的事件。他保卫岚屿的强悍，敢于顶住百倍于自己兵力的勇气，以及他对国旗的忠诚，都成为英国东印度公司的战斗口号。然而，考托普的动机十分简单：爱国主义、责任感和对自己做的事正确性的决不动摇的信念。他始终知道，他会为他的理想而献身。事实上，他"每天每小时"都盼望着最后的终结。当他面对交出岚屿主权的最后机会时，他坚决拒绝。"不行，"他回答道，"除非我背叛国王和国家。"对考托普这个贸易商来说，有些东西极为宝贵，是不能交换的。

距考托普去世已过去近 4 个世纪，他被扔到了历史的边缘，被英国人和美国人所遗忘。曼哈顿的大街上没有展示他英姿的雕像，威斯敏斯特宫没有纪念他业绩的碑文。然而，他在岚屿的坚守却重新塑造了世界另一端的历史。尽管他的死令英国失去了肉豆蔻，却让英国得到了最大的苹果（"大苹果"是纽约的别称）。

尾　声

1810年8月9日午夜，一小队英国人把武器装进一只停泊在大班达岛附近的小船中。他们没有带火把和灯笼，一声不响地干着活儿，因为这次任务极为机密。在精力充沛的科尔船长的领导下，他们的任务是袭击内拉岛上的荷兰棱堡，迫使荷兰总督投降，之后控制群岛的其他地方。

荷兰人对班达群岛上英国人的动向一无所知，因为科尔船长一直让手下人躲在人们视线之外，直到天黑很久后才出来。荷兰棱堡的部队丝毫没有觉察到任何可疑行为或袭击行动，都已睡熟，就连守夜人都疲于在城垛上巡逻，回到了房里。科尔和手下人没有被发现，他们把船划到内拉岛满是岩石的海滩，英国人未放一枪就控制了炮台和防御阵地，之后开始攀爬棱堡的石头外墙。荷兰人拉响警报时，英国人实际已经控制了堡垒，短暂交火后，荷兰部队就投降了。随后科尔指挥堡垒把强大的火力向内拉岛另一座拿骚堡垒倾泻，对着它的城垛一炮接一炮地开火，直到拿骚堡垒崩塌。那里的荷兰人也投降了，科尔未损一兵一卒，就控制了班达群岛。

英方对这次行动的解释是，拿破仑可能会利用香料群岛作为

图为用传统方式收获肉豆蔻。19世纪，英国人拔除了成百上千株肉豆蔻种苗，移栽到锡兰、槟榔屿和新加坡，从而敲响了班达群岛经济的丧钟。

进攻印度的战略基地。这种威胁的可能性一向就很小，但科尔的军队一直在班达群岛待到 1817 年，才突然撤出，他们对茫然不解的大众解释道，没有东印度群岛的荷兰在欧洲会是一个很弱的盟国。

尽管科尔的行动不过是整个班达群岛历史的一个小插曲，但对其未来有着重大且具毁灭性的影响。英国人离开之前，拔除了成百上千株肉豆蔻苗，连带几吨重的独特土壤一起移植到了锡兰、槟榔屿、明古鲁和新加坡。不过几十年的时间，这些地方蓬勃发展的种植园的肉豆蔻产量就大大超过了班达群岛。

班达群岛的衰落事实上早在多年前就已经开始。尽管群岛曾一度带来难以置信的利润，荷兰定居者却自甘堕落，最终使管理不善的财产遭受灭顶之灾。更具破坏性的是火山，它此时正进入历史上最活跃也最难预测的时期，17 世纪至少发生了 5 次大型的火山爆发，紧随而来的是毁灭性的地震和海啸。1629 年，内拉镇整个被海水扫荡，而在 1691 年冬，火山对着总督住所的方向喷出大量硫黄和熔岩，造成了持续 5 年的灾难。而在 18 世纪，大自然的威力也丝毫不减。1778 年，火山爆发和地震的双重打击，以及接踵而至的飓风和巨大的海啸，几乎毁掉了班达群岛的肉豆蔻林。一半的树都折断了，肉豆蔻产量和从前相比陡然下降。

尽管早期荷兰定居者的后裔执拗地守着这片土地不放，但是海外的英国种植园早已为班达群岛敲响了丧钟。随着欧洲对肉豆蔻的需求量逐渐降低，就连庞大的荷兰东印度公司也在经历一场又一场的财政危机。18 世纪 90 年代，审计员查账时发现公司出现了 1200 万荷兰盾的巨额赤字。不久，失去了垄断权的荷兰东印度公司静静地走入了历史。

尽管已处于衰落状态，但班达群岛老一辈的定居者中很少有人愿意再回荷兰——这个他们很多人从来都没去过的国家——他们更愿意享受仍然拥有的丰厚遗产。19世纪末，群岛进入了暮年的黄金时代，大量金钱被丢在海边的豪宅里，这些豪宅里满是精美的古董和水晶、大理石和玻璃器皿。每到晚上，班达群岛的自由民们就会穿戴华丽，在海滨大道上伴随着军乐队的激昂音乐散步，荷兰总督于1860年冬抵达时，受到了极为盛大、铺张的欢迎，他肯定受到了蒙骗，以为群岛跟以前一样富饶。总督和得意扬扬的队伍在一队身穿戏装的乐师、舞蹈演员和演奏师的带领下穿过内拉镇，主街（也是唯一的一条街）上张灯结彩、红旗飘飘、鲜花遍地。

另一件事有趣的程度也不逊于这位大人的官方访问，一两艘定期而至的当地蒸汽轮船带来了追寻异国情调和奇珍异宝的博物学家和富有的欧洲人。所有人都对他们在这片赤道群岛的发现感到高兴。"［从安汶岛］坐船两夜一天，"博物学家亨利·福布斯写道，"我们就来到了班达。早餐前来到甲板上，我们发现船正在枝繁叶茂的悬崖之间慢慢驶过一个狭窄而蜿蜒的入口……这是我见过的最宜人的景色。随着轮船靠岸，正前方就是小镇，一排排白房子坐落其间……一座要塞伫立于高地，俯瞰着我们，猩红色的荷兰国旗在风中飘扬。"

尽管班达群岛在19世纪末的浮夸和冲昏人们头脑的浪费中给人一种繁荣昌盛的错觉，但很多年轻一代的人很快就厌倦了死水一般的社交生活和渺茫的前途，给自己买了一张到荷兰的单程船票，留下这片群岛自生自灭。荷兰人在班达群岛入不敷出，越来越多地消耗着资源，很快，总督就被撤掉，这片群岛重新变成了一个无人问津又死气沉沉的偏远地区，很少有荷兰官员到访。曾有过几个短暂的时期，人们想起了这些岛屿的存在。20 世纪 30 年代，两位著名的反殖民主义者，印度尼西亚副总统穆罕默德·哈提和曾任印度尼西亚副总统的苏丹·夏赫里尔在内拉岛上被流放了 6 年。1944 年，日本人轰炸并占领了这片群岛。尽管他们发现这片群岛除了可做船舶停靠地之外别无他用，他们的占领却还是造成了一个恶果：由于送达群岛的给养很少，当地老百姓被逼着砍伐了许多剩余的肉豆蔻树，改种蔬菜。

　　战争的结束给班达群岛带来了悲剧。1945 年春，一架袭击该

班达群岛在 19 世纪 90 年代进入了暮年的黄金时代，居民大手大脚地耗费着继承的财产。但年轻一代厌倦了死水般的社交生活和渺茫的前途，给自己买了一张到荷兰的单程船票。

地日本基地的美国轰炸机在内拉岛的上空出现，打算炸毁停泊在海港中的船。但一颗偏离目标的炮弹击中了内拉岛上的市镇，直接在一个婚宴上爆炸，当场炸死了 100 名多宾客。

今天，班达群岛再次湮灭无闻——这片群岛如此之小，如此无足轻重，甚至在该地区的地图上都没有被标示出来。现在到那儿去的路仍像纳撒尼尔·考托普时代一样难行，需要耐心和好运，才能抵达这片群岛。1997 年夏，安汶岛和内拉岛之间飞行的一架老式 14 座"塞斯纳"牌飞机被季风吹翻，撞碎在跑道上。现在，抵达班达群岛的唯一方式是乘坐"KM 林查尼"号渡船，驶过内拉岛和安汶岛之间 8 小时风急浪高的航程。

内拉岛依然是"班达群岛之都"，这里有几家小店、一个鱼市场、两条街和两辆小车。如果在城里溜达一圈，能发现一个荷兰教堂（其大钟指针指在 5 时 3 分，那正是日本人入侵的时间），几座摇摇欲坠的别墅，以及从前荷兰总督的住所，如今它已被废弃，看起来空空荡荡，房中的巴洛克式枝形吊灯缓缓地流泻着水晶玻璃的彩光。仅有的另一个"景点"是五边形的荷兰棱堡，它在海港上空一道悬崖上占据着俯瞰一切的地势——除了火山石和科尔船长所向披靡的军队外，它无所畏惧。这座城堡最近得到了亟需的整修，但整修工人热情过高，他们砌了墙壁，装上了大门。据说直到最近还在城垛上游荡的鬼魂已经被逼得逃到群岛其他的城堡里去了。漫步那些爬满藤蔓的地方，还可以从满是沙子的地牢里用手捧起火枪弹药。

属于外岛的岚屿不像班达群岛的那些中心岛屿互相之间有快速帆船或当地独木舟沟通连接，只有乘坐双引擎汽艇才能抵达。

即便如此，去那里的航程也很危险，特别是当季风搅起风暴，卷起山一样的海浪，呼啸着穿过内拉岛与岚屿之间 10 英里的海峡时就更危险了。当我们的小船对抗着自然，穿过这片水域时，我们从风中可以渐渐地闻出一种芳香 —— 那是肉豆蔻花馥郁的芬芳。

我们在岚屿北边海岸登陆，这也是纳撒尼尔·考托普当年登陆的地方，这里在该岛悬崖峭壁的庇护下，可以免受季风侵袭。几个渔人瞟了一眼刚抵达的陌生人，他们中一位女士走到一边，为我们拿来了椰奶，除此之外，没有任何其他动静。岛上小小的木制居所是个令人昏昏欲睡的地方，这座村庄有空空的小巷、小花园和摆着花盆的浓荫阳台。

这里已经没有人知道他们这座岛非同寻常的历史了，尽管他们不断在菜地中翻掘出硬币和火枪子弹。他们也不知道，他们不过两英里长、半英里宽的家园曾被用来交换另一座命运迥异的岛屿 —— 在地球遥远的另一端的曼哈顿岛，这曾被认为是一次很公平的交易。

然而，当他们听说命运对他们的残酷打击时，却都无动于衷，他们很享受在这片不为人知而且未被污染的珊瑚礁上度过余生。尽管他们那画面闪烁的电视让他们通过重放的旧片如《警花拍档》（*Cagney and Lacey*）和《警届双雄》（*Starsky and Hutch*）看到了美国的景象，但他们会告诉你，从窗前看到的景色要比曼哈顿闪耀的摩天大楼壮美得多。

因为在悬崖上面，在半透明的海水的上空，杨柳般轻盈的肉豆蔻树又开始生根发芽，它们每年都会重新发出新蕾，使空气中弥漫着一种馥郁、慵懒的芬芳。

参考文献

　　本书大量利用了原始日志、日记和信件。只要浏览下面这份参考文献，就能发现作者在塞缪尔·珀切斯那里所受的恩惠，后者收集了大量关于东印度公司探险家的作品，并将其编进了自己那部不朽的著作《珀切斯游记》中。此书 1625 年的版本现在极其罕见，甚至 1905 年再版的二十卷本也只能在专业图书馆找到。

　　另一个原始资料的来源是哈克卢特学会，但其中多数资料已绝版。大英图书馆东方和印度收藏品部门收藏有这些材料，此外他们还收藏了大量的原始手稿。

　　想要深入探究海外代理商所写的信件，或者阅读正式的公司文书，就要阅读四十五卷的英国东印度公司档案和殖民地政府文件，这不是一个轻松愉快的任务。下文列出了相关的文献。

　　关于荷兰东印度公司，有两部权威著作：约翰·德扬的十三卷本《进取集》（*De Opkomst*），这是一部用古荷兰语写的日志集，以及弗朗索瓦·瓦伦泰坦因的《新旧东印度群岛》（*Oud en Nieuw Oost-Indien*）。详细信息如下。

同时代人的游记及日记

Borough, Stephen, in Hakluyt's *The Principall Navigations*, 1599.

Chancellor, Richard, in Hakluyt's *The Principall Navigations*, 1599.

Courthope, Nathaniel, in *Purchas His Pilgrimes* (vol. 1).

Davis, J., *Voyages and Works of*, Hakluyt Society, 1880.

Dermer, Thomas, in *Purchas His Pilgrimes*; see also I. N. Phelps Stokes, *The Iconography of Manhattan Island*, 1922.

Downton, Nicholas, *Voyage to the East Indies*, ed. Sir William Foster, Hakluyt Society, 1939; see also *Purchas His Pilgrimes* (vol. 1).

Drake, Sir Francis, *The World Encompassed by Drake*, Hakluyt Society, 1854; see also *New Light on Drake*, ed. Z. Nuttall, Hakluyt Society, 1914.

Finch, William, in *Purchas His Pilgrimes* (vol. 1).

Fitch, Ralph, in *Purchas His Pilgrimes* (vol. 2).

Fitz-Herbert, Sir Humphrey, in *Purchas His Pilgrimes* (vol. 1).

Floris, P. W., *His Voyage to the East Indies in the Globe*, ed. W. H. Moreland, Hakluyt Society, 1934; see also *Purchas His Pilgrimes* (vol. 1).

Hakluyt, R., *The Principall Navigations*, 1599.

Hawkins, William, in *The Hawkins Voyages During the Reigns of*

Henry VIII, Queen Elizabeth, and James I, ed. C. Markham, Hakluyt Society, 1878. (This is the journal kept by the William Hawkins who sailed with Edward Fenton.)

Hawkins, William, in *Purchas His Pilgrimes* (vol. 1). (This is the William Hawkins who lived in India.)

Hayes, Robert, in *Purchas His Pilgrimes* (vol. 1).

Hudson, Henry, *Henry Hudson the Navigator*, Hakluyt Society, 1860. See also *Purchas His Pilgrimes* (vol. 3).

Jourdain, John, *The Journal of*, ed. W. Foster, Hakluyt Society, 1905.

Keeling, William, in *Purchas His Pilgrimes* (vol. 1).

Lancaster, Sir James, *Voyages of Lancaster to the East Indies*, Hakluyt Society, 1877.

Michelborne, Sir Edward, in *Purchas His Pilgrimes* (vol. 1).

Middleton, David, In *Purchas His Pilgrimes*, (vol. 1).

Middleton, Sir Henry, *Voyage to Bantam and the Maluco Islands*, Hakluyt Society, 1855; *Voyage to the Moluccas*, 1604–1606, ed. Sir William Foster, Hakluyt Society, 1943.

Roe, Sir Thomas, *Embassy to the Great Moghul* (2 vols), Hakluyt Society, 1899.

Saris, John, *Voyage to Japan*, 1613, Hakluyt Society, 1900; see also *Purchas His Pilgrimes* (vol. 1).

Willoughby, Sir Hugh, in Hakluyt's The Principall Navigations, 1599.

信件及政府文件

Calendar of State Papers: Colonial (vols 1–9), ed. W. Noel Sainsbury, 1860–1893.

Chalmers, George, *A Collection of Treaties between Great Britain and Other Powers*, 1770.

Collections of the New York Historical Society (vol. 1), 1841.

East India Company, *Calendar of the Court Minutes of, 1640–79* (11 vols), ed. Ethel B. Sainsbury, 1907–1938.

East India Company, *The Dawn of British Trade to the East Indies ..., 1599–1603*, ed. Henry Stevens and George Birdwood, 1886.

East India Company, *The English Factories in India, 1618–1669* (13 vols), ed.William Foster, 1906–1927.

East India Company, *Letters Received from its Servants in the East* (6 vols), ed. F. C. Danvers and William Foster, 1896–1902.

East India Company, *Register of Letters etc. of the Governor and Company of Merchants of London trading into the East Indies, 1600–1619*, ed. George Birdwood and William Foster, 1892.

East India Company, *Selected Seventeenth Century Works*, 1968.

East India Company, *A True Relation of the Unjust, Cruel and Barbarous Proceedings against the English at Amboyna, 1624. The Answer unto the Dutch Pamphlet made in Defence of the Unjust and Barbarous Proceeding against the English at Amboyna, 1624. A Remonstrance of the Directors of the Netherlands and the Reply of the English East India Company, 1624.*

A General Collection of Treatys, etc. (4 vols), 1732.

相关著作

Borde, A., *Fyrst Boke of Introduction to Knowledge.* Early English Texts Society edition of 1870 (ed. F.J. Furnivall) contains Borde's *Dyetary of Helth.*

Chaudhuri, K. N., *The English East India Company 1600–1640,* 1965.

Crawfurd, John, *A Descriptive Dictionary of the Indian Islands and Adjacent Countries,* 1856.

Danvers, F., *Dutch Activities in the East,* 1945.

Dodwell, H. H. (ed.), *Cambridge History of India,* vol. 4, 1929.

Elyot, Sir Thomas, *The Castel of Helth,* 1541.

Flick, Alexander (ed.), *History of the State of New York* (10 vols), 1933.

Foster, W., *England's Quest of Eastern Trade,* 1933.

Foster, W., *John Company,* 1926.

Gerard, J., *Gerard's Herbal,* 1636.

Hanna, Willard A., *Indonesian Banda,* 1978.

Hart, Henry, *Sea Road to the Indies,* 1950.

Jonge, Johan K. J. de., *De Opkomst van het Nederlandsch Gezag in Oost Indie* (13 vols), 1862–1888.

Keay, J., *The Honourable Company*, 1991.

Khan, Shafaat Ahmad, *The East India Trade in the Seventeenth Century*, 1923.

Loon, Hendrik van, *Dutch Navigators*, 1916.

Masselman, George, *The Cradle of Colonialism*, 1963.

Murphy, Henry C., *Henry Hudson in Holland*, 1909.

Parry, J.W., *The Story of Spices and Spices Described*, 1969.

Penrose, Boies, *Travel and Discovery in the Renaissance*, 1952.

Phelps Stokes, I. N., *The Iconography of Manhattan Island*, 1922.

Pinkerton, J., *A General Collection of the Best and Most Interesting Voyages*, 1812.

Powys, Llewelyn, *Henry Hudson*, 1927.

Rink, Oliver, *Holland on the Hudson: An Economic and Social History*, 1986.

Rosengarten, F., *The Book of Spices*, 1969.

St John, Horace, *The Indian Archipelago* (2 vols), 1853.

Valentijn, François, *Oud en Nieuw Oost-Indien* (5 vols in 8 bindings), 1724–1726.

Van der Zee, Henri and Barbara, *A Sweet and Alien Land: The Story of Dutch New York*, 1978.

Van Rensselaer, Schuyler, *History of the City of New York in the*

Seventeenth Century, 1909.

Venner, Tobias, *Via Recta ad Vitam Longam*, 1637.

Vlekke, Bernard, *The Story of the Dutch East Indies*, 1946.

Willson, Beckles, *Ledger and Sword*, 1903.

Wilson, F. P., *The Plague in Shakespeare's London*, 1927.

Wright, Arnold, *Early English Adventurers in the East*, 1917.

出版后记

《改变历史的香料商人》为读者讲述了 16 世纪、17 世纪欧洲香料商人的探险故事。这些香料商人个性鲜明,他们有的为了牟取暴利不择手段,不惜使用残忍的手段折磨和屠杀土著居民和贸易竞争者;有的为了维护雇主和国王的权利,在艰难的条件下苦苦支撑。跟随作者生动的笔触,阅读这些惊心动魄的探险故事,读者既会感慨人性的贪婪,也会为书中主人公表现出的勇气和坚韧而感动。在这场喧闹的香料竞赛中,商人们不仅把大量香料运回欧洲,还在无意中将世界的诸多角落联系在一起。当时远隔重洋的偏远小岛,因为香料商人们的活动,如今有着迥然不同的命运。他们可能不会想到,对香料的追逐会改变历史的走向。

书中涉及莎士比亚的著作,译文主要采用了梁实秋先生的译本,仅供参考。由于译者和编者水平有限,本书难免有疏漏,还请读者指正。

服务热线:133-6631-2326　188-1142-1266

服务邮箱:reader@hinabook.com

后浪出版公司

2021 年 1 月